深紅色迷宮

貴志祐介
Kishi Yusuke
許翡珊◎譯

1

篝火中爆裂的小樹枝……

不規則卻單調的聲音，在腦中深處爆鳴著。

當聲音的源頭慢慢地移動到外頭的世界，爆鳴的音階稍微變高，連微弱的餘音與噪音，都可以聽得一清二楚。聲音彷如細砂粒撒在攤開的報紙上一般。

全身肌膚感覺到一陣悶熱又濕黏的空氣，偶爾吹來富含水分的徐徐微風，令人感到一股冰涼的寒意。

鼻間嗅到一股濕土的臭味。

對了，原來是稀疏的雨聲……

慶幸在模糊混沌的意識中，至少還能保持一點點的清醒。現在似乎正下著雨。

藤木感覺到有些不對勁，試著挪動身體。但這並不是過去躺慣了的便宜公寓裡躺椅的觸感，脊柱以及肩胛骨上，可以清楚感覺到凹凸不平的異物。原來自己是直接躺在地上睡著了，不過不像海灘般的柔軟沙地，而是鋪著粗石子的地面。

這裡到底是什麼地方啊？

對於這理所當然的疑問，腦中卻未浮現任何合理的解答。

雖然有過因為宿醉，怎麼樣也想不起來昨晚發生過什麼事的經驗，但是連自己身在何處都不知道的情形卻還是頭一遭。

果然不能像從前那樣豪飲了嗎？並不是想永遠作著仍活在流金歲月之中的美夢，但也自覺到不能再像過去一樣的放蕩。但是，就算是這樣，現在這到底是怎麼一回事……？

藤木慢慢地睜開眼睛，試著坐起來。但一陣強烈的暈眩隨之襲來，視野慢慢地變窄變狹，最後完全沒入黑暗中。藤木決定暫時闔上雙眼，等待全身血液恢復正常循環。

這到底是怎麼一回事？

心中湧上一股慌張不安的情緒。全身就像是生了重病似地，使不上氣力。

只覺得嘴裡異常乾渴，伸出舌頭舔著又乾又裂的嘴唇。勉強吞了口水後，嘴裡竟有股黃連似的怪味。奇怪，一定發生了什麼事，一定是發生什麼不尋常的事了。

再一次戰戰兢兢地試著把眼睛睜開。

映在朦朧眼界裡的，是一片被雨打濕，染著鮮豔深紅色的異樣世界。

這……這是哪裡啊？

藤木茫然地盯著眼前的景色。

這裡到底是哪裡？

放眼望去，兩側是由奇形怪狀的岩石所構成，有如峽谷般的地方。自己位於其中一側的一個凹處，應該就是託頭頂的岩石形成傘蓋一般的屋簷庇護之福，才沒淋濕吧？

但是周圍的景觀過去從未見過，不僅如此，也無法想像地球上會有這般奇異的風景。奇岩怪石櫛比鱗次地緊密排列著，與其說是一堆無機礦物質，不如說像是由蘑菇或海鞘之類的生物形成的集合體。

更不可思議的是那色彩與紋路。觸目所及，所有的岩石都是同樣的橫紋與色調。彷彿是巨大的木雕上浮現出的年輪一般。

岩山整體的顏色是被雨淋濕而發亮的深紅色，上面有許多粗黑色帶橫斷其上，仔細一看，其中還有好幾條又細又白的小線條，形成錯縱複雜的圖案。

應該不可能是腦子出了什麼問題，但如果這一切是幻覺的話，也未免太過真實了。

無論是視覺或聽覺，甚至是皮膚觸感，都是那般真實。一波波湧入的外在刺激，在腦中進行連結比對之後，仍無法給予任何合理的解釋。

藤木喘著氣，喉嚨極其乾渴。

雖然這一切像是神經錯亂般不合常理，但面對生理上的需求，還是決定暫且把這問題擱著。

雖然眼前下著如煙霧般的滂沱大雨，但只要一想到雨水中摻雜著各種大氣的髒東西，就失去了飲用的欲望。過去也曾在新宿經歷一小段野外求生的日子，那時是絕對不喝雨水的。但現在迫於現實，只有放棄原則了。

藤木想勉力撐起搖晃不穩的雙腳，但旋即就失去了平衡坐回地面，這時，指間碰觸到了奇怪的東西。

往下一看，是個綠色圓盤形狀的水壺。水壺旁邊有個裝在透明塑膠手提袋內的紅色便當盒。還有個閃著銀光的小袋子，藤木對於自己到現在才發現到身旁有這些東西，感到不可思議。

一拿起水壺，沉甸甸的挺有分量。

打開蓋子，裡面裝的好像是水。雖然理性警告自己，應該先確認一下它的安全性，但是現在已管不了這麼多了，藤木試了一下味道就開始豪飲了起來。

雖然水中帶著一股金屬臭味，但對此刻的藤木而言卻無比美味。嗆了兩三次，就喝掉了差不多一半。

解完渴之後，隨之而來的是令人難熬的飢餓。藤木頭暈目眩，大腦響起了迫切需要糖分的警訊。原本緊緊蜷縮著的胃袋，因為喝了水的關係，開始攪動了起來。彷彿好長好長一段時間……一個禮拜左右沒有吃東西般的飢餓感。

藤木取出裝在手提袋內的便當，小心翼翼地取下蓋子，裡面塞滿了方塊狀的營養食品，他隨手抓了一條，猶豫片刻後，咬了一口。

這東西肯定放了一段時間了吧。味道就像是受潮嚴重的粉狀餅乾，儘管味道怪得很，但轉眼間第一層已經吃完了。

這時他才在意起食物還剩多少，還有三層，每層八條，所以還剩下約兩打左右的分量。藤木下意識地縮回手，因為完全無法掌握現在的狀況，直覺告訴他必須珍惜這些食物。確定意識已經全部恢復後，藤木再一次環顧著四周。

來到這裡之前，自己到底是在什麼地方呢？藤木眼神徬徨迷惘，試圖喚起些許記憶。失去意識之前，最後的所在地是……

腦袋裡有一部分像迷霧籠罩般地朦朧，有種被灌了藥之類的感覺。該不會真的被灌了藥吧？終於清楚地想起自己的名字了。藤木芳彥，四十歲。到前年為止，都在一家知名的證券公司任職。

……泡沫經濟時期，正是自己春風得意之時，幾乎每個晚上都在銀座出入，用公司經費開 Moet & Chandon 或是 Veuve Clicquot 的香檳，沉浸在酒店小姐的溫柔鄉中。「年輕的總經理」，被叫著這有名無實的荒唐稱謂，儘管當時心中洋洋得意，但終究不過是個幻影罷了。驀然覺醒之時，公司已然倒閉，自己也淪為失業族的一員了。

……從小學到高中，雖然不曾專心於課業，但好歹也沒被退學。認真地上補習班，以差強人意的成績進了還算有名的大學。除此之外，青春時期沒有任何值得一提的回憶。

儘管如此，能夠進入穩定的大公司上班，就是一件值得慶幸的事。至少當時是這麼想的。好歹也是個上市公司，退休之前，不可能發生什麼倒閉之類的事。

但是等到察覺時，自己竟已成了失業者。在被迫搬出公司宿舍的三天前，杏子就離家出走了。身邊也沒有一兒半女，現在想想，她一定是在公司出現有點不穩的徵象時就已經下此決心，只是為了顧全面子，才忍到現在。我與杏子從來就沒有相互溝通了解過，這女人只不過是對我巔峰時期的年收入，以及安定的未來心存幻想而被我吸引。

搖擺於失業者與流浪漢之間的藤木，勉強才停留在失業者的範疇內。還好這兩者之間看不出什麼很明確的區分，也許是因為這兩者都沒有絕對無法讓步的最後一寸堅持，或是一條不可繼續墮落下去的底線。

……想一想其實很簡單。畢竟這就是意志力的問題。

忘記這是誰寫的詩句，現實生活並不是這麼簡單，但是不管怎樣，至少現在不是個流浪漢。

不……應該說不曾是。

藤木搖一搖頭，到此為止，是比較容易想起來的部分。但接下來就怎麼樣也想不起來了。尤其是可以說明自己現在為什麼會身處在這麼奇怪的地方那最關鍵的部分。

在醒來之前，對最後所待的地方沒有任何記憶。對時間的感覺也變得一團混亂，無從判斷哪裡是記憶的終點。

失業後居住的破舊小套房公寓；黃昏時分，比較不用在意他人眼光的時刻，常去散步的河濱步道；就業諮詢所；賣有超級便宜早餐的咖啡店裡斑駁的奶油色壁紙；唯一能夠解憂的居酒屋裡那有點髒亂的三合板櫃台，腦中不斷浮現這些零碎片段的失業生活剪影。即使如此，還是找不到任何一個記憶可以和現在的狀況契合。

喪失記憶……思及此，瞬間感到毛骨悚然，不過這並不是最合理的解釋。不可能會突然穿越時間與空間，出現在這麼奇怪的地方。一定是到這裡之前的那一段經過，從記憶中完全刪除罷了。只要能想起那一部分，所有的一切就一清二楚了。

順行性健忘症……

一位和藤木同期進公司後被分配到業務部門的同事，有一次在外面跑業務的途中出了車禍，這個名詞便是去探病時從醫生那裡聽來的。好像是指頭部受到撞擊，自己的名字以及身分等基本資料都還記得，但是發生事故前的那段經過和之後所發生的一切，會完全從記憶深處消除。

這種情況不僅頭部受到外傷時會發生，攝取某種藥物，也會造成記憶喪失的樣子。不管是哪種情況，總之個人的基本資料不太可能會忘掉。因為這樣的資料已經反覆抽取了好幾次，成了一種慣性。所以即使腦部有一部分陷入功能不全的狀況，也會從別的地方取出相同資料的備份。

的確，身為失業者的這個事實，早已在腦子裡備份了無數次，簡直像是廁所內的塗鴉一般。藤木自嘲得半邊臉頰都笑歪了。這正是因為日復一日，如此自問自答的次數多不勝數。

然而，倘若自己真的失去了記憶，還是無法說明現在這種狀況。藤木一邊望著眼前滿布的奇岩怪石，心中的恐懼慢慢擴大。

如果只是單純的記憶喪失，也不會引起如此的混亂，就算假設在記憶空白的這段期間，發生了什麼超乎想像的事，似乎仍無法解釋現在的狀況。

空氣悶熱到極點，藤木卻冒了一身冷汗。這種不協調的感覺，是來自於全身的肌膚。

……悶熱。

藤木靈光一現，感覺終於抓到那零碎記憶的片段。

沒錯，是冬天。

沒錯，一定不會錯的。那是一整片的雪。那裡是哪兒呢？不像是東京，嗅到的盡是寒風刺骨的冷空氣……最後所待的地方，一定是隆冬。

低頭瞧著自己身上所穿的衣服，西裝加領帶，裡頭的襯衫也是長袖的。

手錶顯示著五點十六分，或許是下午吧。秒針也很正常地跑著。

藤木後悔自己還戴著昔日泡沫經濟的榮華，骨董級的勞力士。因為是機械式的，不僅精準度比石英錶差，而且是自動上鏈的款式，有可能會因為主人太久沒有動作而一時停止，因主人的動作而再自動上鏈行走。因此不能百分之百地相信現在錶面顯示的時刻。

忽然，藤木將手腕反過來看。

手腕上有著淡淡的的傷痕，是快要復原的瘡痂，留下虛線狀的疤痕。沒錯，那時候我沒有戴手錶，所以應該是在車站……這是走出某個車站時，一時不留神滑倒在雪地上，手擦到地面時所受的傷。

突然間心臟開始急速跳動。

那到底是哪裡呢？只能確定不是東京近郊。

再次檢查傷口，以傷口目前的狀態來看，應該離受傷當天不過兩三天而已。但這麼一來，這股悶熱又該如何解釋？即使正下著雨，氣溫也超過三十度，左思右想現在也只能算是盛夏吧。

藤木低著頭，雙手抱胸。一眼瞥見和水壺、便當盒放在一起的銀色小袋子。

背包型，有細長的繩帶可以側背，或是將縫在上面的帶子穿過皮帶掛在腰間。藤木先把一個塑膠掛勾解開，打開一看，裡面放了一台攜帶式遊戲機，大概是風靡現在小孩的玩具吧。

遊戲機的塑膠外殼呈半透明，看得到裡頭的主機板和ＩＣ板等。上面有一個五公分大小，近正方形的液晶顯示螢幕，還有幾個操作用的按鈕。

打開側面的開關。

伴隨著微弱的電子聲響，液晶螢幕上出現了「Pocket Game Kids」的文字，之後就沒有任何動作。不管按任何一個按鍵，畫面依然沒有絲毫反應。

仔細端詳這台遊戲機，大小和電視機的遙控器一樣，在跟遙控器相同的地方也有一個可以感應紅外線的感應器。內側的大缺口則是用來插入遊戲軟體用的卡帶。藤木再一次打開小袋子，發現另一個口袋裡，平放著一個卡帶。於是先把主機的電源關掉，插入卡帶，再重新打開電源。

再度出現「Pocket Game Kids」的文字，不過馬上就消失了，之後機器便流瀉出一段不怎麼樣的前奏，畫面上則出現了一串文字。

歡迎光臨火星的迷宮。

這是什麼啊？藤木嘴裡一陣嘀咕，恍然大悟地看了看四周。

這麼一說，這個地方確實有點像火星。深紅色的景色，有著詭異橫條紋的圓形岩石山。當然，說這裡是火星之類的地方，怎麼樣都令人難以置信，太不合理了。感覺像是一場惡作劇。

……但至少有一件事是很清楚的，這台遊戲機的軟體並不是一般市面上所販賣的商品，而是來自某個人的訊息。或許是個了解這一切狀況的人。

沒有附上說明書，所以也不知道這台遊戲機的操作方法，猶豫了一會兒後，按了刻著「A」的按鍵，之前的文章就消失了，接著出現下一段文字。

遊戲已經開始了，如果可以安全走出迷宮，抵達終點的人，就可獲得先前承諾的獎金，並且

回到地球。

這真的是場遊戲。藤木不自覺地皺了一下眉頭，這就是所謂的遊戲嗎？彷彿不知不覺間，莫名其妙捲入了什麼漩渦。但是看到文章中提到「先前承諾的獎金」，也許之前自己已經聽過一次說明了，但可能是因為發生了什麼事而喪失了這段期間的記憶。

再按一次按鍵Ａ。

在Check Point中，會提供每位參賽者前進路線的相關選項，參賽者可以自行斟酌。有時候可以得到各種有利於求生的物品，但是每個選擇均攸關生死，需特別注意。另外，各參賽者可相互合作，也互為敵手。

敘述中所提到的Check Point這字眼，就予人一種模糊的「遊戲」印象，或許只要通過各種競賽中所規定的Check Point，順利抵達終點就可以了吧。

接著，藤木又注意到另外一個字眼。

就是「各參賽者」。

也就是說除了自己，還有其他人也參與了這個遊戲。

藤木又按了一下按鍵，出現了最後一段文字。

從這裡往同樣是起始點的第一ＣＰ的路線為：往北二五〇〇公尺，往東北東一三五〇公尺，往東二三〇公尺。

藤木先是感到一陣困惑，所謂的ＣＰ，應該是Check Point的縮寫吧。但是路線的說明也未免太複雜了些，說到頭來，究竟該如何判斷現在的方位都不知道。

找不到任何可以代替指南針的工具。摸一摸西裝外套的口袋，只有一個廉價的綠色打火機，和一包已經開封的香菸，還剩下四根。藤木開始抽起菸，慢慢地思考著。

對了，手錶……

以前當童子軍時學過，只要知道太陽的位置，用數字盤面的手錶大概就可以測出方位了。

沒錯，只要這手錶時間正確的話……

藤木感到非常興奮。順手將快抽完的菸往岩壁上捻熄，原本要隨手丟掉，但是想了想，又叼回嘴裡，這香菸或許會是個寶貝也說不定。

藤木將手錶拿下來，將短針指向太陽的方位，短針與十二點鐘之間二等分的方向應該是南方，所以說，反方向就是目標地北方了……

但是那個方向卻聳立著巨大的岩石山，崖壁幾近垂直，就算是業餘登山好手，也不一定能闖關成功。

是不是哪裡出錯了？藤木依循著記憶試著再重做一次，結果還是一樣。

果然時間真的錯亂了。

只好再從頭好好地想一想。

會想到用手錶來查出方位的方法純屬巧合，這場「遊戲」中應該有好幾個參賽者，但不一定每個都知道這種方法，如果是這樣的話，不就應該會有更簡單的方法，不是嗎？

藤木環視整個峽谷，兩側的岩山相互連結，所以要前進的話，不是往左就是往右。這樣看來，如果要照遊戲機上的指示行動，左和右其中一邊就是北方。只要記得大概已經走過的距離，前進的方向自然就很清楚了。

不管怎樣，到了明天早晨，由日出的方向，也就能判斷哪一邊是北邊了。

還是搞不懂為什麼童子軍時所學的方法不管用呢？就算這手錶的時間有誤，也很難相信居然遲了五、六個小時。從目前日照的情形看來，應該快接近黃昏了。

當然怎麼樣也無法相信這裡是火星，但如果是在地球的話……

藤木無意識地大叫了一聲，嘴上叼的菸也掉了。

北半球與南半球的測量方法不一樣，雖然不是很確定，記憶中應該不是短針，而是將錶面上的十二點鐘方向對準太陽。

也就是說，現在所處位置，可能是比赤道還要南邊的地方，如果是這樣的話，就可以說得通了。再怎麼說，看這景色都不像是在日本。如果真是這樣的話，解釋為南半球、非洲或是南美、澳洲等，就一點也不奇怪了。

難道單就這件事也無法求證嗎？

藤木的目光停駐在谷底的潺潺流水，當水流入到岩石裂縫時形成了小漩渦。南半球中所有的漩渦轉向都與北半球相反，這也是在當童子軍時，從別人那裡聽來的。

當然了，對這種說法是否屬實，其實也不太有把握。因為告訴藤木這話的朋友，以前也曾經告訴過他，說颱風會向東偏離是因為氣流旋轉所致這種憑空捏造的事，因為覺得這種說辭相當有說服力，所以隔天在學校就鬧了個大笑話。班導說明了真正的理由，原來是由於高氣壓與偏西風的關係，但詳細的說明卻早已淡忘了。

總而言之，先觀察一下這些漩渦，如果與北半球方向相反的話，大概就能證明這裡是南半球了吧。可惜的是，就連日本是哪個方向也不是很確定。

但是這套理論，說明了一個令人費解的事實。

那就是現在的溫度。左手上的擦傷，很肯定是在冬天弄傷的。如果這個傷口是兩三天前才有話，除非這裡是南半球，或是赤道以下，否則真的無法解釋為什麼會這麼悶熱。

如果雲可以散去一些就好了，要是能看得到夜空中的星星，就可以判斷這裡到底是北半球還是南半球了。

就算現在立刻出發前往第一個Check Point，說不定在半路天就暗了，所以要行動的話，還是明天一早比較妥當。總覺得現在乖乖地待在這裡不要動最安全，因為往前走，不曉得還會有什麼樣的危險等著。

月光穿透雲層的間隙，在地表上形成藍色的光影。

藤木停止了不斷往火堆丟乾草的動作，將目光投向那顏色變得與白天完全不一樣的岩山，雖然身陷非常狀況，卻不知不覺被這神祕之美所吸引。

白天呈現深紅色的岩石峭壁，在藍色月光照射下，染成一片紅紫色。原本看到的黑色條紋，也轉變為深藍色。而淡淡的藍色線條則是原本白色的部分。

深藍色的部分，有點像大樓的玻璃窗。整體形狀是圓潤的不規則形，所以感覺就像是超自然鬼魅所住的巢穴，如果達利或高更想設計個現代智慧型大樓的話，或許就是這種感覺吧。

藤木抬頭望著天空。

可惜因為受雲層所阻隔，幾乎看不到什麼星星，雖然不能說對天文知識很熟悉，但他至少還辨別得出北斗七星與南十字星的差別。

……但是，如果是火星的話，應該會有兩個月亮才對。

我在胡思亂想什麼呢。沉思中的藤木忽然嘆了一口氣，如果這裡是火星的話，照理說空氣應該很稀薄，沒辦法呼吸才對。不、不會的，到火星這件事本身就是件絕對不可能的事。

歡迎來到火星的迷宮。

不管怎麼說，要真心接受不知道是誰用這遊戲機所發出的訊息就是一件奇怪的事。

藤木又開始認真地把枯草扔向火勢漸弱的火堆上。這草每根長度都超過三十公分以上，前端就像松葉般尖銳，一不小心就可能會被扎傷，至少在日本沒見過這種草。

即使到了夜晚，也不見氣溫下降，所以也許不需要生火。而且這麼小的火，對於防禦野生動物也起不了什麼作用吧。雖然四周都找得到枯草，但是因為廉價打火機的瓦斯已所剩無幾，所以得節制點用才行。

但是，在這種可怕的情況下，呆坐在黑暗中的滋味實在難熬。

藤木緊緊握著一束枯草。

為什麼會遭遇到這樣的事呢？心中莫名地湧上一股怒氣。總之這事絕非出於偶然，一定是有人故意設計的，一個令人無法想像，精心策劃的惡作劇。

藤木想藉著宣洩怒氣來激勵自己，但是一看到高聳的奇特岩石沐浴在月光下的群山丰姿，怒氣就急速萎靡，取而代之的是一股莫名的恐懼。

這岩石山怎麼看也不像是人造的，儼然就是自然存在於此處。

這等級說起來絕不是惡作劇。

雖然怎麼樣也想不通自己為何會來到這地方，但眼前自己身在此處是不爭的事實。

這裡到底是哪裡？

同樣的疑問就像迴圈似地，反覆在腦中浮現。面對這問題，不管多麼荒唐無稽的假設都想像不出來。感覺就像是一隻正在走路的螞蟻，突然間被雙巨大的手抓起來，放入玻璃瓶中般。

這輩子，還是第一次感到如此徬徨無助。之前原本以為堅如磐石的公司突然倒閉、奪走了所有掙來的頭銜、被社會所遺棄等等，若跟現在這種不合理的狀況相比，簡直是小巫見大巫。

或許就是因為內心潛藏著一種根本性的軟弱，才會被逼到如此窘境……

此時，岩石與岩石互相摩擦的聲音，響徹整個谷底。

藤木下意識地蹲下身子。

有誰在那裡。

野生動物應該不會這麼笨拙才對。這個聲音，聽起來像是鞋底踩在砂礫上摩擦發出的。

感到身處危險。瞬間，心臟開始將血液大量輸往全身各處。

對方知道自己現在正在這個地方，即使是這麼不起眼的火堆，只要視線良好，就算幾百公尺之外也能看到。或許是知道這裡有人而走近來看，如果真是這樣的話，大聲喊叫不就得了嗎？

但是在還未了解對方的意圖前，絕不可以掉以輕心。

藤木屏住氣息，躲在黑暗中查看。

那裡似乎有個人影。

似乎不太想引人注意似地，躲在岩石山的陰影下。

身高跟自己差不多，削瘦的身影。

因為太暗了，看不清楚輪廓，但是一邊的眼睛恰巧反射到月光，發出奇異的光芒。

藤木決定要往人影的方向慢慢移動。

而對方先是站在原地不動，之後就很快地轉身跑走。

「喂！等一等啊！」

藤木拚命地叫喊，但是對方似乎沒有停下來的意思。

「不要怕，沒事的，我不會對你怎麼樣，因為我自己也搞不清楚這裡到底是哪裡！」

他想對方的立場或許是一樣的，才說出這些話來，但還是沒有用，或許語言不通吧。

粗石砂礫易陷，草地又濕滑，藤木根本就沒辦法全力快跑。再加上平時運動不足，跑得上氣不接下氣，步履蹣跚，但仍咬牙持續追著。

雖然有心理準備會讓對方就這麼逃走，但是仔細一看，這個人的樣子有點怪。

步伐很大，跑步的樣子遠比藤木來得好看，但可能因為眼睛不習慣黑暗，常常一副快絆倒的模樣。

跑了五、六十公尺後，總算能透著月光隱約看出對方的模樣。身材修長，穿著襯衫與牛仔褲，一頭短髮，從圓潤的腰部線條可以很清楚地判斷是個女人。藤木加把勁地追上去。

那女人幾乎已與藤木拉開了相當一段距離，但是因為腳絆到小岩石，一時失去平衡，跌了個大跤。

「喂，還好吧？」

女人蹲在地上對於藤木的搭話沒有任何回應。終於追上了之後，女人害怕地抬頭看了看藤木，臉的輪廓一看就是普通的日本人，五官端正，但是眼神中帶著一點奇特的感覺。

「何必呢？幹嘛跑成這樣……」

藤木上氣不接下氣地說。女人手上拎著小袋子，一臉茫然，幸好看起來沒受什麼嚴重的傷。

「……你是誰？」

女人終於發出第一個聲音。

「妳又是誰，在這裡做什麼？」

女人看了一眼藤木後，只是淡淡地回答：「不知道。」

「難不成妳也喪失記憶？」

藤木感覺一陣興奮，終於碰上跟自己遭遇相同的人了，藤木就像是洩洪般，對女人滔滔不絕地問著：

「妳叫什麼名字？還記得來到這裡之前的事嗎？我覺得這好像是個什麼遊戲，妳有沒有任何線索？或許妳也不知道這裡是什麼地方吧？我猜可能是南半球的某個地方……」

女人皺起眉頭，伸手制止藤木繼續說下去。因為身材高䠷所以手臂很長，手掌幾乎跟男人的一樣大。

「等一等，這麼多問題，我沒辦法一次回答。」

「啊，真不好意思。」

藤木大口地深呼吸後，情緒也稍微穩定下來。

「我的名字是藤木芳彥。」

「……誰？」

女人的口氣有點詫異。

「藤木芳彥，一個潦倒的失業者。」

「失業者？」

「妳呢？不會連自己的名字都還想不起來吧？」

女人馬上露出一副很不高興的表情。

「當然沒忘，我叫大友藍。」
「怎麼寫？」
「大小的大，朋友的友……藍色的藍。」
藤木覺得這名字還真是挺特別的。
「我剛才說不知道，是說我不知道自己為什麼會在這個地方。」
「那這裡到底是哪裡啊？」
「我也不知道。」
藤木感到十分洩氣。
他重新看向面前這位叫藍的小姐，發現她的左耳戴了一個耳機，有條線連接到配在皮帶上的機器，上面還有名牌家電的商標，乍看之下以為是收音機，但似乎是助聽器。
「那個東西還好吧？」
聽到藤木這麼問，藍就慌慌張張地檢查著機器。
「還好……應該沒壞吧。聽得還算清楚。」
「那就好。」
「好什麼好，這個就完全不行了。」
藍讓藤木看她佩戴在身上，與藤木手裡握著的一模一樣的遊戲機。因為她把袋子背在肩上，

可能是跌倒時，不小心撞到岩石的關係，塑膠製外殼已裂成兩半，主機板的ＩＣ也暴露在外頭，內蓋與電池早就不知道飛到哪裡去了。

「我看這東西已經不能用了，妳看過上面的訊息了嗎？」

「你是說歡迎光臨火星的迷宮吧？看到了啊，但是怕沒了這機器，以後或許會很麻煩。」

「為什麼？」

「因為如果只是為了看這幾行字的話，就不需要特別準備這個東西不是嗎？我想大概是接下來展開遊戲時，會需要這東西吧？」

藍倒是說到了重點。如果只是傳遞這些文字的話，大可用紙寫一寫就夠了。

「都是你害的，你看壞掉了。」藍瞪了藤木一眼。

「這個……先別生氣嘛！妳對這遊戲的了解有多少啊？」

「沒多少，我想大概跟你差不多吧！」

「剛剛的問題妳還沒回答我。不管怎麼樣，現在是什麼情況，快把妳知道的告訴我吧。」

藍拍了拍屁股站起來。

「你不覺得自己有點自私嗎？」

「啊？」

「在訊息中不是有提到嗎？每個參賽者可以任意選擇要合作或是敵對，也就是說，你跟我，今後或許會變成競爭對手也說不一定。」

藤木思考了一下，這個叫藍的女人，比外表看起來還要聰明，姑且不論這個遊戲是否屬於「零和博奕」，如果是的話，會有兩人以上的獲勝者嗎？照目前這種情況，選擇合作的方法應該是比較妥當的。

「……但是，妳現在遊戲機已經壞了，選擇跟我一塊走，不是比較有利嗎？」

雖然覺得緊咬對方的弱點有點過意不去，但是眼前的情況，不得不採取些手段。藍咬著嘴唇，盯著壞掉的遊戲機，不過感覺兩眼焦距似乎對不上，可能是心情不佳的關係吧？

「似乎是這樣……好吧，如果你答應帶我一起走的話，我就把我所知道的全都告訴你。」

「那我們先回營火那邊吧。」

火堆的火幾乎都快熄滅了，補上新的枯草用力一吹，再度燃起熊熊的火焰。冷靜地想了一想，雖然不能說現在的狀況有什麼好轉，不過光是火堆的對面多了一個人，就覺得增加了不少信心。

「關於剛剛的問題……」

藍抱著膝蓋，那雙大眼睛裡映著搖晃的火焰。

「我還是想不通自己為什麼會淪落在這裡，八成是被誰灌了什麼藥……」

「為什麼妳會這麼想呢？」

「因為醒來時，覺得頭非常痛，雖然以前我經常熬夜工作，但還沒有偏頭痛過。」

果然，我們真的被下藥了。

「這麼說，妳什麼都不記得了？」

藍拿了一根枯草點上火，仔細地端詳著，突然間以銳利的眼神看向藤木。

「雖然如此，但對於之前的事，多少還有些記憶。」

「真的？」

「我是做什麼的啊……對了，我記得去應徵一份零工，後來通知我去參加最後的面試……」

藤木全身僵硬了起來，彷彿腦中爆發出什麼東西似地，藍這麼一說，又喚起部分記憶。

「沒錯！我也是這樣，我在失業期間，必須省吃儉用，四處找零工。我記得好像去應徵一個雜誌上登的廣告。」

「是不是一個電視製作公司之類的……？」

「妳也是嗎？」

兩個人四目相接。

「是什麼工作，已經想不太起來了。應該是說那裡的負責人說明得很曖昧……然後他們說會再進一步聯絡，本來我想包準是沒指望了。後來應該是兩個月後吧！他們又突然叫我去作最後的面試。」

「了不起！記得比我還要清楚哩！」

「我也是現在才想起來的，託妳的福。」

藤木瞇著眼，視線落在那堆熊熊的火焰上。打工的事是想起來了，但是為什麼感覺那似乎是好久以前發生的事。好不容易抓到了些許記憶的線頭，他想盡可能地往記憶深處挖掘更多東西。

「後來我被叫了出去，對方突然給我一張ＪＲ車票，反正我剛好失業，閒得很，也就沒有拒絕。記得好像是離東京很遠的一個溫泉區，在車上喝了人家給的啤酒後，頭就開始覺得昏昏的，出了車站，外頭正在下雪，好像是場睽違了十八年的大雪……」

在雪地滑了一跤，左手留有擦傷。

突然間，藤木的腦海中浮現了一個奇妙的影像，紅白條紋相間的巨大棒狀物體，上面還纏繞著像是女性頭髮般的東西。

搞不清楚那到底是什麼玩意兒。

「你還記得那是什麼地方嗎？」

「想不起來了，感覺像是東北或北陸那一帶吧！那妳呢？」

藍皺起眉頭。

「我也不是記得很清楚，好像是被叫出去之後，應該是……靠日本海那一帶吧！沒錯，記得有下雪……」

藍睜著那雙大眼睛，凝視著聳立在眼前那些有著奇怪紋路的岩山。

「總而言之，跟這裡完全不一樣的地方，對吧？」

「是啊。」

藍眺望著遠處，動也不動，不知道在想些什麼。

「這該不會全都是電視製作公司搞的把戲吧？」

藤木搖搖頭。

「我也這麼想過，這簡直就像個恐怖企畫。但想想不太合理，一個電視台，再怎麼樣也不會草菅人命胡搞這種事。」

「……你說得沒錯。」

藍失望地聳聳肩。

「我只是想如果是這樣的話就好了。」

沉默了一會兒。

「可不可以告訴我一些關於妳的事呢？」

「什麼？」

「往後我們就是夥伴了，所以彼此先了解一下對方，對各方面來說都會很有助益。」

藍睜大眼睛，看著藤木。帶點驚訝的表情是她的特色。

「很有助益？嗯……對喔！」

這還是第一次看見藍的笑容，她笑起來不知怎麼的會皺起鼻梁，與其說是苦笑，倒不如說帶點挑釁的意味，不過奇怪的是，並不會讓人心生厭惡。

「我……其實是個漫畫家。」

「真的？好厲害！」

「哪裡厲害？」

「至少收入應該不錯吧？」

「這個嘛……只是對一小部分很紅的漫畫家而言是如此，我想每個業界都一樣吧。大部分人的生活都是有一餐沒一餐。」

「可是對我這個失業的人而言，可是羨慕得很哩！」

「其實跟失業也差不了多少，不過比以前當動畫師的時代好太多了。過去一天雖然工作十個小時，但薪水低到即使結了婚，還是要受到法定配偶扣除額（註1）保障的程度啊。」

「不過畢竟是做自己喜歡的工作，不是嗎？」

「自己喜歡的？如果看到我畫的內容。也許你就不會這麼說了。」

註1：依照日本稅制，婚後夫妻一方若無固定工作，家庭總收入薪資未達一定標準時，報稅時可以依法享有部分扣除額。

藍斜睨著藤木。

「妳是在畫哪一種漫畫啊？」

「說了我想你大概也不知道吧。」

「不一定哦！因為我每天至少會去便利商店報到一次。」

藍嘆了一口氣。

「好吧，我最主要的客戶就是《色情漫畫諸島》這本雜誌，還有《色情多拉多》及《色情尼妞》這些……」

「這個嘛……的確是不太清楚……」

其實藤木想說這些雜誌名怎麼都有個色情的字眼，但話到了嘴邊還是嚥了下去。

「我想這些漫畫的內容不用我說也猜得出來吧？在我畫卡通的那段期間，為了多賺些外快，就畫了一些相關內容的同人誌，透過郵購或是同人販售會的管道販賣，因為盜用過一些有名的漫畫或者動畫的人物片段，還差一點被警察逮捕呢！」

「哦……」

因為對這些事似懂非懂，所以藤木也只能隨便附和。

「然後，那些同人誌就引起雜誌編輯的注意，所以才會開始現在這份工作。」

「原來如此，女生也會畫這種東西。」

「最近特別多喔！因為現在與過去的風格不太一樣了，現在比較受歡迎的作品都是那種可愛的畫風。」

「喔……」

這時藤木想起他在新宿時，認識了一位原本在印刷公司當營業經理的流浪漢。被警察抓走之前，他就是在撿一些人家讀完丟掉的雜誌在路邊擺攤，一本賣一百圓，所賣的很多都是藍剛剛所說的那類雜誌，不過倒也沒特別留意跟以前的畫風有什麼差異。

「但是妳跟我不一樣，好歹有份正當的工作，為什麼還要應徵那種奇怪的零工？」

藍沉默了一下。

「你還記得那個可疑的徵人廣告內容嗎？」

「不……不是記得很清楚。」

「我也不太清楚為什麼想要應徵這份工作，雖然有一份稿子的截稿日快到了，但是忽然覺得自己好像走到瓶頸，似乎應該有所改變才行。我也想畫一些比較正經的漫畫，所以就想這些或許可以幫我找到一些新題材，但是沒想到事情竟然會變成這樣……」

藍說到此就沉默了。

藤木想不出任何安慰的隻字片語，因為面對現在的狀況，自己也是手足無措，所以現在說什麼都於事無補。

藤木簡單地說明一下自己失業的緣由，藍倒也很認真地聽，即使不是很有趣的話題，她也一副認真吸收的表情。總之只要能夠讓自己忘卻現在這種混沌不明的狀況，盡量回憶起一些熟悉、貼近生活的片段的話，什麼都好。

想想自己也是一樣，照理說應該十分痛恨那種諸事不順的日常生活，但一旦敘述起來，又覺得挺懷念的。假如可以平安地從這個地方脫身，一定要改變一下原本的生活。從根本開始重新審視一切，全力以赴，回歸正常……

不久，收集來當燃料的枯草也用盡了，四周完全沒入一片黑暗中，但是現在與方才所不一樣的是，多了一個夥伴，至少心裡有個依靠。

雖然今天清醒的時間並不長，但是為了明天，決定好好睡一覺。

躺在堅硬的砂礫上，感覺一陣頭暈目眩。望著皎潔的明月與紫紅的山岩，只覺得一陣天旋地轉，不久一切就暗了下來。

2

刺眼的光線穿透眼瞼。

一睜開眼，一道光從正後方斜射灑落在正面的岩壁上，整個峽谷已經被朝陽渲染成一片火紅的薔薇色，山巒間的黑色條紋清楚地浮現出來，更顯現出那獨特圓潤的輪廓。

藍已經醒來了，整個人的魂魄就像完全被這峽谷的美景所吸引一般，站著一動也不動。

「……果然，正面是西邊，這麼一來，右手邊就是北邊囉。」

藤木這麼一說後，藍轉過身來，上半身一扭動，更加突顯那小巧、有著優美線條的臀部。

「早安，睡得好嗎？」

「還好，馬馬虎虎。」

藍的大眼睛真是閃亮動人，朝陽下的她五官立體分明，活脫脫是個美人，即使兩眼的焦距看起來有些偏差，但多少修飾了其銳利的視線，反倒成為一種魅力。

或許是這幾天來的壓力，加上先前的工作常熬夜，藍的眼周有著淡淡的黑眼圈。加上那只與年齡不相稱的左耳助聽器，令人心生憐惜。

「遊戲機不是指示了前進的方向嗎？什麼時候出發啊？」
「趁天氣還沒變熱吧！吃完早餐就馬上出發。」
吃的東西當然就是跟昨天一樣的塊狀營養品，這次一樣是一層的份，藤木一邊喝著水壺裡的水，一邊把八條塞入胃裡，還剩下十六條。藍消耗的程度也差不多。
雖然說食物是維持生命的燃料，但是水比食物更迫切需要，藤木一看水壺裡的水已經喝掉八成，心中不免有點擔心。
今天在路上要謹記隨時注意有沒有水源地。
但是又害怕隨便喝地面的水可能會有危險，現在想一想，似乎該存些昨天的雨水放到水壺才對。雖然還搞不清楚這裡到底是哪裡，但可以確定的是，雨水遠比大都市要來得清潔。
「怎麼了，看起來一副很後悔的樣子。」
藍問著藤木。
「嗯，我在想如果存些昨天的雨水就好了。」
「沒關係，我想待會兒馬上就會下雨了！」
「怎麼說？」
「你沒看到這麼美麗的朝霞嗎？」
雖然有朝霞就表示會下雨此一說法，但不知道是否有科學根據，也只好姑且相信了。

從這裡往同樣是起始點的第一CP的路線為：往北二五〇〇公尺，往東北東一三五〇公尺，往東二三〇公尺。

藤木原本擔心這台遊戲機在設計上，同樣的訊息不會出現第二次。但是打開電源確認之後，幸好又出現了跟昨天一模一樣的文字。

雖說只是照著指示的方向前進，但在這之前，一定要先決定如何測量移動距離的方法。兩個人經過一番討論後，決定先測出一步的長度，再乘上步數，雖然不是很有把握可以保持一定的步伐，不過只要兩個人分別都記下步數的話，應該就不會有太大的誤差。藤木的身高為一百七十三公分，在地面上作好記號後，如果是兩倍的距離，大概是七步。也就是說一步的長度約五十公分。因為地面凹凸不平，所以步伐寬度比走在平坦的路面上來得小。另一方面，藍的身高是一百七十一公分，雖然感覺上比藤木矮，但事實上，步伐寬竟達五十五公分。即使身高差不多，但是體型上還是有差異，就比例而言，女生的腿還是普遍比男生來得修長。

兩個人一面數著步數，一面前進。

深怕一交談，不小心就會忘記數過的步數，所以一路上兩個人始終保持沉默。即使天已經亮了，但是並非日正當中，陽光還是沒辦法照射至谷底，在微暗的環境下，只聽得見沙沙作響的腳步聲。

褐色的地面上到處都長著針尖般的草和形狀扭曲的灌木叢。走到了稍微寬廣的地方，觸目所及盡是羊齒類植物的樹叢，植被並沒有太大變化。再前進一些，就是兩側皆是岩壁的狹路。

「喂，我們大概走多久了？」

或許耐不住沉默吧，藍先開口。

「已經走了三千兩百九十一步了，所以……大概有一千六百四十五公尺左右吧。」

藤木這時也停下腳步，嘴裡不斷複誦著數字。

「我的話，剛好走了三千步，所以大概是一千六百五十公尺。嗯，應該差不多。」

藤木回頭看了一眼藍，覺得應該可以在容易記得的地方停下來休息一下。

到目前為止，走的幾乎可說是直線道路，雖然沿途有幾處像是山岩裂縫般的分岔口，但感覺上都是死路，都還沒遇到教人傷腦筋的岔路就是了。

「我看，這種地方也沒辦法休息，還是先繼續往前走吧。」

雖然藤木如此催促者，可是藍卻走近山崖邊，好奇地盯著某種東西。

「怎麼了？」

「我在想，為什麼這些岩石呈現這種紋路。昨天沒有時間仔細觀察，現在我發現是各式各樣不同顏色的岩層疊積上去的耶。」

岩石的表面已經完全乾了，濛濛煙雨中看到的深紅色部分，目前應該比較接近朱紅色或者是橙色。

「那又怎樣？」

三千二百九十一，三千二百九十一……

「至少有一個發現啊。」

藍用食指摩擦了一下崖壁白色的部分。

「你看，這裡的岩層這麼鬆軟。」

白色岩層與其說是砂岩，不如說是沙所凝結而成的塊狀聚合體，藍用指尖輕摳就有碎屑崩落下來。

「……所以呢？」

「也就是說，如果我們要攀登這座山岩的話，根本就是一種自殺行為。」

藍儼然一副老師對學生說教的口氣。

「而且白色的部分好像很容易吸收雨水，岩石中間應該是充滿水分的，一旦攀爬的話，或許整片岩壁就會崩塌下來也說不定哦！」

「所以要注意白色的岩層嗎？」

三千二百……九十一。

「不只這樣。」

藍這次又從腳邊拾起一個平坦的岩石碎塊，似乎是剛從崖上剝落下來的。

「你看這個。」

岩石的一側表面上，有著和岩壁一樣的紅褐色條紋，但厚度最多不過數公釐吧。其餘的部分就跟山崖上的白色層一樣，是非常脆弱的砂岩。

「那紅紅的一層，不見得完全紅到裡面喔！我覺得只是表面薄薄一層罷了。」

藤木的興趣也來了，跟著藍一起檢視這些岩石碎片。她說得沒錯，岩石外層的紅色或橙色表面，應該是受到強烈日曬燒灼的關係，才形成如紅磚一般的質地。

「所以如果要攀爬的話，這岩山的每個地方隨時都有可能崩塌下來，對吧？」

「……難道說，這景色是人工做出來的不成？」

這山岩的構造也未免太奇特了，昨日的疑惑又浮現腦海。不管如何，突然喪失了部分記憶，又被丟在據說是火星這般詭異的地方，怎麼看當然都是徹底遭人設計。

如果真是這樣，那這一切的一切，就連站在眼前這位叫藍的女人，搞不好也是設計好的。藤木內心的猜疑，就這樣無止境地膨脹著。

「嗯……應該不會吧。接下來還要走多久也不曉得，光想到要把觸目所見之處全部弄成這樣，也得花上一筆相當可觀的費用吧。況且從這些岩石的狀況看起來，說是人工做出來的也不太可能。」

的確如此，就岩石的風化程度而言，即使是外行人，也看得出那一定是經過久遠的年代所生成的，不太可能用化學物品製造出這種效果。況且如果地球上真有這麼奇特的地方，早就成為各家電視台的熱門拍攝地了。

「好了，我們可以走了吧。」

藍開始往前走，藤木準備跟進時，卻突然停下腳步。

「三千二百九十一喔。」

藍頭也不回地提醒道。

儘管如此，藤木還是一面重新開始計算步數，一面想著，這山岩是如此的脆弱，對我們而言，是第一個意料之外的壞消息。

原本想說，一旦發生緊急的狀況還可以攀登山岩躲避。如果這個方法不管用，那麼現在除了在這避無可避的谷底繼續前進之外，似乎沒有其他方法可行了。

說不定再走一會兒，就能到一個稍微寬闊的地方，但是想到遊戲機上的訊息，和隱藏在背後的邪惡意圖，就有點前途渺渺的感覺。

這麼說，接下來就只能在這一連串如迷宮般的山岩中，任憑看不見的敵人無情擺布囉。因為這一切是那麼的不可思議到極點，腦子裡甚至還有個可笑的想法，說不定這裡是個被遺棄的主題樂園也說不一定。

胡思亂想中，步數似乎開始錯亂了，藤木強制中斷了腦中的臆測。

至於藍，還是興趣盎然地觀察著周圍。

腳下的土地盡是褐色的砂岩及岩壁上剝落的碎石，四周散布著生著尖刺的雜草叢，就是不見任何動物的影子。

陡峭的岩壁上，長著扇狀葉子的樹木，是種類似棕櫚樹的植物。也許樹蔭下藏著可食用的東西也說不一定。但是既然沒有辦法爬到那裡，光想也無濟於事。

走在曲折的山谷之間，發現了一個長著幾株白色大樹的地方，這些大樹好像曾在哪裡看過的印象，但就是想不起名字。

再繼續往前走，又發現葉子既尖又長的樹叢。

「這附近的感覺很像非洲。」藍嘀咕著。

藍這麼一說，好像真的有那種感覺。如果在這些長滿刺的樹叢旁，再配上幾隻大象或是長頸鹿的話，就真的非常像了。

「昨天不也說過了嗎？這裡或許是南半球的某個地方，所以非常有可能是非洲。」

再怎麼說，都比火星的可能性高。

「……這樣的話，是不是會有獅子之類的猛獸啊？」

雖然只是一句玩笑話，卻足以讓藤木的心情更加沉重。

「提到獅子，就想到我曾經到野生動物園玩……獅子的臉很大喔！如果迎面而來的話，根本來不及躲。」

即使不是獅子，豹或是鬣狗應該都一樣吧。

「話說回來，在這裡根本無處可逃吧。昨天下雨時我就想過，如果谷底湧上洪水的話，那我們不就馬上被淹死在這裡了。」

藤木原本想要反擊，結果話說出口反而只是讓自己的氣勢變得更弱而已。

隨後，馬上就襲來了他們看到的第一種生物。

「啊！」

看到藍低下頭，還想說發生了什麼事，藤木突然感覺到臉旁有一陣嗡嗡聲。好像是昆蟲之類的東西。一下子圍繞了過來。

「是蒼蠅！」

藍尖叫起來。

接下來，成群的蒼蠅蜂湧而出，在日本，除非是到垃圾處理場，不然不太可能看到這麼多的蒼蠅。這些身長約五公釐左右，黑頭的小蒼蠅，鎖定人臉及手臂等外露皮膚的部分猛烈攻擊。不管怎麼用手努力驅趕都沒有用。

「藤木先生！快想想辦法啊！」

藍不斷尖叫。

「我也沒辦法啊！不要忘記步數喔！」

「哪還顧得了啊！」

「可惡！」

雖然已經打死了好幾隻，但是蒼蠅群絲毫無意撤退。無計可施之下，只好拿上衣從頭上罩下，雙手不斷地揮舞著，但光是這樣就消耗掉相當多體力了。

算是不幸中的大幸吧。好在這些蒼蠅並不打算吸血或是把卵產在皮膚上，只是停留在臉跟手上而已，也許是被汗臭給吸引過來的也說不一定。

走著走著，氣溫逐漸升高。雖然沒有溫度計也不知道正確的溫度，但是感覺上似乎跟體溫差不多。谷底幾乎是無風的狀態，如身處三溫暖般，滿身淋漓的汗水加上蒼蠅，皮膚越來越癢。

還有，或許是流了太多汗的關係，異常的口渴。雪上加霜的是，肚子也開始餓了起來。

當藤木數到近五千步時，右前方突然出現了一道山岩的缺角。

「是那裡嗎？」

兩人不由自主地加快腳步，也顧不得計步這回事了。

「到目前為止，我們的方向一直都朝著北邊走，所以我想這個方向，應該就是東北東了。」

藍精疲力竭地嘀咕著。

前方明顯有個岔路。如果所有的分岔點都這麼清楚的話，那照著遊戲機上所指示，通過 Check Point 似乎就不是件難事了。

突然，藤木憶起了很久以前的事。

當他剛進證券公司，接受新進人員訓練時，有一項稱為「步行測驗」的課程；發給每人一張簡單的地圖和一些指示，兩個人一組要通過規定的 Check Point。現在這情形簡直就是當時的翻版，光想就心裡發毛。

那時也是，一開始闖關還算簡單，道路的分岔點簡單易懂，但後來就慢慢地越來越困難。半途走錯路的組別越來越多，最後能平安抵達終點的不到三成，這次該不會也是一樣的模式吧？

從第一個分岔點出發，再行進約一千三百五十公尺，以藤木的步伐來計算，約二千七百多步左右的地方，又出現了另一個斜向右方的岔路。這次同時也出現了往左的道路，不過當然沒搞混就是了。

最後的直線只剩下約二百三十公尺左右。

忽然眼前視野為之開闊，出現了一片四周為山岩所圍繞的平原，到處散立著許多之前沒見過的大型樹木，地表也從砂礫變為白色細沙地。

已經沒有必要再數下去了。因為就在正前方可以看到圍成一圈的幾個人影，一看到藤木他們，立刻站了起來。

藤木拚命向那群人揮手，可是他們只是靜靜地看著，沒有任何回應。

這些人會是這遊戲其他的參賽者嗎？藤木想起昨晚藍對他說的話。

「在訊息中不是有提到嗎？每個參賽者可以任意選擇要合作或是敵對，也就是說，你跟我今後或許會變成競爭對手也不一定。」

眼前這些人是敵是友，一時之間也搞不清楚。剩下約一百公尺的距離，終於能夠隱約看出身影。一共有七個人，加上藤木他們的話，就有九個人，其中一位是身高大概將近兩公尺的巨漢，還有一位女性，其他剩下的都是體格中等的男性。

藤木瞅了一眼藍，發現她一副緊張的神情，張大著眼睛直盯著前方瞧。早已忘了那些惱人蒼蠅的存在了。

「看樣子事情好像不太妙。」

野呂田榮介沉思般地說著。四十二歲，跟藤木只差兩歲而已，戴著一副茶色膠框眼鏡，外表看起來有學者般沉靜的氣質，但感覺得出是個厲害人物。自稱以前是在期貨交易公司上班的業務員，但並沒有清楚說明辭掉工作的理由。

「根據主辦人所給的訊息，只有第一ＣＰ的訊息是分成九份。也就是說，如果有一個人的遊戲機壞掉的話，那所有的人就無法取得那一部分的訊息。」

藤木這才明白當他說出藍的遊戲機壞掉時，全部的人顯露出的驚愕神情並不是出於擔心藍。

「真的壞掉了嗎？該不會故意藏起來吧？」

安部芙美子以凶惡的眼神瞪著藍。這女人好像一直都是眉頭深鎖，標準的愁眉苦臉相。年齡不詳，約莫四十五歲以上，穿著一套不太搭調的灰色套裝。先前的自我介紹並不是很詳細，不過似乎已跟先生離婚了。

「是真的，我也確認過的確是壞掉了。」

藤木有點生氣。

「如果真是這樣的話，可以給我看一下壞掉的機器嗎？」

「已經丟了，反正拿著也沒有用，不是嗎？」

藍對她這種咄咄逼人的語氣似乎不太耐煩。

「那就沒辦法啦！不管怎樣，快點讓我們看藤木先生的好了。」

安部芙美子的口氣變得急躁了起來。

「我是想，可不可以先看看各位的。」藤木的語氣十分堅決。

「為什麼？幹嘛還要計較什麼先後順序。」

「你們彼此都已經知道對方的訊息了，所以大家先要有相同的條件。」
安部芙美子一臉不悅地別過頭去。
藤木也不是完全不相信他們，而且依大家討論的結果而言還是要合作，無論是完全不相信任何人或無條件相信每一個人，最後大概都一樣悲慘，但是總有可以避免不必要風險的方法吧。
「了解，那就先讓你們看吧。」
野呂田很爽快地答應。藤木早就有五成把握料到他會這麼說。
「那就從我的部分開始，不過並不是什麼多麼重要的訊息。」
野呂田將遊戲機交到藤木手上，一按鍵，訊息就一個個依序顯示出來。

1. 在每個CP中，每位參賽者所擁有的資料都是相同的。但是只有第一CP中的重要情報是平均分配給每位參賽者的，所以強烈建議各位能夠確認過所有的訊息之後再出發，這是為了避免在起點造成不公平所設計的辦法。
2. 使用遊戲機取得訊息的方法，與取得這個訊息的方法完全一樣。
3. 本機器所使用的電池是三號鹼性電池，使用時間約十個小時。電池沒電時，若在遊戲中取得新電池這項物品，遊戲就可以繼續進行。但是一旦把電池拔掉的話，之前的訊息就會全部消失。

藤木心想藍之前不好的預感果真應驗了。這台遊戲機果然是個十分重要的必備品。

藤木看了藍一眼。也許相當不安吧，藍茫然的眼神游離在其他隊員之間，然而所有人都刻意避免與她四目相會。最後，眾人不約而同地把目光集中在藤木身上，藤木只好點個頭，示意大家放心。

就像野呂田所說的，這個訊息看起來的確沒有什麼重要的情報。但是就目前狀況，這是知道設計這遊戲的人的意圖唯一線索，所以字裡行間應該藏著什麼更深奧的意義才是。

這麼一想，腦海中就浮現出幾個重要的疑點；在第一項當中，有提到「這是為了避免在起點造成不公平所設計的辦法」，也就是表示在這遊戲中，每個人其實不是互相合作，而是以競爭為前提的。

另一方面，在過於瑣碎的說明第二項與第三項中，感覺得出些許的不協調。

「接下來，換我了。」

剛剛自我介紹中名叫船岡茂的男子，帶著遊戲機走到前面，看上去大概三十歲左右吧。身高約一百六十五公分左右，掛著一對八字眉，一臉不滿的表情。感覺很像是那種在團體中專門惹麻煩的傢伙，不過當他滔滔不絕地說他因為太沉迷汽艇比賽而挪用公款遭到解雇的事時，可以感受得到他只是個單純的傢伙。

藤木看了看船岡的遊戲機內的文章。

在遊戲當中，嚴格禁止下列事項，如有違規者，將科以嚴重的懲罰。

1.攀爬懸崖或山岩。

2.走近焚燒複數火堆之處。

3.在地面上用樹枝或石頭擺出大圖形。

4.製作類似笛子之類的東西，發出很大的聲音。

5.用鏡子之類的東西來反射光線傳送暗號。

「反正懸崖太陡了，根本也爬不了。」

藍用只有藤木聽得到的聲音低語著。好像是在確認他們兩個是擁有相同的情報，而且是合作夥伴的立場一樣。

的確，藍說得沒錯，可是會把這個項目放在第一項，我想應該不是因為擔心我們的危險，而是如果真的有人膽敢冒著生命危險爬上山岩的話，可能會對遊戲主辦者有什麼不方便之處吧。

難道說山上有什麼東西不成。

「喂，等一等，你為什麼讓這個人一起看？她把自己的機器搞壞了，造成我們大家的困擾，不是嗎？」

安部芙美子又開口刁難。

「機器會壞掉也是無法控制的事啊！」

「拜託！什麼叫作無法控制的事？這種理由……」

「她是我的夥伴，我們從今以後兩個人會一起行動。」

當藤木這麼義正辭嚴地說了之後，安部芙美子雖然稍微收斂了點，但還是意圖挑撥其他人一起排擠藍。不過看到沒人理她，只好自討沒趣抱著自己的遊戲機別過身去。

「第二項寫的是什麼意思啊？」

看樣子藍決定再也不理會安部芙美子的任何發言了。

「關於這一點，加藤先生已經解釋過了。」

野呂田用手介紹坐在角落邊，一位身材瘦小，雙頰凹陷的中年男子。

「這是國際通用的ＳＯＳ記號，將三根木柴堆成正三角形焚燒。」

加藤高道邊說邊站了起來，他年約五十一歲，算是這群人中年紀最大的。

「我以前當過國中老師，那時指導過漂鳥社團，這是遇難時一定要記住的一種求救記號。」

加藤說話的語氣真的很像老師。

「把對外信號三個重疊在一起的話，就是ＳＯＳ的意思了。譬如三堆火、或是三發槍聲、口哨聲之類的。」

「總而言之，就是設計這遊戲的人，不希望我們向外發送ＳＯＳ的信號是吧？」

對於藤木的發問，加藤點了點頭。

第二項到第五項，似乎暗示著能向空中打些什麼求救的暗號。藤木心想，難不成這附近可能會有飛機飛過？

另一方面，或許是因為考慮到需要開伙或者取暖之類的，所以倒是沒有禁止升起單獨的火堆。這點說起來的確有點不可思議。

「『嚴重的懲罰』指的是什麼？」

野呂田聽了藍的問題後，表情變得很嚴肅。

「沒有具體的說明……但我覺得還是先假設一下比較好，最壞的結果大概就是被滅口吧！」

藤木心想或許正如他所說的。對方砸下莫大的金錢與勞力只為了這件事。如果因為有任何人向外面求助，而使之前的努力都化為泡影的話，那麼殺人也不足為奇了。

「我機器內的指示，現在已經沒有用了……」

加藤說完遞出遊戲機，裡面有此訊息。

在第一ＣＰ中可獲得的物品，就在ＣＰ南方三十五公尺處，鬣刺草（Spinifex）的草叢裡。

所謂的「鬣刺草」，也許是指昨天丟在火堆裡那種尖尖的草。

「這是方才取得的一些物品，待會兒大家再平均分配好了。」

野呂田指著排列在地面上各式各樣的物品，他一直很好奇那些到底是什麼。

臉色白皙得像是戴了層能劇面具的男人慢慢地站了起來，給大家看他的遊戲機。他細長的眼睛眨也不眨一下。楢本真樹，二十九歲的自由業者。

北邊的路徑：往北五五二〇公尺，往西二六六〇公尺，往南南西五二〇公尺。

「我這也是差不多。」

身高將近兩公尺的巨漢，拿出遊戲機來。妹尾純一，三十一歲，據說欠了一屁股的債。不過性格看起來挺溫和的樣子。但一想到他壯碩的體格潛藏的威脅性，還是教人不得不起戒心。

南邊的路徑：往南南東四五〇〇公尺，往東三八〇〇公尺，往東北東四三〇〇公尺。

一位叫鶴見克哉的中年男子默默站起身，將自己的遊戲機交給藤木。據說他直到腰部舊患痛到不能再做任何粗重的工作為止，一直都是個粗工。那雙又黑又大的手已經變了形，臉色也是那種長年在戶外工作的人所特有的深灰色，雙頰和額頭部分，有幾道像是用鑿子刻過般的皺紋。

鶴見的遊戲機中，出現了和楢本以及妹尾的遊戲機一樣的內容。

東邊的路徑：往東二八〇〇公尺，往東北二六八〇公尺，往南三三〇〇公尺。

「接下來輪到安部小姐的西邊路徑。」

但是不管野呂田怎麼催促，安部芙美子就是不肯拿出來。也許是對剛剛的事還有點耿耿於懷，所以不想讓大家看自己遊戲機內的訊息。

「安部小姐，現在可不是鬧彆扭的時候！」連野呂田都開始不耐煩了。

「沒關係，如果真的不想讓我們看的話也無所謂。」藤木說：「不過，我也不會讓那個人看我機器內的訊息，希望大家也不要告訴她。」

一聽到這話，安部芙美子才心不甘情不願地回過頭來，板著臉孔，把遊戲機的液晶畫面朝向藤木。

西邊的路徑：往西北西四八二〇公尺，往西南三二一〇公尺，往南六九〇公尺。

不論是哪條路徑，距離大約都是七、八公里左右。大家從一開始的出發點到這裡為止約四公里多，也就是說，起碼都有兩倍以上的路程。

「這樣……七個人的資料都湊齊了吧。」

藍說著，野呂田點了點頭。

「我們現在必須從東西南北，這四個路徑中選擇一條，但是目前並沒有一個可以判斷的依據，所以很期待藤木先生的部分。」

「一開始先隨便選擇要往哪裡走……應該不會是這樣吧？」

加藤小心翼翼地問著。

「或許吧，這麼說來，藤木先生的訊息，應該會有更重要的情報才對，還有……大友小姐的應該也是。」

「沒錯！最重要的一定是那女的。」

安部芙美子故意提高聲調。

「搞不好會因為少了那份訊息，而有人因此喪命也說不定。」

「不管怎樣，先看再說吧。」

野呂田向藤木招招手。

「這是第一個 Check Point，找得很辛苦。」

順著野呂田所指的方向，並沒有什麼明顯的標的物，只有一個一半被埋在土中的岩石，像張桌子般穩穩地立在那裡。

「在這裡，就是這裡。」

可能是因為藤木露出詫異的眼神，野呂田笑了笑，指著岩石上的一點。

仔細一看，紅色的岩石上有個小光點，如果用手遮在上面的話，紅色的光點就會移到手背上。就算手慢慢的離開岩石，光點的大小也幾乎沒有改變，當然這一定是雷射光，不太可能會是自然光。

試著找尋光源的方位，原來是從斜後方的山岩處照射下來的。仔細查看過後，還是無法找到發射這光源的物體。

「現在請把你的遊戲機，放在正對光源的位置。」

藤木只是稍稍思考了一下如何讓遊戲機接收光源，馬上就有了答案。先打開遊戲機的開關，放在岩石上，然後小心調整方向，盡可能保持直角的角度，將光線對到紅外線通訊用的孔上。

如果只是單純的紅外線的話，一般肉眼是看不見的，所以應該是加入了可視光線。

跟之前一樣，開頭是一段前奏音樂，接著就出現了下列文字。

要找求生用品的人往東，找護身用品的人往西，找糧食的人往南，找情報的人往北前進。

「原來是這樣啊……」

站在藤木肩後觀看液晶畫面的野呂田喃喃自語著。

大家輪著傳閱遊戲機，並且開始大聲鼓噪起來，場面似乎變得無法控制。

「各位安靜！請冷靜一下，目前所有的訊息都已經齊全了，所以……」

「應該不是所有吧？你們忘了嗎？我們還少一個呢！」

安部芙美子反駁野呂田，似乎存心再一次讓藍難看。

「你的機器上不也寫著嗎？必須確認過所有的訊息才能出發，現在該怎麼辦才好？」

「好了好了，現在說這些也於事無補，大友小姐的機器也不可能修好的！」

加藤在旁打圓場，但是安部芙美子一步也不肯退讓。

「每個訊息都很重要，不是嗎？也許差一個就不行也說不定，這可是關乎人命的事耶！」

「好吧！那安部小姐，請妳具體說明我們現在該怎麼做？」

野呂田這麼一反問後，安部芙美子為之語塞。

「什麼該怎麼做……？這種事我哪知道啊！」

「那妳就乖乖閉上妳的嘴，歐巴桑。」

沒想到開口的竟然是很少發言的楢本，安部芙美子以充滿怨恨的眼神回瞪他。

「總之，當務之急就是要決定哪一種方法最有利，如果一直怪罪他人的話，事情根本沒辦法進行。」

趁著安部芙美子安靜下來的空檔，野呂田終於又取回發言的主導權。

「總之現在我們知道東西南北各方向所代表的意義了，接下來就是決定人數如何分配。」

「分配，這什麼意思？」船岡問。

「意思是說，如果我們所有的人都集中在一、兩個路徑的話，是很危險的。在不知道哪個路徑是正確答案之前，為了保險起見，我們應該分成四組去搜索每個路徑，再回到這裡……」

「等一下，先生你鋒頭搶得太凶囉！」

船岡站起來拍拍屁股，故意露出苦笑的表情。

「雖然你已經擅自幫每個人決定要怎麼玩這『遊戲』，可是我可沒說要贊同你的方式哩！」

「就是啊。」楢本說。他依舊盤腿坐在那裡，一動也不動。

「基本上，我們真的要聽信一個突然莫名其妙把我們帶到這鬼地方，連個鬼影都沒見著的人所指示的行動嗎？」

船岡環視了一圈所有人，知道有人跟他同一國之後，態度就更強勢了。

「那麼你說該怎麼辦呢？」

船岡擺出一副我可是有對策喔的表情，瞄了安部芙美子一眼。

「反正就是想辦法從這裡逃出去啊！」

「那要怎麼個逃法？」

「所以說，這就是現在要好好思考的問題啊！」

「我覺得為時尚早。」藤木抬頭看著船岡說著。

「基本上，目前我們都還不知道這裡是什麼地方，而且也不清楚把我們集合來這裡的意圖究竟是什麼。」

「那你有什麼打算？」

「我的想法是，先按照他所指示的進行，再慢慢收集一些能夠逃脫出去的情報。」

「天真，真的是太天真了，如果最後變成無法脫身，進退兩難的情況時，那該怎麼辦？」

「我覺得目前的狀況，就已經夠進退兩難了。」

藍一面看著大家一面說著。

「現在如果走遊戲機內所指示的路徑之外的路，那水和食物這些東西要怎麼張羅？也有可能會遇上猛獸之類的……總之，一切都很難預料。」

「沒錯，正是如此。」野呂田看著藤木跟藍點點頭。

「也就是說，我們現在一切都得很謹慎才行。」

「我想，我們現在是不是應該回想一下，到這之前的事還記得多少……」

加藤舉手發言。

「這位大叔，這問題已經不知道想了幾百遍了，大家不是都說記不太清楚了嗎？」

船岡很冷淡地否決了這項議題。

「是沒錯啦！可是說不定慢慢回想的話，還是會想出些什麼啊……」

「夠了！如果有這種一直嘮嘮叨叨的人在的話，我想就不用繼續往前進啦！」

「你說什麼？有話就說清楚啊！」加藤被惹怒，跨出馬步擺出戰鬥姿勢。

「你又算什麼東西啊！一副好像很了不起的樣子，看了就噁心。」

「好了好了，別再吵了！」

野呂田趕緊擠到兩人中間，極力排解著。

藤木突然覺得有些疑惑，就算是被灌了藥，每個人對於來到這裡之前的記憶，真的都完美地忘得一乾二淨嗎？

對於加藤的呼籲，大家應該要有些反應才對。對於失去記憶這件事，總是會感到不安，想把空白的記憶給填滿，這是人之常情。但船岡卻正好相反，感覺上他根本不想去碰觸這件事。

難道說，在這當中有幾個人還留著相當程度的記憶，只是並不打算公開。可能是因為至少比起那些什麼都不記得的人來說，相對有利吧。

「現在就做個決定如何……」

一直保持沉默的妹尾低聲說著。聲音雖然不是很大，不過可能是他那顯眼的體格吧，想不引人注意都難。

「是啊，做個決定吧。」

藤木覺得再這樣下去也不會有結果，趕緊附和著。

「所謂的決定，是指要不要參加這遊戲的意思嗎？」

藍問道。

「沒有那個必要吧。就像野呂田剛剛說的，徵求要去東西南北各路徑的人，盡量分配得萬無一失，如果有人不想參加，採取別的行動也無妨。」

話題終於有所進展，氣氛也變得比較緩和，由野呂田主導，會議有效率地進行著。

「……接下來，大家就分頭往四個路徑去找下一個Check Point，再回到這裡來會合。並把取得的物品帶回來平均分配，這樣可以嗎？」

雖然沒有人回應，但從大家曖昧的互相點頭中，就可以確定是多數贊成了。

「那麼，首先是要往東邊路徑的人，這是『找求生所需的物品』，有人自願嗎？」

或許是剛開始的關係，大家面面相覷，就是沒有人要舉手。

「沒有人要自願嗎？」

加藤終於舉手了。
「好，那加藤你就往東邊的路徑。接下來是西邊，『找護身用的物品』。」
原本預期這次應該也不會有人自願，出乎意料的，妹尾和船岡很快就舉手。
「兩個人是吧。妹尾先生跟船岡先生……這麼說，船岡先生你決定要參加這遊戲囉！」
「沒辦法啊！就陪陪你們吧！」船岡輕浮地笑著，似乎完全不在意自己之前的發言。
藤木很納悶為什麼這兩個人會如此乾脆地選擇這個項目呢？也許這兩個人都預測未來很有可能會和在場其他人起爭端吧。
反過來說，會準備這樣的物品，就表示這地方潛伏著危險。譬如說，用來驅逐熊的噴霧劑，或是緊急狀況下，能夠保命之類的東西。
「接下來是南邊的路徑『找糧食』……」
藤木舉手。無論如何，糧食還是最重要的。同時，另外還有三個人也舉了手。
「我看一下，有楢本先生、安部小姐、鶴見先生和藤木先生，是吧？」
藤木看了一下藍，藍並沒有舉手，可能是因為已經說好兩個人一組，所以就沒必要再表示任何意見了吧。
「人數稍微有些不平衡咧……」
「那你自己呢？你要怎麼辦？」船岡問道。

「我是想說，看哪邊人數不夠就加入那邊。」

「嘿！了不起。犧牲小我完成大我嗎？意思是往哪一邊都無所謂，是吧？」

船岡雖然帶點譏諷的口吻，但是野呂田並沒有生氣。

「最後是……往北邊的路徑，『找情報』……這樣看來，沒有人要去囉？」

「光是情報，填不飽肚皮吧。」

藍拉拉藤木的袖子。

「我們要不要往北走啊？」

「什麼？」

「我覺得依現在的情況，情報比什麼都重要。」

「但是，我覺得設計這遊戲的人，鐵定會對情報有所篩選吧。所以應該不會有多大的作用才是。」

兩人刻意壓低聲音，不讓其他人聽到。

「……雖然說，大家要把拿到的資源再拿回來平分，但是很難保證大家真的會這麼做，不是嗎？所以說，自己去拿糧食應該是最妥當的方法吧？」

「或許大家都是這麼想吧。」藍低聲說著：「不過我想這裡鐵定是個關鍵點。」

「關鍵點？」

「你想想看，在這種遊戲中，通常一開始最平常的選項都是最重要的東西才對。如果是大家都不想選擇的項目，十之八九都有可能是關鍵所在。」

藍的這番話，激起藤木的部分記憶。的確，以前也有過這種想法，像是某種遊戲……

「你們談好了嗎？」野呂田問。

「怎麼？你們不會已經有一腿了吧？」

船岡把兩手的拇指交叉在一起，發出低俗的聲音。

「我們兩個想要改成往北走。」

藤木盡量克制自己，不要顯露出不安的樣子。但是心裡暗想著：憑直覺決定這麼重要的事，真的可以嗎？但是賭注都已經下了。

「想要兩人小世界嗎？嘖嘖，真令人羨慕呢。」

「了解。那麼因為往東的就只有加藤先生一個人，所以我就和加藤先生一組好了。」

野呂田做了最後的結論。

「我再整理一次，東邊由加藤先生和我負責，西邊是妹尾先生和船岡先生，南邊為楢本先生、安部小姐及鶴見先生，往北的路徑則是藤木先生以及大友小姐。」

果然沒有一個人出聲表示贊同，總覺得好像是糊里糊塗決定這樣的路徑分配。每個人心中似乎一半因為選擇了自己所想要的路徑而感到滿足，另外一半卻擔心是否選錯而感到不安。

接下來是分配大家在第一 Check Point 中得到的東西。

糧食量只有一點點，比預期少。花生巧克力棒一人一枚，一公升裝的礦泉水一人一瓶。不過，其他東西就相當有用了。首先是指南針。大家都花了相當大的功夫才找到這個地方，但是有了指南針以後，就不用再為了方向問題傷腦筋了。另外還有計步器、附原子筆的記事本、可以裝這些東西的旅行袋。最後還有一頂圓邊帽、胃腸藥及維他命，以及眼藥水等。

每一種都是一人一份，所以並沒有起任何爭執，但是之後是否也是這樣就不得而知了。

一切分配完畢時已過了中午，如果想在日落前到下一個 Check Point 再回來，時間不多了。大夥匆匆忙忙地吃完剩下的塊狀營養食品及巧克力棒，就各自往不同的方向出發了。

「應該差不多快到了吧？」

藤木看了一眼掛在皮帶上的計步器。這機器不但能計算步數，還能根據設定好的步長，乘上步數來顯示距離，與前往第一個 Check Point 的時候相比輕鬆太多了。

遊戲機首先指示往北走五五二〇公尺，現在剛好走到五五〇〇公尺的地方。

「下一步是往西二六六〇公尺嗎？我想想看，如果是這附近的話，應該要有一條往左方的岔路才對……啊！是不是這裡？」

左手邊的山岩也許因為剛好是迎風面的關係，看得出表面有很明顯的風化現象，上面有無數條細小的裂痕，似乎只要輕輕一碰，表面就會剝落。後面的山岩也是一樣，兩道岩壁中間有道裂縫，寬約五、六十公分左右，與其說是條窄路，還不如說是道岩壁間的縫隙罷了。

「這條路真的沒問題嗎？」

藤木盯著這道看起來像岩石裂縫的入口，看不出來這縫隙深長達兩公里以上，但是指南針指示的方向表示它真的是正西方。

「可是也沒看到別的入口，不是嗎？」

藍重新設定好計步器，側著身體爬了進去，藤木尾隨在後。

爬了一會兒，前面的路豁然開朗，看來應該是這條路沒錯。

抬頭一瞧，茶紅色的岩石表面沾黏著一些灰白色的塊狀物，這些塊狀物大約寬一公尺，高近三公尺左右。質感像是破爛紙張的表面上還布滿許多小洞。

「這不會是白蟻窩吧？」

「是嗎？你對生物挺了解的嘛！」

不過藍似乎不怎麼感興趣的樣子。

白蟻居然建造了這麼大的巢穴，這裡應該是熱帶地區沒錯，搞不好是非洲哩。但是對一個不是昆蟲學家的外行人來說，真的很難判斷。

再往前步行約一百公尺，就走出了狹窄的岩縫，視野變得寬闊起來。一片儼然是大草原的地方，到處都佇立著比人還高，像是墓碑的東西。走近仔細一瞧，原來這些也全都是白蟻窩。

為了確保朝著正西的方向走，兩人拿著指南針一步步小心翼翼地往前進。

「喂，這樣真的沒問題嗎？」

「怎麼了？有什麼不妥嗎？路變寬了，而且也沒有其他往西方的路了，不是嗎？」

「不是啦，我是指一開始就選擇『情報』這件事。我只是在想，如果當初選擇『糧食』或是

『求生工具』的話……」

藍一副很不耐煩的樣子看著藤木。

「都已經走到這裡了，再說這些也沒有用了。」

「是沒錯啦！可是……」

「夠了！別再這樣婆婆媽媽的了。」

藤木一陣苦笑，這話聽起來就像杏子婚後的口頭禪。

「事到如今也沒辦法，來都已經來了，還是說你要折回去不成？」

「不。」藤木搖搖頭。

「如果你真的很不安的話，一開始不要聽我的不就好了。反正我對這個選擇也沒什麼自信，只不過憑著直覺作選擇罷了。」藍嘟著嘴。

藤木心想：沒錯，自己為什麼要照這女人說的，選擇「情報」這種沒有明確目標的東西？賭上去的可是自己的小命呢。

不，不是這樣。當時也是經過自己判斷之後，才選擇這條路的。

「……其實我也覺得這個選擇應該是正確的。」

「你也是憑直覺嗎？」

「有點不太一樣。以前也玩過許多遊戲，最初的選項通常可以看出一些端倪，就如妳所說的，大家都想選的選項，多半有問題……」

但是標新立異也不全然是好的，一開始就選擇「情報」這條路，究竟是對還是錯呢？

沉默了一陣子。

「藤木，我們兩個是夥伴吧？」

「是啊，為什麼要這麼問？」

「如果你有想到些什麼的話，要坦白告訴我喔！也許會喚起我的記憶也說不定……」

「我都有說啊！」

「真的？」

「嗯。」

「總覺得在第一 Check Point 遇到的那些人，一半左右的人都沒有說實話。搞不好至少有二、三個人骨子裡都知道這鬼遊戲是怎麼一回事也說不定呢。」

「為什麼妳會這麼想？」

「可能是他們的態度吧。藤木先生，難道你都沒懷疑過嗎？」

藤木點點頭，其實自己的確也這麼猜想過。如果那些有記憶的傢伙決定故意對其他人隱瞞情報的話，那就提示了這個遊戲的性質。

「難不成這真的是一場『零和博奕』？」

藤木抬頭望著天空，一隻大鳥在高空中劃了一個圓。是鷹嗎？還是鵰？在非洲有沒有鵰呢？不管有或沒有，現在都無法求證。

「你說的『零和』是什麼意思？」

「就像大家互相搶奪一塊蛋糕。與其用『零和』這個詞不如用『有限和』這個詞來解釋比較容易懂。因為分量是固定的，所以如果有人多拿，其他人的權益就會受損。」

「說得明白點……就是你爭我奪，誰也不讓誰的意思囉？」

「是啊，幾乎所有的運動比賽，和圍棋、將棋等都是這樣的，還有升學考試或職場等也都是，基本上都是從爭奪有限資源這觀點出發的。可以說，人類社會幾乎離不開這範疇。」

「哇！藤木先生……你的數學一定很棒吧。」

藤木對藍突然冒出的這句話感到有點納悶。有關「零和博奕」的詞彙，很少有人會馬上反應出「數學」這個字眼。

「我大學是唸數學系的，專攻的就是遊戲理論。」

「你昨晚不是說過，曾經在證券公司上班過嗎？」

「是啊，數學科班出身的人，在金融界也有過很搶手的時期呢！」

「股票的世界應該也都是這樣的吧？」

「不，在股票市場，理論上是大家一起賺，或是一起賠，所以不能算是『零和』博奕。」

藤木看了一下計步器後，繼續說：

「如果我們現在進行的是個競爭激烈的零和博奕，其實會是相當麻煩的事。假設只要每個人抵達終點這個遊戲就能結束的話，互相合作就不是問題，但是如果只有少部分人可以的話……也就是說，能夠獲得獎金生存下去的人數有限的話……」

這時候，就必須採取一些非常手段，像是把其他人踢出遊戲或是擊敗對方。

藤木不敢把話說得太明白。

最壞的情況下，這個遊戲有可能只有一位贏家。如果真是那樣的話，就算現在是夥伴，到最後還是必須與藍競爭。

「這太難了，我不大能理解。」

陷入思考狀態的藍，用她那水汪汪的大眼睛望著藤木。

「如果這是藤木先生你的專長的話，那你一定知道贏的方法囉？」

「不，我沒辦法。」

藤木嘆了一口氣。

「遊戲理論大多數是派不上用場的。」

「真的嗎？」

「也不是派不上用場啦。只是如果一不小心，必勝法就會變成必敗法了。基本上，遊戲理論都有一個前提，就是參賽的每個人必須為自己的利益作最合理的判斷，但是實際上，並不是每個人都會採取合理的行動，而我們只能預測到非常忠於遊戲理論的參賽者的行動。所以現在我們若想要利用遊戲理論來推論，就只能用結合心理分析，以比較戲劇性的方式來思考……」

到這節骨眼，不管什麼都好。只要能夠這樣一邊閒聊來岔開話題，一邊前進就覺得得救了。

在橙色與黑色條紋所構成的山岩、草原中，佇立著一塊塊如墓碑般的白蟻窩、葉子尖刺如針的草和充滿荊棘的灌木叢。

沒有一樣東西可以象徵這裡有生物活動的跡象。每一樣東西都很詭異，如果是一個人單獨在此行走的話，絕對會被非現實的不安感所吞噬。

最後的岔路比較好辨認，從草原再次進入由絕壁相夾的小路，往南南西方向步行約五千二百公尺處，藍銳利的雙眼發現了岩壁上有道光。

藍將手伸向光束，張開的手掌上出現了一個發亮的紅點。

「找到了！Check Point。」

藤木從袋子裡拿出來遊戲機，一打開電源，光就對到紅外線孔上，流洩出一段熟悉的前奏。

歡迎來到北邊路徑的第二ＣＰ。

在此會提供情報。

藤木吞了一下口水，按下A按鍵。

1.遊戲的舞台原本設定於火星，但實際上各位所在的位置為地球。第二CP的正確位置為：南緯17度22分14秒，東經128度46分11秒。

2.從地理區分上來看的話，這裡是位於澳洲大陸西北部，西澳洲金柏利（Kimberly）地區的班古魯班古（Bungle Bungles）國家公園（註1）之中。

果然如之前猜測的一樣是在南半球，但沒想到是澳洲。不過還是搞不清楚到底是在什麼情況下被帶到這裡。

「妳聽過什麼班古魯班古的嗎？」

藤木看了藍一眼。

「從來沒聽過。」

藍搖搖頭。

註1：即澳洲波奴魯魯國家公園（Purnululu National Park）。

3.班古魯班古誕生於距今約三億六千萬年前的泥盆紀（Devonian），當初只是一片平坦的砂岩大地，經過長年累月風吹雨打的侵蝕，溝谷成了峽谷，其他地方變成了岩山，以致於演變成這般奇特的景觀。紅色帶狀地層是由於其表面覆蓋了一層氧化鐵的薄膜，黑色部分則是只有在水分較多的土壤才會繁殖的藍綠藻所形成的地衣。班古魯班古公園的岩石層極為脆弱，全面禁止任何攀岩動作。

4.班古魯班古這個名字，是當地原住民玻里尼西亞人對這塊土地的稱呼「Purunlulu」的口音而來的，另外一種說法是，取自一種叫班德爾班德爾的草。

5.班古魯班古裡，有超過七十個大大小小的峽谷，南北約二五公里，東西約三〇公里。每年一到三月是雨季，所以園內不對外開放，並且由於道路泥濘，對外交通完全中斷，所以這段期間園內也沒有管理人員駐守。班古魯班古的外面是一片更大的原野，最近的聚落也有三〇〇公里以上的距離，因此如果在遊戲中半途放棄想逃離的話，無異為自殺行為。

「這口氣分明是在威脅嘛！」

藤木喃喃自語，已經覺悟到這些敘述絕對屬實，因為設計這遊戲的傢伙，沒必要故弄玄虛。

6.如果不聽上述忠告，企圖從遊戲過程中逃脫的參賽者，不但會失去參賽資格，而且還須接受重大懲罰。

7.第二CP的物品是在離這裡往南四〇公尺處，一個平坦的岩石下。

藤木繼續按A按鍵，卻沒有再出現任何訊息。

「沒有了嗎……？不會吧。就只有這樣？」

藤木有股衝動，想把遊戲機摔向岩壁。

「往南有糧食，往東起碼還有求生工具，結果我們居然是這種，連糞都不如……畜生！」

藍也是一臉垂頭喪氣，等藤木怒氣消減一些之後，才抬起頭戰戰兢兢地說：

「但是我們不也知道了很重要的事情了嗎？」

「重要的事情？」

「至少我們已經知道這裡是澳洲啦。就不用太擔心會有獅子之類的猛獸，而且也大概猜得到有些什麼動物，不是嗎？」

「原來如此，你的意思是頂多留意一下無尾熊或袋鼠就可以囉？」

藤木這樣反諷，藍也為之語塞。藤木心想：「糟糕，對她發飆也不是辦法啊！」於是先作個深呼吸靜下心來，重新再看一次訊息，也許還隱藏著什麼重要的情報也說不一定。

結果還是沒有任何令人期待的暗號或謎語之類的，倒是有段文字引起藤木的注意。

遊戲的舞台原本設定在火星。

這個「原本」的意思到底是什麼呢？

或許這只不過是企劃這遊戲的傢伙一種單純的發想，對這字眼鑽牛角尖也沒意義吧。

但是也有可能不是這樣，遊戲的主辦人所提供的每一項訊息，一字一句都經過仔細斟酌，或許只有能注意到字裡行間所暗藏的玄機的人，才有辦法存活下去吧。

如果是這樣的話，既然提到「原本」這詞，就應該有個類似原來典故的東西才對。

藍看見藤木陷入沉思中，以為藤木的心情已經跌入了谷底。

「喂，現在就失望不是太早了嗎？我們去拿第7項中提到的第二CP的物品吧。或許會是相當有用的東西也說不定啊。」

藤木幽怨地看了藍一眼。心想：當初就是糊里糊塗聽信妳的花言巧語，才落到現在這般悲慘情況……當然這是很任性的一種想法，但藤木就是控制不了自己的思緒。

「四〇公尺是吧……那妳自己過去拿回來啊。」

藤木坐在岩石上，掏出那已經抽了一半的寶貝香菸，點上火。四十歲的大男人，看起來就像個幼稚園的小朋友在鬧彆扭。也許就是因為期待過高，所以失望越大。如同之前彈性疲乏的人生，再也無法激起藤木任何的熱情與欲望了。

「去就去……」

藍只好一個人看著指南針及計步器繼續往前走，地面上稀疏地冒著短短的綠草。藍忽然停下腳步，發現腳邊有個既大又平坦的岩石。

藍撥開像是蕨類的草，試著用兩手去搬動，但岩石一動也不動。

「喂！藤木先生，過來幫幫我吧！」

藤木站了起來，對於岩石底下到底藏了什麼還是很好奇。只是因為之前說了氣話，藤木還是故意裝出一副漠不關心的樣子，慢慢踱過去。

「這東西真的很重……」

「妳這樣子小心腰會受傷喔！膝蓋要彎曲，重心放低點。」

藤木低頭看著這塊平坦的岩石，朝上的那面是橘色的，也許是從懸崖上掉落下來的吧。從大小來看，應該足足有一百公斤以上，把周圍的沙稍微挖出來一些後，兩個人合力抬起岩石。

岩石是稍微抬起來了一些，但是因為太寬了，沒有辦法讓它整個翻到另一邊。正當兩人苦思對策時，一眼瞥見底下藏了個用塑膠袋包著的東西。藤木試著用腳尖把包裹踢出來。

「呼……我以為手會扭斷。」

藍放下撐著岩石的手，深深地嘆了口氣。藤木撿起滾了約三公尺遠的包裹，剝開包了好幾層的塑膠袋。

「果然情報真的不只有那些而已！」

塑膠袋內有個類似遊戲機用的卡帶，還有兩個綠色紗網製品，紗網捲成筒狀，兩側有鬆緊帶束口，令人馬上聯想到是防蒼蠅用的。兩個人馬上戴上，將頭包得緊緊的，多虧有這玩意兒，總算能應付那些不斷來襲的蒼蠅。

卡帶上面繪有看似遊戲主角或是動物的圖案，是個有著鴨嘴看起來像鳥類的動物，笑容可掬的模樣十分酷似迪×尼卡通裡那個有名的鴨子，如果直接把這東西拿到市面販售的話，鐵定會被控告侵害肖像權。

藤木換了卡帶後，再次打開電源，出現的音樂和之前不一樣，屬於比較輕快的搖滾曲風。畫面也轉成彩色，那隻酷似卡通中鴨子的角色登場。

「哈囉！我是比利鴨．普拉提，請多多指教！」

它轉過身搖著像是水獺一般的尾巴，扭過頭眨了一下眼睛，藤木這才發現，這傢伙並不是鴨子，而是一個類似鴨嘴獸的怪東西。

「幹得好，你們居然能不被食物或其他東西所迷惑，而選擇了我，了不起喔！雖然沒有武器之類的東西可以提供，但為了獎勵你們，我會給你們更加寶貴的充足知識，首先……這樣吧！先來個普拉提式心理測驗吧！」

普拉提一面晃動著右手食指，一面像機關槍似地說了一大串台詞，這個卡帶似乎不需要每次都得按A鍵。至於畫面，藤木有時連看都沒看，就直接切換掉，教一旁的藍看得眼花撩亂。

「這部分我將告訴你們，聰明地選擇了情報的諸位，與選擇其他項目傢伙們的個性及相處建議。首先是選擇求生用品的組員，基本上，這些人是屬於現實主義者，行動合理，在某種程度上，只要談一談就能達到共識，所以盡可能與他們保持良好關係會比較好，但也不能一直都是這樣。接下來是選擇護身用品的夥伴，這些人打從一開始就看穿所謂的合作協議是破綻百出的空話，所以可以預料得到最後一定會發生互鬥的情形，要特別注意。我的建議是，最好和這些人保持著適當的安全距離。但不管怎麼樣，最可怕的還是選擇糧食的傢伙，有點感到意外吧。先警告你們，一開始還無所謂，但是到了後半段，可千萬別接近那一批人，為什麼呢？很抱歉，現在無法奉告。但是你們可以一面看之後會出現的『物品一覽表』，一面好好地思考。」

「他說選擇糧食的人最危險，到底是什麼意思啊？」

藍在藤木耳邊低語，但是藤木專心地追視著液晶畫面，沒有空理會藍的問題。

比起藍所擔心的問題，訊息中明言一開始的合作協議是空話，這倒是比較嚴重的一件事，而且最後同伴之間還會互鬥……所謂的互鬥，難道就是如字面上所說的——互相殘殺嗎？

「接下來是普拉提的求生教室！這部分會提供很多情報，尤其是如何在班古魯班古生存下去所必備的知識，精簡版的求生守則免費大放送哦！」

普拉提那張鳥嘴不停地一張一闔，在畫面上漫無目的地踱步著。走動時，那雙黑眼珠就像沙包似地，上下跳動。

「首先是基礎中的基礎，就是決定事物的優先順序。當遇難時，首先要考量的事有：1.水、2.避難所、3.取暖、4.糧食，這是一般的求生常識。但是，這四樣的順序會依照不同的情況而有所變更。因為班古魯班古目前是雨季，所以不太需要擔心1.水的問題，另外氣溫很高且穩定，所以關於3.取暖問題也不需要擔心。」

藤木屏氣凝神地盯著液晶畫面，不想漏看任何一個字。藍也站在藤木後面，用著不是很舒適的姿勢，拚命地盯著每行文字。

「……還有，種子或豆類通常都含有劇毒，就連當成作物栽種的植物都是這個情況，野生品種更不用說了！除非有相當的把握，最好避開吃這些東西。在班古魯班古內，我建議的食用植物如下：1.『班克西亞以及古瑞比利亞的花』，如左圖。因為富含花蜜，所以把花放進嘴裡直接吸食就可以了。2.『黑男孩樹』，形狀很特別吧？因為它看起來就像這裡的原住民少年持槍的樣子，所以才如此命名的。不過因為這名字帶點歧視的感覺，所以現在一律改稱玻璃樹，葉心白色的部分是可以吃的，不只這樣，把根部挖起來，還有更棒的東西喔！3.『布拉肯羊齒蕨』，綠色的嫩芽富含蛋白質……」

藤木拿出筆記本，想把這些植物的形狀大概描繪下來，雖然同樣的訊息可以再看一次，不過也無法預知會發生什麼突發狀況。當藤木準備動筆時，藍也拿出筆記本迅速地畫了起來。不愧是行家，藍和藤木畫的圖簡直就是天壤之別。藤木決定將繪圖工作交給藍負責，自己則專心地記下訊息的內容。

「……所以呢，以肉類為主食的話，比較能攝取到較高卡路里，而且不容易食物中毒。首先是哺乳類，當作食物是最理想不過的，但是如果沒有槍的話，就得靠運氣才能抓到。但也不是說完全沒有其他方法，欲知詳情，請看下一個CP的『普拉提狩獵入門』。再來是爬蟲類，基本上所有的爬蟲類都可以吃，就連毒蛇也不例外（只不過要把有毒腺的頭部及頸部切除）。特別推薦的是，被稱為『高安納』（Goanna）與『監視器』（Monitor）這兩種肉質肥嫩有彈性的巨蜥。但是因為含脂量高，所以若沒有充分用火烤過的話，基本上很難入口。至於烹煮的方法，以原住民所製作的土窯最適合。具體的作法在下一個CP的『普拉提烹飪教室』，會有詳細說明。」

這些東西在當地好像被稱為叢林食物，可以證明澳洲原住民豐富的生活智慧。

「昆蟲也是食物之一。雖然外表看起來好像不太能吃的樣子，但是如果從取得方便這層面來看的話，絕對是最佳的糧食救火隊喔！其中最棒的珍味就是『美食家』（註2）中介紹過的Witchetty grub。方才提過，挖一挖黑男孩樹的根部會出現的好東西，就是指這個囉。雖然外形看起來有點奇怪，不過它的真面目是木蠹蛾的幼蟲，可以生吃，但是烤過會更美味。其他昆蟲的幼蟲類，大部分都可以食用，但是這裡的毛毛蟲，即使把毛燒掉，也最好不要吃。還有身體有黑色花紋的蠕蟲也不行。另外如果看到蝸牛或是蛞蝓的話，雖然也不是不能吃，不過像那樣的潮濕環境，一定還能發現更多更適合食用的生物……」

最後普拉提還提到一項重要訊息，在班古魯班古裡，各種能當作食物的生物隨手可得，是究極的叢林野食天堂，而且平均每一百公克的食材可以得到五八一卡路里的熱量，味道也不差。

「總而言之，在班古魯班古這地方，要餓死是件不太可能的事……」

普拉提消失後，藤木自言自語著：

「如果將這事情告訴其他人，那不就可以避免內鬥了，不是嗎？」

藤木看著藍，藍只是靜默不語。

「……妳覺得如何？」

「為什麼要問我？」

藤木一時語塞。

「如果真這麼想的話，說出來也無妨啊！一定能安定大家的心的。」

藤木的目光回到遊戲機的畫面，上面出現了一個簡單的表格。

註2：《美味しんぼ》為日本知名美食漫畫。

＊物品一覽表

1.求生所需之道具	數量	CP	重要度	備註
瑞士刀	2	第二	AA＋	
求生工具刀	4	第二	AA	
電線	1	第二	BBB＋	
有帽緣的帽子	6	第二	AAA	

計算了一下物品的種類，竟達七十九種之多。另外，Check Point只到第七，也就是說過了第七CP應該就是終點了嗎？重要性的評估上，除了設置了AAA＋到C共十八個等級外，還有幾個很奇怪的符號。

「總覺得這個表有點奇妙。」

「為什麼？」

「像是重要度的評估之類的……」

「不過這些重要度的評估，在備註欄中不是都已經加註說明了嗎？」

藍從藤木手中接過遊戲機，重新將表格畫面從頭看了一遍，看到「保險套」一項評價是A，嚇了一跳，但是再看到備註上寫著「當水袋使用」，就感到勉強可以理解。另外睡袋一欄，相對於評價為ＡＡ的尼龍棉質睡袋，羽毛內裡的睡袋卻只有Ｂ＋，但是也有附帶說明「羽毛材質只要一沾水，就會失去功能，所以最好避免使用」。

「是沒錯啦！不過還有一些像是這樣寫得莫名其妙的東西。」

藤木所指的是寫著「防蟲噴霧劑（日本製）」以及「防蟲乳液（防蒼蠅）」的欄位，前者的評價只給了最低的Ｃ，相對的，後者卻有ＡＡ＋的評價。

「再來還有更詭異的。」

所謂「Snake Bite Kit」應該就是指被毒蛇咬到時使用的急救箱吧。曾經聽說過澳洲有很多種類的毒蛇，照理說這東西應該是必需品，但是，卻只給了最低的C而已。

「也許日本製的除蟲液，對這裡的蟲沒什麼用吧？」

藍想了想。

「那麼『Snake Bite Kit』呢？」

「或許實際上也沒什麼作用吧……可能就算真的被咬了也發揮不了什麼效用。」

藤木咬著唇，心想應該是這樣沒錯。為什麼一開始沒想到呢？就算作了急救措施，但是沒辦法馬上送到醫院去，也是枉然。也就是說，這個急救箱在這裡絲毫沒有任何價值。

藤木從藍的手中取回遊戲機，重新看一看物品項目後，又發現了更多、更詭異的東西：弩槍、彈弓、飛刀、伸縮式警棍、催淚瓦斯和二十萬伏特的高壓電槍等。評價從ＡＡ～ＣＣ都有，依據不同狀況而定。

這些應該是選擇「護身用品」的人才能拿到的東西吧。前面兩個還能想像是狩獵用的，但是其他的東西，除了用於對付人之外，實在想不出其他用途了。

遊戲的主辦人到底在搞什麼把戲呢？藤木不斷地在腦內推演，但能想到的都是會令人不寒而慄的可能性。

「欸，這個符號是什麼意思啊？」

藍指著畫面說。

鹽錠	150	第二	ＣＣＣ～ＢＢＢ	雖然對短期求生而言不太必要，但其實是非常好用的防腐劑
紅茶包	48	第二	ＡＡ＋	
砂糖	60	第二	ＡＡＡ	
蒟蒻果凍	260	第二	ＣＣ＋	0卡路里
ＦＳ餅乾	450	第二～	☠	陷阱
罐裝啤酒	150	第二～	☠	陷阱

……備註欄中還有「陷阱」二字。

「也許裡面有毒吧。」藤木想了想。

再回到第一 Check Point 時，已是日暮西山。

「大家都平安無事地回來了。」

野呂田似乎鬆了一口氣。

「看樣子，大家都分別從 Check Point 帶了許多東西回來，我想現在就平均分配一下吧。」

「所謂的平均分配，是要怎麼分呢？」

船岡一面玩弄著飛刀一面問著。刀鋒映射火堆的紅焰，發著橘色的光。

「我想了很多方法，就用選拔的方式，你們覺得如何？」

看來野呂田早已設想周全。

「選拔？」

「作法就像職棒的新人選拔會，每個人依順序指名所想要的項目，如果選擇的人超過物品數量的話，就用抽籤方式來決定。另外，落選的人就有優先權利選擇下一個物品……就是這樣。」

「等一下！這樣不是很奇怪嗎？」

安部芙美子從旁插嘴。

「哪裡奇怪？」

「難道不奇怪嗎？像我們這組可以提供很多物品可以選擇，但是有些人卻兩手空空地回來，不是嗎？說什麼平均分配，別開玩笑了！」

安部芙美子很明顯是衝著藤木及藍說的。

「關於物品……我想不一定只論數量，也要考量質量的問題。」

「所以，如果拿回來的東西既沒質量又沒數量的話，就不必把他們算在內囉！」

「妳的意思是指我們嗎？」

藤木正面瞪著安部芙美子。

「是又怎麼樣？」

安部芙美子不禁有點畏縮。

「我們所得到的不是物品而是情報。」

「什麼樣的情報？」

「這暫時不能說，等大家分配完物品之後才能公布。」

「哼，我看八成也沒什麼好情報……大家說是吧？去掉這兩個人，七個人來平分拿到的東西不是比較好嗎？」

除了安部以外，其他人都露出一副又來了，感覺很厭煩的表情。

楢本用陰險的表情從後面戳了安部芙美子一下，好像是對她說「妳太過分了」似的，安部芙美子吐了吐舌頭。

「好吧……也沒錯啦！但這也是沒辦法的事啊。如果眼睜睜地看著他們兩個餓死，也太說不過去了吧。我想分些東西給他們應該無妨吧。」

對於安部做作的演技，楢本跟鶴見漸漸表現出一臉不太開心的樣子。

一旁的藤木與藍對望了一眼，藤木想起在回程途中藍所說的話。

「這裡真的是澳洲嗎？我第一次到澳洲哩！藤木先生呢？」

「我也從來……沒來過。」

對比藍一臉興奮的樣子，藤木只是歪著頭想著：管它這裡是非洲，還是澳洲，狀況還是沒有任何改變啊。

「有什麼值得高興的事嗎？」

「有啊。」

「妳是想說這裡沒有獅子啊，或是至少離日本稍微近一點嗎？」

「拜託！不覺得無聊啊？」

藍皺起鼻梁笑著。

「果然選擇北邊走是正確的！託此之福，我們走在所有人之前啦。」

藤木看著得意洋洋的藍。

「你知道嗎？就算只論最後的『物品一覽表』，我們也比其他人佔了無上的優勢。」

「那妳的意思是……不要告訴他們囉？」

「對啊！這不是理所當然的嗎？」

「但是剛剛也說過，如果告訴他們有關糧食的知識，不就有可能避免之後發生衝突？」

「就算能夠避免爭執，ＯＫ，之後呢？」

藤木面對藍如此冷漠的態度，不禁啞然。

「你自己也說過，這或許是一場零和博奕，不是嗎？也就是說，如果不先剷除別人，我們就無法生存下去。」

「話是沒錯，可是……」

「怎麼了？真是的，你又開始猶豫不決了嗎？」

「要怎麼藏啊！又不能不讓他們看遊戲機。」

「你想他們會知道有兩個卡帶嗎？只要把普拉提那部分藏起來，不要告訴其他人就好啦。」

也許這就是這場生存遊戲主辦人的意圖，但是若真要順水推舟地這麼做，心理上多少還是有些抗拒。或者不如說，其實藤木最希望看到的還是大家團結一心一起共渡難關。

「你看這個防蠅網的功用，可能就是為了這個目的吧。」

「什麼？」

「你看舊的卡帶所指示的第七項，寫著第二 Check Point 的物品放在一個平坦的岩石底下，不是嗎？如果說沒有拿到任何東西的話就會被拆穿，但是如果說那個物品就是這個網子的話，就算不提到有新的卡帶，也不會被懷疑。」

沒想到藍會想得如此周密，藤木不禁愀然變色。

「但是要背叛大家……」

藤木想到號召大家團結的野呂田。

「反正其他人也不會把找到的東西老實交出來。總是會循私，留一手的。」

「也許不會這樣啊。」

「好啊，那我們就來賭賭看啊。第二 Check Point 中應該要有的項目大概都記在腦子裡了吧！如果其他組完全沒有藏私的話，那就把全部的情報都說出來，但是如果大家都耍詐的話，我也不會傻傻地把所有情報都洩露出去的，這樣的做法你總可以接受了吧？」

野呂田一個個複誦物品項目的聲音，把藤木的思緒拉了回來。

「然後是瑞士刀一把，求生工具刀……雖然看起來只是一枚金屬板，不過它可以當刀子、開罐器、磁鐵、透鏡等三十六種使用方法，這個求生工具刀有兩枚。接下來是……」

「你看吧，一開始就跟表列內容不一樣了吧，照表上來看，瑞士刀應該有兩把，求生工具刀應該要有四枚才對。」

藍在藤木耳邊低語著。

一項接著一項，每組都展示了所獲得的物品，藤木越聽越覺得有種無力的失落感。果真被藍言中了，每一組不僅將拿到的數量砍半，甚至將幾項最重要的東西中飽私囊，像是卡蜜拉斯求生刀、開山刀、ZIPPO打火機、抗生素、弩槍、彈弓，還有在「物品一覽表」中，寫著「陷阱」的FS餅乾和罐裝啤酒……

等所有的物品都唱完名後，大家一面看著筆記本，一面開始列出想要東西的清單。

在第一輪中，最受歡迎的是瑞士小刀、鹽錠及砂糖等。藤木也舉手想要刀子，但事實上他的目標是其他東西，只是為了避免其他人會發現自己所握有的情報資源，所以不能先表列一些奇怪的東西，以免引起大家的注意。

在幾輪當中，藤木和藍幾乎都拿到了自己想要的東西，雖然沒拿到瑞士小刀，不過倒是拿到了一把柴刀。另外還有火柴、尼龍質料的釣魚線一捲、塑膠碗盤組，還有自己帶回來的防蠅網。

有一樣東西一開始就吸引了大家的注意，但也很快地被大家所遺忘，那就是一個小型的高性能收信機。如果是送信機的話，還有可能當作求救工具，但是，如果只有收信的功能，加上所有物品中並沒有電池這一項，當然也不可能把遊戲機裡的電池拿來作這種無意義的消耗，自然就被大家給除名了。

藤木在第六輪時，最後一刻，指名要了這台高性能收信機。並不是因為發覺到它有什麼特別的功用，只是基於它在「物品一覽表」中，獲得了3個Ａ，接近最高的評價。

接著在第七輪，藤木從剩下的物品中選擇了保險套。

「喂，老兄，你在想什麼啊？有點分寸吧。」

船岡大聲起鬨。

「你不會來真的吧？是不是搞錯啦？」

「我看搞錯的人是你。」藤木的口氣頗為冷靜。

「伸縮的橡皮袋可是很有用途的。」

「是嗎？那就先祝福你囉！反正這種事，也是得趁著還有一口氣在的時候才能享受的嘛！不過我看老兄你的想法可能太天真了。」

船岡一面做著猥褻的動作，一面說著大話。

等大家的項目都分配完了之後，藤木就把遊戲機上的新情報給大家看。除了確定這裡是澳洲之外，沒有任何有用的情報後，大家都露出很失望的表情。安部芙美子像猴子般露出斑黃的牙齒，一副被我料到的無賴樣。不過事到如今，也不可能再重新分配了。

「選北邊的路徑果然是錯的。」

藤木很尷尬地笑著。

「我們好像不自知地就認為情報是很重要的，怎麼說呢？可以說是現在都會人的毛病吧。我想還是應該拿些像是糧食或是求生用品等，實際一點的東西吧！」

藍用手肘頂了藤木一下，暗示他不要太多話。藤木也識相地在安部芙美子再度發飆之前，趕緊把嘴巴閉上。

幸好沒有人對藤木所說的話產生任何懷疑，再怎麼樣也要有人往北邊試試看才行，所以大家反而對他們投以同情，只覺得他們兩個比較倒楣罷了。

當然表面上，大家好像都把自己帶回來的東西平均分配給大家，應該是不會有什麼利害關係。但實際上，每一組多少都私藏了點東西，可以說是一種公開的祕密吧。潛藏在每個人內心的罪惡感，使每個人的眼神蒙上了一層黯淡。

可以確定的是，虛假的協調已經開始崩潰了，因為每一個謊言與背叛，都使得團隊裂痕逐漸擴大，接下來也許將演變成一場浴血鬥爭，藤木看著每個人的臉，心情逐漸沉重。

次晨，藤木一醒來，發現整個世界籠罩在單調的雨聲中，抬頭一看，班古魯班古的上空一片灰暗。濃厚的灰色雲層低垂到幾乎快碰到深紅色與黑色相交的岩山頂端。

斗大的雨滴傾瀉在地表上，發出猶如煙火般的迴響。一夥人擠在山岩下的一個坑洞裡，默默地注視著天空。

根據遊戲機的說明，這樣的景色是三億六千萬年前所形成的，或許以前在這裡的老祖先也是這樣看著天空的。

他們看到的會是什麼樣的光景呢？除了雨聲，聽不到其他聲音，這樣靜謐的空間會是讓人心平靜的光景嗎？但是放眼望去的這片岩山，卻似乎象徵著莫名的絕望，映照著大家的心情。

時問過了上午七點，每個人都悶不吭聲地吃著早餐。

藤木與藍將最後剩下的塊狀營養品吃光，喝些雨水潤喉。昨天在分配中獲得食物的組別，都小心翼翼地不想讓其他人看到多餘的糧食。譬如船岡，把鹽錠放在塑膠杯裡，用雨水溶解，皺著眉頭喝下去。或許是因為很多日本人都相信，野外求生時，鹽分的補充比什麼都來得重要吧。

早餐時間告一段落，雨還是下個不停。

「才一開始就碰釘子，真是的。」

藍緊靠在藤木身邊。

「明明大家都如此想要盡早出發呢。」

「為什麼會這麼想？」

「你看看大家的表情，不都是一副很想快點出發的樣子嗎？」

藍慢慢地環視所有人，觀察著其他人的樣子。

大家的確是一副不太耐煩的樣子，有些人不停地抖動雙腳，有的嘆氣，也有人抱著胳臂望著天空。

「我覺得沒必要這麼急啊！」

聽到藤木如此喃喃地說，藍笑著在藤木耳旁低語著：

「你這笨蛋，其實大家是在擔心自己藏在某個地方的東西啦！」

原來如此，藤木心中湧起了一股不愉快感。

「別急，再過一個小時左右，就會放晴了。」

藍仰望著天空像是預言者般地說著，一旁的藤木則以狐疑的眼神望向天空。

「藤木，來說點有趣的事吧！」

「我沒有什麼有趣的事可以說。」

「聊聊你自己的事就可以啦！」

「我的人生中，應該沒有會讓妳覺得有興趣的事情吧。」

藤木倒是挺坦白的。

「想必你的人生歷練一定很豐富吧？」

「剛好完全相反。」

「騙人，男人到了四十歲，絕對經歷過不少事吧。」

「這跟妳所謂的漫畫世界是不一樣的。」

「像是賭上性命都不夠的大冒險啊，或什麼轟轟烈烈的戀愛史之類的啦，難道都沒有嗎？」

「那妳自己有嗎？」

藍摸了摸臉頰，歪著頭想了一下。

「應該算有吧。」

「是嗎？那算是奇蹟似地平安度過囉！」

「不，或許是已經死過一次也說不定哦……」

藍露出神祕的笑容。

「不過別故意扯開話題。到目前為止，生活中總有真正遇到一些困難吧？」

「小困難當然是不勝枚舉，譬如說，出車站剪票口時，才發現忘了帶車票之類的。」

「那為什麼像遇到現在這樣的事情，藤木先生還是能夠這麼冷靜呢？想必以前也有過類似的經驗，對吧？」

藤木的腦海裡，突然浮現日本到處都有的公園景象。嚴冬中凋零的樹林，冰冷的長凳，一群灰色的愚蠢鴿子，還有一雙雙冷漠的眼神。

「……是啊，像這種絕地求生的情形，絕不是第一次。之前有過一次經驗，雖然時間很短，就是拚命找吃的和可以睡覺的地方，不過如果跟現在的狀況相比，還是不一樣。」

「真的嗎？那當時是什麼樣的情形呢？」

「只不過是失業罷了。」

「咦？我不懂，你的意思是？」

雖然旁邊並沒人在偷聽，但藤木還是把聲音壓低。

「因為我工作的那家證券公司倒閉，於是就從公司宿舍中被趕出來啦。因為這一切都來得太突然了，讓我陷入一片茫然、不知所措。我也去找過房屋仲介公司，但是因為既沒工作也沒有保證人，根本就租不到房子。再加上心情沮喪到極點，常常一個人呆呆地想著，難道就真的這樣無止境地沉淪下去嗎？」

藤木回想起僅僅一年半前的心情，不自覺地苦笑起來。

「當時原本打從心底相信著並不是真的完了，因為畢竟是一路努力過來的。像我這樣的人不應該會被社會遺棄，就算真有個萬一，也應該會有人向我伸出援手才對。」

「藤木先生，聽你的口氣像是住在童話故事裡面喔！」

「是啊！然後自己還以現實主義者自居，夠可笑吧？」

「是啊，的確很可笑。」

儘管話是這麼說，藍眼底浮現的哀傷卻完全化解了言語中的惡毒。

「對我而言，調職是家常便飯，所以家裡也沒什麼值錢的東西，就這樣一個人拎著簡單行李，離開公司宿舍。等回過神後，才發現自己淪落為露宿車站、公園的流浪漢。」

「錢呢？你身上都沒有一毛錢嗎？」

藤木覺得喉嚨深處湧起了一股苦澀。

「我老婆在我離開宿舍前就已經離家出走了。我只是出去買個香菸，才三十分鐘，她就偷偷地把存款和存摺全帶走了。」

「這未免也太過分了吧？」

「其實杏子也沒有打算全部私吞，因為過沒多久，她就用限時掛號把存摺及印章寄回來給我。只是那時候，我已經離開公司宿舍了，所以過了好幾天才拿到錢。」

藤木的眼神飄向這非現實的深紅色世界，感覺上似乎與如此現實的話題有著強烈的對比。

「……都這麼大歲數的人了，居然會落魄到這般地步，很難想像吧？但事實就是如此，曾經是優秀白領階級的我，與流浪漢之間，只有一線之隔。當實際體會到時，還真的不知道該怎麼辦才好。一直以為自己是站在很堅固的地板上，但事實上就像古時候的漁夫一樣，隔著一張木板的下方就是地獄。」

「如果你有心想避免這種情況發生的話，也不是不可能的吧？」

藍似乎想要緩和一下藤木高漲的情緒，改以低沉的口吻回應著。

「是沒錯啦！再怎麼說，向家人或是親朋好友周轉的話，至少還可撐一陣子。」

藤木腦子裡回想起餐風露宿的窘況。現在想想，也許在旁人眼裡只是個遇到挫折的中年男子在野餐吧。

幸好那時天氣還不是那麼寒冷。他就睡在公園的長板凳上，吃飯的話，就到距離約一公里遠的便利商店，討一些過期丟棄的便當。約莫過了兩天，開始覺得這樣的生活也不壞，過去都是扛著重擔討生活，像這樣悠哉過日子其實也不差啊，諸如此類的想法油然而生。如果讓親朋好友知道自己居然如此墮落，不知道會怎麼想呢。一想到這裡，就有種剝下內心結痂般的自虐快感。

但到了第三天，就被區公所的職員和警察驅趕，理由是因為公園附近居民的抱怨。當時覺得自己並沒有帶給任何人麻煩，所以這理由聽起來實在很牽強，不過也沒打算當場據理力爭之類的。儘管如此，當時自己身無分文，連張車票也買不起，區公所的人大概也想快點解決這樁麻煩事吧，就幫忙買了張到新宿的車票。

新宿是「流浪漢聖地」之說，已經是很久以前的事了。現代人為了要如何留給美麗的鯨魚一個保育聖地而議論不休，就是聽不到要如何提供流浪漢一個樂園的聲音。

藤木唯一能想到的方法，就是睡在JR新宿車站的一角。但是僅剩的一點空間，早就被先來的人給佔據了。儘管如此，還是勉強找了個角落，用瓦楞紙箱堆起一間屬於自己的小窩。然後，每天為了三餐而爭戰，這是一場孤獨的、沒有任何人會給予幫助的生存遊戲。

才短短五天，藤木就徹底投降了。利用好心路人給的一百圓打電話回公司宿舍，想說是不是可以拿些舊家具的折舊錢，管理員才告知，杏子寄來了一份掛號信。

到最後回想起來，最難以忍受的並不是餓肚子或寒風刺骨，也不是不能洗澡。

「那是什麼？」藍問。

「是腳。」

「腳？」

「在我眼前走過的無數雙冷漠的腳，各自擁有目的地可以前往的腳，每一雙鞋底所發出來的腳步聲，像是不斷地在對我說：你啊，根本就沒人要。即使自己也是為了活下去而拚命努力著，但是這些腳步聲卻不停告訴我……你就是失敗者，你所做的一切努力都是毫無意義的。」

藍沉默了一陣子，才開口說話。

「我想至少有件事是很清楚的，就是會有這種感覺的人，並不適合當流浪漢。」

「我想應該沒有人會喜歡當吧。」

現在已經不想再那麼想了，跟那個時候比起來，現在的狀況好太多了，至少這裡不會有人來嘲笑自己所作的努力。

但真的是這樣嗎？你現在不是挺懷念當時的情況嗎？不管再怎麼悲慘，至少周圍有人。就算是在最糟最糟的情況下，只要拋開自尊求助，就會有人送自己到醫院，或是安排住進收容所，也算是一座安閒舒適的活地獄。

藤木抬頭看看天空，真的被藍給說中了，雨幾乎完全停了。

真正的地獄或許是從現在開始吧。因為只要稍微判斷錯誤，可能就是死路一條。

會這麼想的理由有兩點：第一，被帶到這裡的人，包括自己，都是社會的淘汰者。還有，為了運作這般邪惡的遊戲，必須花費一筆相當大的金額。

不管設計者的意圖為何，能夠和這筆錢等值的，就只有命一條。

大家在出發前開了最後一場簡短的會議。

九個人都有一次機會，重新選擇想走的路徑，不過結果並沒有人想作任何的改變。

「想也知道。」

「因為大家都在之前的路徑裡藏了一些東西，怎麼可能改走其他路線嘛！」

的確，選擇東、西、南路線的人，不僅絲毫沒有想變更路徑的念頭，甚至大家都警戒著藤木與藍，深怕他們要跟自己走一樣的路。因為這樣的話，那藏起來的東西不就得拿出來分配了嗎？

不過，藤木和藍倒也明白表示，還是選擇北邊的路徑，一時緊繃的氣氛才稍稍緩和。只有船岡一臉的不滿，大概是猜疑著藤木的居心吧。這點真教藤木佩服，畢竟都到此絕境了，船岡還有心思計較別的事。

藤木走近要往東邊出發的那一組。

「野呂田先生，謝謝你的照顧，還有加藤先生。」

野呂田友善地伸出手，藍也加入他們，四個人互相握手鼓勵著對方。

「未來或許不會再和藤木先生你們見面了，但是如果遇到了什麼困難的話，希望我們可以彼此協助。」

野呂田第一次展現出最和藹可親的笑容。

雖然彼此都很清楚，此時此刻所做的任何口頭約定，都是不具效力的，但是他這番話的確予人莫大的勇氣與鼓勵。

根據普拉提的說法，只有選擇東邊路徑的那一組，將來是比較有可能共同奮鬥的，雖然不知道這情報會有多可靠，但就目前的情況而言，有總比沒有好。

被雨淋濕的沙子，似乎會吸收腳步聲，往北出發才短短十分鐘而已，就完全聽不到其他組的聲音了。也許是心理作用吧，總覺得緊緊附在不怎麼肥沃的大地上的各種樹木及青草，被雨淋過後看起來更加生氣盎然。

雖然走在和昨天一樣的路上，卻感覺格外地孤獨與寂寞，昨天還能想著之後會跟大家見面，但是從現在開始，就得靠自己單打獨鬥了。

藤木突然驚覺就算是那些傢伙，只要有他們的存在也是如此令人安心。看來不管是怎樣的人，只要對方是和自己處於相同境遇，所獲得的激勵是超乎想像的。

不過現在可不是自艾自憐的時候，藤木自我警惕著。已經沒有人可以幫得了誰，即使是那些人，等到下次相遇時，說不定就成了敵人。

「怎麼了？看起來好像有點緊張。」

藍問藤木。

藤木心想，也許現在藍是唯一可以信任的夥伴。

「妳不緊張嗎？」

「一開始覺得很恐怖，不過慢慢就習慣了。不管是對這遊戲，還是對這地方……你不覺得嗎？」

藤木心想：不對，一開始自己也是這麼想，不管身處任何狀況，不協調的感覺會隨著時間越來越淡薄。

但事實上並不是如此，就算是和最初醒轉的昏沉相比，周遭環境的不合理，經過兩個晚上的現在，感覺卻更加強烈。

腳下踩著一粒粒粗沙，沙礫摩擦而發出清脆的聲響。是的，就連這樣的聲音聽起來都是那麼地超現實。

自己到底在這裡做什麼？為什麼會在這裡？自從醒來以後，這些得不到合理答案的疑問，一直在腦子裡打轉。

這次比昨天早到第二 Check Point，可能是因為已經走過一次的關係。再確認過一次行進順序後，兩人就直接往第三 Check Point 前進，這段路程合計約有五公里左右。

往第三 Check Point 的路途景色多半比較開闊，多虧普拉提的提示，知道長得很高的樹木，是當地稱為桉樹的尤加利樹。經過樹林時，藤木順手摘了一片葉子，稍微揉一揉，就散發出一股柑橘香氣，似乎是檸檬桉樹的一種。對面看起來像白樺樹般全白的樹木，有可能是魔鬼桉樹吧。

還有長滿刺的樹木，是刺檜的同種。在澳洲被稱為「哇多爾」，分布於熱帶及亞熱帶地區，和日本一般稱為刺檜的「假刺檜」，是完全不同的種類。

從那時開始，藤木的頸部附近就有種刺刺的異樣感。

「你有沒有感覺到什麼？」

藤木盡可能裝作沒事的口氣。

「你指的是？」

「可能是敏感吧。總覺得好像有人一直在監視我們。」

藍的表情變得有些害怕。

「你不要說這麼可怕的話好嗎？我膽子很小耶。」

「可是我真的有這種感覺。」

「可能是藤木先生太敏感了吧？」

「想想現在的情況，被監視也是理所當然的吧。」

「話是這麼說沒錯啦……」

這種被人監視著的感覺，一直到抵達第三 Check Point 時都沒有消失，反而越來越強烈。

藤木插入一開始拿到的卡帶，對準紅色的光點，訊息中只寥寥出現幾個字。

請更換卡帶。

從現在開始，好像除了普拉提的卡帶，其他的都可以扔了。

藤木突然感到不安，如果其他組也碰巧發現這個 Check Point 的話，不就會發現我們把最新的情報卡帶藏起來一事嗎？重新插入卡帶，對準紅外線，出現了跟之前一樣輕鬆的搖滾樂。

「嗨！歡迎來到第三CP，在這裡也有很多寶貴的情報哦！讓你們久等了，歡迎進入普拉提的狩獵入門！當你們沒有槍或是狩獵工具，如果要獵捕動物的話該怎麼辦呢？這樣只有靠製作陷阱了。在這裡我會傳授一些關於陷阱的製作方式，不過在這之前，需要有些尼龍製的釣魚線和電線，之前我有建議過，不曉得你們有沒有拿到手啊？」

藤木從口袋中取出釣鱸魚用的五號釣魚線，相當粗，顏色呈半透明，長度約三百公尺，這是往東邊的那一組所提供的東西。昨晚指名要這東西時，還被說是想去哪裡釣魚啊？遭到其他組的訕笑。

「陷阱大致上可分為三大類：圈套陷阱、掉落陷阱、還有長槍陷阱。只要不是抓大型動物的話，圈套陷阱就足夠應付了。但是剩下的兩種陷阱，也許在後面也會用得到，所以最好還是熟悉一下做法，至於會用在什麼東西上，這你們慢慢就會知道。」

普拉提從最簡單的結繩陷阱、負鼠陷阱、彈簧陷阱開始，到構造相當複雜的觸發器發射陷阱、雙彈簧陷阱的做法，都詳細地解說一遍。不管是哪一種，都利用釣魚線及電線所作的繩結，緊緊鉤住動物的腳或是頭部，所以對於捕捉像狐狸這般小型動物極為有用。

接著是關於掉落陷阱的說明。當有動物觸動陷阱時，就會有圓木或大石頭之類的重物掉落，依照所製作大小的不同，可以捉到山豬、狐狸、甚至熊。

藤木歪著頭，想不通為什麼需要這麼大的陷阱，如果是指澳洲的原生動物，袋鼠的體積大概最大吧，而且棲息在班古魯班古裡的數量應該不會太多，更何況如果在原野裡放那麼多陷阱，對於不知情的過路人而言，不是相當危險嗎？

最後是關於長槍陷阱的說明，隨著接連不斷出現的畫面，藤木越發覺得毛骨悚然。

長槍陷阱基本構造上比起圈套陷阱和掉落陷阱來得單純易懂。先將細木棒前端削成尖尖的長槍，固定在彎好的樹枝上，當獵物要取餌或是勾到線時，長槍就會往獵物的身體刺下去。

「接下來是最強的弓箭陷阱。先用質地堅韌，已經彎好的樹木作成弓，再搭上長槍後拉到滿弓。記得槍的前端要稍微往上，尾端刻些紋路，以便裝上觸動開關。然後再從固定好的觸動器，將線往三個方向固定在地上。當獵物一不小心被線勾到時，長槍馬上就會在其肚子上開個大洞，這樣一來，就算再兇猛的肉食性動物，也能夠手到擒來了！」

這構造圖總覺得好像在哪裡見過。對了，這不是越戰時，越南人民們常用的陷阱嗎？

如果是的話，會需要用到這樣陷阱的狀況是……

藤木偷看藍的表情，藍正一臉認真地畫著陷阱的形狀，看不出有什麼特別奇怪的樣子……

普拉提說明完陷阱的製作方法後，接下來關於「烹飪教室」的課程，以非常詳細的說明，描述原住民對於野生動物的調理方法。

最後只說了句，第三 Check Point 的項目藏在另一側山岩的螞蟻窩後，就消失了。

藤木查看著高約五公尺的白蟻窩。被雨淋濕的灰色外殼，觸感有點像是用溶化的紙漿糊上去似的。下方還有個四角形的切面，因為紋路相當筆直，看起來感覺是人工做出來的。

藤木試著用手把這部分剝一點下來時，掉出了一本由塑膠袋包裹的書。

「這是什麼？書？」

這是一本看起來相當有歷史的舊書，不過外皮還算保存得相當完好。封面圖案是個與班古魯班古十分相似的荒涼地方，有個怪物的剪影邁著大步，紅字印刷的書名是《火星的迷宮》。

要說是科幻小說，題目又似乎不夠聳動。但是隨手翻了一下，赫然發現這本書果然不是單純的小說。

189

你正奔逃在一條黑暗又不知通往何處的路上，身後傳來凶暴食屍鬼那大步跳躍的腳步聲，和猶如風箱般急促的呼吸聲。你們之間的距離越來越小，體力點數減少了7點。

一回頭，可以看到走廊出現了一個狂奔而來的影子。

正面有條岔路，往右的話到230，往左走的話到605，直走則是884。

「這是什麼意思啊？」

藍一臉莫名其妙。

「這是遊戲書啊。」

藍還是沒辦法會意，藤木只好說明得更清楚一點。

「十幾年前曾相當流行，像是創元推理文庫、現代教養文庫等出了很多。就像這樣邊翻著書，邊遊戲的一種角色扮演遊戲書。」

「這好玩嗎？」

「這個嘛……如果你很投入的話，就會覺得好玩。現在角色扮演遊戲（Role-playing game；RPG）幾乎都已轉移到個人電腦或是遊戲機等平台了，所以用書來玩的方式可以說幾乎絕跡了吧。雖然這種書都是用來打發時間的，但是有幾本還稱得上是名作哦！」

「等等，你剛剛說這是十幾年前的事，那時候藤木先生不就已經是個事業有成的社會人士了嗎？」

「是啊，的確是相當有成就的社會人士。」

「那你還沉迷於這種書啊？」

「有什麼不好嗎？」

「也不是說不好啦……只不過，像這種遊戲書到底有什麼好玩啊？」

藤木從第一頁開始看，書中主角猛然發現自己身處在火星迷宮裡。書裡對相關的情節也交代得不是很清楚。

不過很明顯的，這與藤木他們現在所處的境遇十分相似。同樣也是遊戲一開始有著很清楚的選擇方向，循序快速前進著時，突然來到了這一頁。

319

你們緩緩降落在地牢迷宮之中。那一瞬間，繩梯就腐朽不見了。環顧四周，只有微弱的光線，照亮往東西南北四方延伸的路上。立於道路中央的石碑上，用著相當久遠，早已滅亡的古文明文字，這麼寫著：

「要找魔法寶物者往東，要找武器的人往西，要找糧食的往南，要得到智慧老人忠告的人往北前進。」

選擇東邊者到１２９，西邊者到５２５，南邊者到３９４，北邊者則到６６１。

藤木把書遞給藍。

「這個不是……？」

「很類似第一 Check Point 的選擇項目吧。」

藍只覺得腦袋一片混亂。

「至少可以確定的是，設計這遊戲的傢伙，一定參考過這本書吧。但是書裡的內容和現實不全然一樣。而且，書裡的舞台是設定在火星上。」

「的確如此。」

「我想如此至少有些線索，可以預測一下前頭有什麼危險在等著我們。至少，對目前而言這是相當重要的東西，可以領先其他組。」

但是藍不知為什麼，就是悶悶不樂。

「藤木先生，你以前有看過這本書嗎？」

「不，雖然玩過類似的書，但是從沒看過這一本。」

「剛剛有出現一個很奇怪的名詞。」

「你是說食屍鬼嗎？」

「是啊，那是什麼？」

「這個嘛……依據各種作品的屬性，多少都會有些不一樣。不過一般來說，這是一種會在半夜從地底爬出來吃人的怪獸。」

藤木一臉得意。

「放心，現實生活中不會有這種東西的。」

「……但是，如果真如書上說的，會出現這種東西的話，怎麼辦？」

「妳挺會杞人憂天的嘛！」

藤木一面說著，不知不覺也開始有種不好的預感。

「你看一下，這書上怎麼寫，參加遊戲的人最後會變成怎樣？」

藤木再一次翻閱，因為有好幾個結局，而且散布在每個章節，所以不是很好找。

「有空的時候，再慢慢一點一點整理吧。或許可以找到些活命的線索。」

「如果是書的話就好了。」

「嗯？」

「因為在書裡，就算再多次失誤都沒有關係，可是現實中，只要有一次閃失，就不能重來，不是嗎？」

藍所說的藤木完全感同身受，他深深地嘆了一口氣。如果可以的話，真希望能夠再重回大四，重新選擇進入別的公司，好好地再一次經營婚姻生活。但是一切的一切都已成了過往，只希望接下來的人生不要再重蹈覆轍。

尤其是現在，一步的差池，死神可能就在前面等著自己。

「天啊！這是什麼啊？」

藍突然高聲尖叫。

「太棒了，好大的獵物哦！」

藤木高興地大叫。

設在水邊的彈簧陷阱馬上就抓到了一尾身長約七十公分的大蜥蜴，長尾的末端被釣魚線纏繞著，半吊在魔鬼桉樹上。除了偶爾後腳會擺動個兩下，似乎早已絕望地靜待處分。

「這是什麼蜥蜴啊？」

「普拉提不是有說過嗎？是高安納巨蜥的同類，在當地稱為『監視器』。」

「監視器？」

「普拉提不是解說了嗎？習慣以後腳站立在水邊，監看著有沒有敵人來襲，所以就叫做監視器囉！」

「真的要吃這個東西嗎？」

藍有點害怕。

「當然啦！對這裡的原住民來說，可是人間美味哩！」

當要把蜥蜴從陷阱上拿下來時，這隻大蜥蜴突然激動地扭著身軀，張大著嘴，雖然看不到什麼銳利的尖牙，但是那鮮紅的血盆大口，加上凶惡的眼神，真的是有點駭人。藍嚇得尖叫閃躲。

藤木俐落地用柴刀背狠狠的往大蜥蜴的頭部敲下去，但是這隻蜥蜴似乎比想像中的還難纏，連續敲了好幾下才斷氣。

「我看我……還是不敢吃。」

藍別過臉，怯怯地說著。

「別鬧了，如果想活命，就得吃這傢伙。我們從出發到現在，都還沒吃到什麼有營養的東西哩。」

雖然根據普拉提的情報，班古魯班古中充滿了各種叢林食物，但是到目前為止，藤木與藍所吃到的，只是幾個巴歐巴布樹（麵包樹）的果實而已。

巴歐巴布樹（在當地好像簡稱波布），粗粗的樹幹會分生出許多細小的枝幹，剪影看上去宛如巨樹的地下根系。果實可以生吃，有一種很像水果冰沙般的獨特風味，但是仍然無法作為主要的熱量來源。

藤木將柴薪排列成放射狀，因為打火機的瓦斯已經用完了，因此只能用火柴點燃枯草當做火種，才能成功升起火來。

原住民的傳統烹調法，多半是把蜥蜴、蛇或烏龜直接放在燒過的炭火上烤，他們聽從普拉提的建議，慢慢地將肉烤到全熟。大量的油脂滴在柴薪上，發出陣陣的滋滋聲。

烤到差不多時，再埋到熱熱的炭灰裡，將中間確實地燜熟。

等待食物烹調完成的空檔時間，藤木從口袋取出幾隻感覺很像摩斯拉幼蟲般的蠕蟲，放在炭灰上面滾來滾去。

「那是什麼？」

藍覺得很噁心。

「這就是普拉提說的佳餚，Witchetty grub。」

蠕蟲的調理方法，就是放在熱灰上滾一滾。等表皮變硬，漲到快撐破時就可以吃了。

「好了，這就是今天的開胃菜。」

藍神情害怕地取過盤子上熱騰騰的蠕蟲，如果是平常的話，一定打死都不入口的，但是肚子的空虛感還是戰勝了一切。

藤木大口咬著，表皮酥脆的部分跟烤雞肉的外皮如出一轍，裡面則是凝固成鮮黃色，類似煎蛋的蛋黃部分，味道吃起來有點像杏仁。

一開始還很猶豫的藍，居然一隻接一隻大口地吃起來。藤木從黑男孩樹根部挖來的蠕蟲，轉眼一掃而空。

接著就是主菜大蜥蜴登場的時刻了。用柴刀將從炭火中挖出來的大蜥蜴剖開，剝掉硬梆梆的外皮。

肉質鮮嫩多汁，感覺比雞肉更有嚼勁，唯一的缺點就是太油了，雖然烤了一段時間，但總覺得還是沒有烤到熟透。

解決了民生問題，夜幕也低垂了，只好把推進到第四 Check Point 的計畫改到明天，決定在此搭營過夜。好久沒有這種飽足感，真是令人滿足。

藤木盤腿坐著，兩手托腮。一面將小樹枝丟到營火裡，一面發呆著，想著想著情緒又漸漸地消沉。白天為了生存，忙得沒多餘心思想其他的事。但是像現在這樣可以稍微喘一口氣時，腦子就開始胡思亂想了起來，而且多半都是一些負面悲觀的想法。

「喂，再來聊聊些別的東西嘛！」

藍似乎看穿了藤木心裡的憂鬱。藤木勉強打起精神，抬起頭來。

「很不巧，開心的話題都已經賣完囉，不確定會不會再進貨。」

「沒關係，像是今天早上的話題也可以啊。藤木先生的故事雖然聽起來滿悲傷的，可是這種時候，反而有種安心的感覺。」

總之什麼話題都好。

「可是可憐的題材沒那麼多耶！我倒想聽聽妳的故事哩。」

「我想你對漫畫之類的應該沒什麼興趣吧！譬如說在咖啡廳討論題材的時候，聽到主編大聲說要更色一點的內容……」

藤木忽然想到今天早上聊到一半的事。

「對了，妳說有一次妳差點死了的是……？」

「我不是這麼說的吧！」

「沒錯，不是差一點，而是已經死過一次。」

藤木望著隱沒在忽明忽暗火光中的藍的臉，半邊臉上的眼睛映著搖晃的火焰，閃閃發光。

「好吧，我說就是了。不過不能保證是什麼有趣的話題哦！」

「我會洗耳恭聽的。」

藍收起原本伸直的雙腳，雙手抱膝。

「剛好是藤木先生沉迷於遊戲書的年代吧，我當時就讀東京某個有名的女子高中。」

「距離現在大概是十五年前的事囉？」

也就是說，藍現在約莫三十歲，藤木以為藍更為年輕，所以感到有點意外。

「啊，你在推算我的年齡！」

藍瞅了藤木一眼。

「知道也無所謂啦！我是大阪萬國博覽會那年出生的。」

「原來如此，挺容易記的嘛！」

「總之那時的我品學兼優，是個非常乖的小孩。」

「有參加排球社之類的嗎？」

「只是因為我的身高高了點就應該加入排球社，你的想像力很貧乏耶。」

「那是參加籃球社嗎？」

最好是，藍氣呼呼地說。

「我參加的是漫畫研究社。」

「原來就是這樣一腳陷進去啊。」

藍決定不理會藤木的反應。

「那個時候每天都很快樂，雖然我不太和班上的人打交道，倒也沒被欺負過啦，而且社團又有很多志同道合的朋友，加上成績還不錯，所以老師也滿疼我的。」

藍不禁嘆了一口氣。

「但是誰料得到，快樂的日子卻潛藏著陷阱，或許對現在來說並不是什麼稀奇的事，但是在

那個時候，可算是不得了的大事。」

「你該不會幹起援助交際吧？」

藍對於藤木的幽默連微笑都笑不出來。

「不是，是藥物上癮。」

藍的答案大出乎意料，藤木一時也不知該如何接腔。

「藥物……難道是安眠藥？」

「正好相反，是安非他命，是毒品。」

藍把小樹枝丟到火堆裡，火花四處飛濺。

「到底是怎麼一回事？」

「朋友慫恿的，他們說這種藥可以消除疲勞，而且也有減肥的效果。雖然隱約知道那是禁藥，但為了兼顧學業與畫漫畫，晚上想睡得不得了的時候，忍不住想說試試看好了，然後就這樣陷進去了。」

「妳朋友為什麼會有那種東西？」

「我也不太清楚，我朋友也是一碰就不自覺地陷進去了。賣藥給她的人好像是跟她說，如果想要免費拿到藥的話，就再去找一個冤大頭。」

藤木已經不知道要如何回應，只好保持沉默。

「一開始只覺得這藥實在太厲害了，不管多麼精疲力竭，只要吸一口，馬上就精力充沛。」

「吸一口……那不是用注射的囉？」

「拜託！高中女生怎麼敢用注射的啊……都是把藥溶到可樂裡面喝。」

「……原來如此。」

「只不過藥效是騙人的，絕對不是突然湧出無限的精力，只是強迫透支身體的能量罷了。」

「就像以赤字國債來減稅的道理是一樣的吧。」

藤木立刻回應道。

「發現這件事後當然我也想過要戒掉，但是身體一旦習慣那種藥物後，只要一天不服用，就會心神不定，相當痛苦，甚至到了讓人覺得只要有藥就好，不管後果如何的程度。之後為了張羅買藥的錢，真的已經不知該如何是好了，滿腦子都是乾脆自殺一了百了算了。」

說到這裡，藍突然閉口不語。

過了一會兒，藤木忍不住追問：「然後呢？」

「就那樣啦。」

「什麼就那樣了……」

「就是我說的，死過一次的事情啊。當我被毒品控制的時候，就已經放棄一切，死了。」

「那後來又是如何復活的呢？」

藍的嘴角勾出神祕的笑容。

「那是祕密，也因此我必須休學，最後甚至失去了身體一部分的感覺器官。」

藤木恍然大悟，視線落在藍的助聽器上。

藍的態度完全不像是說謊或說笑，但是她似乎不打算再繼續說下去。

原來毒癮也會造成聽力障礙啊。可是，藍之前曾說過會造成這種殘障是很久以後的事了，這麼說的話……

藤木看著藍。

想想，一個高中女生想要逃離毒品的控制，只能求助於大人，結果一定是告發所謂的賣藥組織，背叛他們。

接下來的，一定是報復……但是，即使是黑道，對於一個年僅十幾歲的少女會如此殘忍嗎？

此時，藍的表情突然變得驚恐。

「那……那是……」

回頭一看，順著藍所指的方向。

藤木驚愕得幾乎快停止呼吸。

在他的身後約四、五十公尺遠的地方，有個不明物體。

在一片黑暗之中，隱隱約約的閃著兩道圓形的磷光，很像動物的眼睛。更後面還有，總共六道磷光。因為位置相對比較低，所以看不太清楚身體的形狀與大小。

那三對眼睛一動也不動地凝視著藤木他們。

藍徐徐貼近藤木身旁，藤木靜靜地低下身去，伸長右手抓起柴刀。

經過了一段緊張得讓人喘不過氣來的時間。

不久，突然有對眼睛不見了，總覺得不是閉上眼睛，而是改變了視線方向，草叢中隱約傳出葉子的摩擦聲，轉眼間，連剩下的兩對眼睛也不見了。

那些眼睛消失後至少一分鐘以上，藤木都無法動彈。終於鬆了一口氣時，發現整個手掌心滿是汗水，手指也微微地顫抖著。

「食屍鬼」這個名詞，在腦海裡迴盪著。

現在的藤木，連想要置之一笑的氣力都沒有。

5

快逃。從心靈深處傾瀉而出的一股衝動。

快逃。這是沉睡在深層意識裡，太古以來存在於本能中的聲音。

快逃。如果不想死的話……如果不想被吃掉的話。

站了起來，環顧四周，天邊微微地透出光芒，地上一片昏暗，站在筆直的道路中央，兩側的圓潤山岩，彷彿一幅巨大的剪影畫。

該往哪裡逃呢？

是誰在耳邊，以不懷好意的低沉聲音嘀咕著。

在這裡，往左或是往右走，你必須作個抉擇。

如果選擇左邊的話，兩分鐘後或許就會被吃掉。

選擇右邊的話，則會給予些許寬限。

決定選擇朝右邊出發。雖然很想奮力地往前邁進，但是如液體般濃稠的空氣，卻成了最大的阻力，再怎麼全力衝刺，也只能遲緩地一步步推進。

左右兩側並列的柱子下，有一些男人在那裡野營，毫不知情地熟睡著。他們的生命已經所剩無幾，如果不通告他們危險已然逼近，等於將他們推入死亡的深淵……，胸中塞滿了罪惡感與悲傷，眼角濕潤，兩頰淌著淚，但是為了自救，也是不得已的。就這樣連聲音都發不出來，在黑暗之中盡全力衝刺著。

總覺得後面好像有什麼邪惡的東西，漸漸逼近。

猛然回頭，就在道路的正前方，山岩的附近有對發光的眼睛，不！不只一、兩個，像是在尋找什麼東西似的，如探照燈般放射出光芒掃視著。無數的眼睛一朝向這邊，就突然停住不動了。

心想已經逃不掉了，儘管如此，還是帶一絲期望，繼續跑到不能跑為止。

背後傳來陣陣悲鳴，方才熟睡的那些流浪漢，正被無情地吞噬著。嚼碎骨頭的淒厲聲響，飛濺的血沫濡濕了台階。無辜的流浪漢們，渾身顫抖不停尖叫。

心中雙手合十，咬緊牙根，繼續跑。但是就算再怎麼死命地跑，也只不過拉開了二、三公尺的距離而已。

接下來馬上就輪到自己了。

雙腳無力，全身虛脫。

不，我不想死。

救救我。

遠方有誰看著我。

杏子……不……是藍。

背部突然感到一陣冷颼颼的空氣流過。

驚醒。全身肌肉頓時收縮。

仰躺在滿天星斗的夜空下，第一次驚覺，在日本從不曾看過這麼多的星星。

身體冒出了一粒粒的汗珠。

心臟彷彿是緊急煞住的高速飛車引擎，持續地空轉著。

把手放在火堆的灰燼上，已經完全沒有熱度了。觀望四周，也已經看不見那幾雙發著磷光的眼睛了。

附近有幾隻看起來像是蚊子頭目的白線斑蚊，發出兇惡的振翅聲迴旋著。雖然藤木跟藍的頭上已經套了網子，但是暴露在外的手臂還是被叮了十幾個包。

睡夢中隱約聽到的嘈雜聲，一定就是這聲音。

總算能夠暫時鬆口氣，喝點水潤潤喉。

隨著冷水流入食道帶來的清涼感，藤木逐漸回過神來，再次確認剛剛只是一場惡夢。

藍還在熟睡中，或許在作一個短暫的美夢也說不定。

嘴巴微微地張開著，發出不太舒服的呼吸聲。

藤木想就近看看藍睡著的模樣，因為藍半闔著的雙眼，讓藤木瞬間以為藍已經醒了。看到照在明亮月光下藍的臉，藤木為之屏息。

突然很想伸手把藍搖醒。

但藤木還是什麼都沒做，過了一會兒，又回到自己睡的地方。

看看手錶那塗上夜光顏料的指針，才不到四點，為了保持體力，雖然努力地想讓自己再多睡一點，終究還是難以成眠。

天一亮，藤木就跑到昨天晚上看到磷光雙眼的地方檢查，不過因為地表不是土壤，而是小石頭和粗沙礫，所以完全沒有留下任何足跡。

「應該是這附近沒錯啊？」

「嗯，是啊！總共有六道光，三隻……」

「應該不會是人吧？」

藍回過頭。

「位置太低了，如果是四肢著地的姿勢的話，又另當別論。」

藍說得沒錯，可是如果是野狗之類的話，居然連一次吠叫聲都沒有，靜靜地就消失不見了，真的很不可思議。

當然了，澳洲或許有很多連聽都沒聽過的野生動物，更何況他們對野生動物的習性也不是很清楚。可是……

食屍鬼。

雖然覺得很可笑，但這名詞卻一直烙印在心中。藤木勉強擠出笑容，畢竟一笑置之應該比勉強壓抑恐懼來得好。

這個時候，發現藍一直盯著自己看，動也不動的表情，似乎在解讀藤木的心思。

「接下來打算怎麼辦？」

藤木努力想要扯出笑容，但是失敗了。

「……我是很想早一點到下一個 Check Point，但是現在最要緊的事，就是確保食物。這附近好像比較多野生動物，所以我想就我們就先來弄個陷阱，抓點獵物吧。」

「我反對。」

藍馬上回應：

「我覺得我們應該盡早離開這裡比較好。」

「為什麼？是因為昨天那些發光的眼睛嗎？」

「是啊，我有種不好的預感。」

藤木沉思著。

昨天吃的蜥蜴肉已經所剩無幾，這附近也有水源，所以打獵應該是最佳選擇。這樣的話，可以在這裡休息個一天，等糧食都準備充足後再出發會比較妥當。

但是另一方面，從昨晚開始自己的確一直覺得心神不定，既然藍的直覺也告訴我們最好快離開這個地方的話……尤其最初選擇的時候，就是參考了藍的意見，證明藍的直覺是正確的。

那麼，到底該怎麼辦呢？是要依賴理論，還是要憑靠直覺？藤木順手往口袋裡一摸，掏出了《火星的迷宮》這本書，這次或許也跟上次一樣，跟著遊戲書的內容選擇就沒錯。也許有可能是壞結局，但是書裡總會有類似的情況。

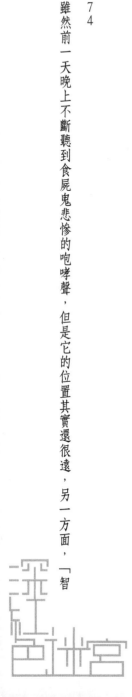

藤木開始一頁一頁地翻閱，終於找到符合的選擇項目了。

雖然前一天晚上不斷聽到食屍鬼悲慘的咆哮聲，但是它的位置其實還很遠，另一方面，「智慧者的水晶」的閃耀度越來越強，這暗示著寶藏幾乎就在這附近。

你必須要選擇繼續前進或是留在原地。

要前進的話請到218，選擇原地的請到769。

「這該不會是在暗示昨天的事……？」

藍顫抖的聲音問道。

「書上寫的其實還不是很清楚。如果是指野生動物的話，只是偶然的可能性比較高，但是我覺得還是照著書上所寫的做比較妥當。」

「遊戲書上說哪個是正確的啊？」

「我想可能是繼續前進吧。上面出現了『我因為禁不起財寶的誘惑，留在原地，突然就被從地底冒出來的食屍鬼給吃掉』這樣的悲慘結局。」

「這樣的話……」

「如果長期待在這種不知有什麼猛獸會出沒的地方太危險了，我們馬上出發吧！」

要到第四個 Check Point，是目前為止最長的移動距離，至少也要走個十五公里以上，但是就目前的情況而言，當然是逃得越遠越好。

決定吃完早餐後馬上出發，但是一聞到昨夜剩下的蜥蜴肉臭味，藍馬上就搖了搖頭。

「不能吃了，這已經壞掉了。」

持續一整天的夏季高溫，加上接近百分之百的濕度，食物會腐敗也是理所當然的。但是如果肉類食物真的那麼容易腐敗的話，那能食用的東西就真的不多了。

如果沒時間設計陷阱狩獵的話，在出發前採集一些植物性食物會比較好吧。如此判斷後，藤木和藍就鑽進了稍微偏離前進路徑的一個灌木林，找一些可食用的植物。

他們找到了許多直徑約有一、二公分的黃綠色果實。為了安全起見，就把第二 Check Point 中普拉提的解說，再拿出來讀一次。沒錯，就是這種俗稱野梅的 Buchanania obovata，味道有點像梅子，據說是所有水果中，含維他命成分最多的。

另外，還幸運地在旁邊找到了 Terminalia carpentariae。這種長在大樹上，有點像萎縮的水蜜桃般綠色的果實，在當地好像是叫野桃，吃起來就像桃子乾。

就算這些都可以生吃，但是一下子吃太多又怕會拉肚子，所以兩個人只塞了幾個進肚裡，盡可能地多採一些帶走。

光採集食物就耗費了不少時間，準備出發往第四 Check Point 時，已經是烈日當頭了。

額頭上滿是粒粒汗珠，又因為戴著綠色的除蠅網，格外悶熱，但是如果為了貪圖一時的涼快，無數的黑蒼蠅就會發狂似地往臉上襲來。

兩個人沉默地走了一陣子，偶爾為了確認所走的距離而低頭看看計步器，除此之外，盡可能不浪費太多體力。

在這種情形下，精神容易渙散。好不容易走出了狹隘的山谷，藤木忽然停住腳步。跟在後頭的藍差點撞個正著。

那裡站著兩個打扮有點怪異的人。

從臉、頭髮、脖子，到捲起袖子露出的上臂，只要是皮膚外露的部分全都塗上了淡褐色的顏料——也許是乾燥前的紅褐色黏土，同時上頭還仔細畫著黑色的迷彩花紋。兩人雙眼與嘴巴周圍塗成黑色，使他們整體看上去有如龐克搖滾歌手一般。

對方似乎也沒料到會遇到外人，一副準備攻擊的姿勢，僵住不動。藤木注意到他們手上都握著武器，比較矮的那一個是拿大型的求生刀，在其身後的巨漢，則是手持彎曲的開山刀，刀刃的長度約有五十公分以上。

「妹尾先生？以及船岡先生？」

藤木試著叫出他們的名字，然而口舌乾澀，聲音帶著奇妙的嘶啞。他是馬上從體格判斷出來妹尾，再推論出跟妹尾一起行動的應該就是船岡。

這樣的話，那些塗滿全身的骯髒汙泥，應該就是為了防蒼蠅用的。而且到了晚上，對付那些兇猛的蚊子軍，應是也有一定的功效。

回想起來，當初妹尾那一組選擇了日本製的除蟲噴霧，很可惜，那東西對班古魯班古的蒼蠅而言，並沒有多大的效用。

妹尾還是沒有任何回應，比較矮的那個人則來回瞄了好幾次藤木和妹尾，才終於開口：

「原來是藤木先生啊！你們在這地方做什麼？」

「我們正要前往第四 Check Point。」

「喔！」

越靠近船岡，他就更加明目張膽地上下打量著藤木他們，同時藍也沉默地來回審視著妹尾與船岡。

藤木倒是對妹尾的態度感到相當意外，才不過短短一天，就像完全變了個人似的。印象中原本是個溫和的巨人，現在卻一句話也不說，宛如一尊巨大的惡魔傲視著他們。

「你們兩個，應該有吃東西吧？」

船岡唐突地發問，因為他還記得在分配東西的時候，藤木這組完全沒有選擇任何糧食。

「是啊，吃了些不至於會餓死的東西。」

「什麼？你們吃了什麼？」

「植物的果實之類的。」

「……那你們身上還有什麼可以吃的嗎？」

妹尾少見地開了口，像是配合那張毫無表情的臉色一般，聲音也毫無抑揚頓挫。

「只有一點點而已。」

藤木謹慎地回答。

「我們已經有段時間沒吃東西了，如果有什麼可以吃的，就拿出來分給我們吧！」

妹尾的姿勢稍微蹲低了些，藤木馬上察覺到了一觸即發的氣氛。

一開始見到所有人時，就清楚最需要提防的人是妹尾。如果萬一真的要對戰的話，別說他有相當的武道技巧，光是體格上的差別就會成為決定性的要素，加上現在妹尾及船岡身上的各種武器，就像游擊軍隊般的重武裝，如果他們打定主意要攻擊的話，藤木他們絕對不是對手。

「我們找這些食物也是相當辛苦的，所以不能白白地送你們，用交換的吧。」

「你想要什麼？」

「我們身上完全沒有任何武器，像昨天夜裡，我們看到了大型野生動物在黑暗中閃爍的目光，實在害怕極了。所以是不是可以把你們身上的一些武器讓給我們。」

船岡狡猾地盯著藤木。

「武器啊……這些東西我們也很需要哩！」

船岡清楚自己握有壓倒性的優勢，當然不想失去這種居上風的快感。

「船岡。」

妹尾突然用威嚇般的聲音吼著。

「幹……幹嘛？」

隔著泥巴面具也看得出來，船岡一臉驚慌失措的模樣。

「把你的噴霧劑拿出來。」

「什麼？可……可是……」

「拿出來。」

儘管如此，船岡還是猶豫了一下，妹尾冷不防的舉起大腳往船岡的腰椎附近踹了一腳，藍嚇得倒抽一口氣，船岡則被踢飛到二、三公尺遠的地上，手按著腰部哀叫著，不太像是演戲。

「叫你拿出來就趕快給我拿出來！」

「知……知道了。」

船岡眼角泛著淚光，從口袋取出小型噴霧劑。

「如果是要對付動物的話，這個就夠了。」

妹尾從船岡手上搶過噴霧劑，交給藤木。長約六、七公分的圓筒，標籤上印著「ＣＮ瓦斯・噴霧型」，不是北海道那種用來驅逐熊的噴霧劑，比較像是防身用的。

因為只是防身用，不足以讓對方致命，難怪比任何人都來得有警戒心的妹尾會選這個。

「要兩人份。」

藤木抬高下巴，示意還有藍。雖然難以判斷可以強硬到什麼程度，但總要試著提出一些要求看看。

妹尾那張塗滿泥巴的臉上，閃過一道冷峻的目光。藤木正心想完了，不知道會發生什麼事，妹尾便用那一貫低沉的聲音說：

「讓我看看食物。」

看這情形是不可能拒絕他的，藤木向藍示意，將兩個人所帶的野梅與野桃擺在地上。

「這是什麼？」

「野生的水果啊！沒問題，可以吃的，我們已經吃了好幾次了。」

事實上今天早上才吃了第一次，但是為了讓對方安心，只好撒謊。

「但……但是……你們……怎麼知道這個東西可以吃啊？」

船岡一臉痛苦地扶著腰站起來，出於內心的恐懼而如此指摘。

「我們當然有先試一下。以前當童子軍時有學過，如果不知道這東西能不能吃，就先把東西放進嘴裡咬個兩三下再馬上吐出來，過一會兒，如果嘴巴裡面沒有麻麻的感覺，就沒有問題。」

「拜託！這是哪門子理論啊！如果是劇毒的話，不就立刻一命嗚呼了嗎？」

「至少我們兩個還活著啊！這東西真的沒有問題啦！」

藤木無意間瞥見吊在自己身上的遊戲機，臉色一變。

裝遊戲機的袋口竟然是開著的，因為遊戲機反著放，所以一眼就能看到卡帶標籤上畫有普拉提的圖案。

幸好妹尾和船岡並沒有注意到遊戲機。

妹尾看了看野生的水果，就命令船岡：「把棒子拿出來。」

船岡這次學到教訓了，乖乖的掏出黑色的棒狀物，長度約二十公分左右，感覺就像是腳踏車的握把。

「這是特殊警棍。」

妹尾以熟練的動作舞動著棒子，因為離心力，棒身伸長了一倍以上，發出喀喳的聲音。

「如果要縮回去的話，就像這樣。」

將棒子垂直向下對著岩石往下一敲，喀茲一聲，方才伸長的部分就整個縮回柄內。

妹尾將特殊警棍丟給藤木。收到後感受了一下重量，藤木立刻像是揮舞竹劍般揮幾下看看。

「這不是用來揮打的，是用來戳刺的，可以粉碎肋骨。」

妹尾說完後，就開始將堆在地面上的野梅跟野桃，一個個裝進旅行袋裡。

「喂，等一下，我可沒說全部喔！好歹也要留一些給我們……」

妹尾只是瞄了藤木一眼，完全無視他的抗議。

有點懷疑這催淚瓦斯和特殊警棍在班古魯班古裡會有多大的用途，不管是誰都會覺得這種交易根本不公平。但是藤木不打算再抗議了，因為萬一把妹尾激怒了，那可就真的是賠了夫人又折兵。而且只要一想到遊戲機裡頭的情報，是藤木與藍這組唯一佔優勢的東西，萬一讓他們知道這張王牌，那絕對會被搶走的……

現在最好的辦法，就是盡快跟他們分道揚鑣。藤木偷偷地把裝有遊戲機的袋口拉起來，鬆了一口氣。

「我想我們要繼續往前走了。」

「嗯……？」

剛撿完野梅的船岡，發出不甚愉快的聲音，大概還在對藤木始終獨占著藍而感到很不滿吧，但是現在他的焦點應該是眼前這堆糧食。

「那就祝你們好運囉！」

藤木向他們揮了一下手，就頭也不回地走了。藍也趕緊跟了上去。

要盡量放自然點，不可以走得太急。如果讓他們看出來我們想要快點擺脫他們的話就慘了。

藤木一面忍住想要回頭看的衝動，一面繼續往前走，走了約五十步左右，忽然聽到後面傳來一聲怒吼。

藤木戰戰兢兢往後一看，看到船岡仰倒在地上，而妹尾俯視著他。看來是為了分配水果起了點爭執，船岡似乎是被毆打了，臉上的黑色泥巴部分擴大許多。

妹尾看了一眼藤木，藤木高舉雙手表示並不想干涉，轉身快步離開。

約莫過了十分鐘左右，確認完全看不到他們兩個，才放心地吐了一口氣。

「……嚇死我了。」

藍不停地喘著氣。

「會嗎？我倒覺得妳挺鎮靜的嘛！」

「才怪呢！」

藍少見地大聲喊叫出來，可能是為了放鬆一下之前緊繃的情緒。

「那些人真的變了……特別是那個叫妹尾的大個子。」

「是啊，我也嚇了一跳哩！一直想著如果激怒他就慘了，心驚膽跳啊。」

儘管天氣炎熱，全身還是起滿了雞皮疙瘩。

才短短一天而已，妹尾就像變了個人似的，這到底是怎麼一回事？

當然在這種不知是生是死的極限環境中，原本就會因對未來的極度茫然而造成身心不小的壓力。但是，總覺得好像不只是這樣，在班古魯班古裡，也許潛藏著什麼能夠改變人心的怪物。

也許，擁有太多的武器，也會改變一個人的本性。一旦手上握有武器，就會將注意力集中於此，衝動地想使用它，無法保持冷靜。但是那怪怪的泥巴妝又是怎麼回事……

「我想會那兩個人看起來這麼可怕，可能就是因為那一臉的油彩吧。」

藤木終於能夠平靜下來，對自己方才的膽怯，感到有點難為情。

「人與人之間，本來就是一面觀察對方的表情與態度，一面決定用什麼樣的溝通方式，不是嗎？如果把最重要的臉給遮住的話，怎麼樣都會令對方感到不安的，那兩個傢伙，應該是因為肚子餓才這麼激動吧。」

「是這樣的嗎？」

藍似乎不是很贊同藤木的意見。

「確實可能是因為臉塗成那樣，所以看起來挺嚇人的，但應該不只如此。」

「妳說的不只如此是指？」

「像那樣戴上面具後，不僅是外觀改變而已，連內心也會有所影響。」

藤木皺了一下眉，表示不太懂藍的意思，藍只好繼續解釋。

「我之前也有過一段相當痛苦的時期，滿腦子就是想死，拚命鑽牛角尖……後來有人告訴我，只要戴上面具，就會比較輕鬆。」

「面具？」

「藤木先生，你知道 persona 這個字嗎？」

好像在信用卡還是手機電腦上，看過這樣的名詞……

「所謂的 persona 就是拉丁文『人格』的意思，也是英文 personality 一字的字源。原本是指演員戴的面具，隨著不同的角色演出，一個人的性格也會隨之轉換。」

令人覺得非常不可思議，藍到底是在哪裡學到這些深奧的知識。

「我原本也是深信，所謂人格是指以人心為中樞的反應機制，但是好像未必是這樣。所謂的人格，應該是為了應付外界狀況──特別是人際關係中的應對進退，不斷積累學習經驗而成的對策模式罷了。」

「說得也是，就好像同一個人，對A如同佛祖一般仁慈，但是對B而言就變成魔鬼，這種情形也很常有。」

藍點點頭。

「藤木先生，你當過上班族應該比我感受更深吧？假設一個小職員一旦晉升，因為受到周遭的禮遇，以前不存在於自己內心的管理人格就會浮現出來。反過來說，如果被解僱而加入黑社會組織，就會學習到那個圈子的一些暴戾習氣，像是服裝、表情的變化、獨特的用詞等。也就是說，當整個外型徹底地改變時，便產生了一個令一般人感到畏懼的新人格。」

雖然這種解釋過於戲劇化，但是藍的確說中要點。

「這麼說……妳也戴過面具囉？」

「是啊！而且還是訂製的哦……」

藍臉上露著神祕的笑容。

「女人本來就是一種戴著面具的生物。你也了解外表對女人而言，有多重要吧。花了許多時間上妝後和未施脂粉時，態度動作絕對不一樣。」
這麼一說，記得杏子好像也說過類似這樣的話。
可惜的是，從來沒和杏子聊過這些話題。在夫妻關係尚未產生裂痕之前，經常可以看到她坐在梳妝台前化妝時，對著鏡子照多久都不厭倦。而當杏子用萬分認真的表情畫著眼線，在鏡中與藤木眼神交會時，還會含笑問藤木看什麼。對女人而言，化妝就像上戰場前披戴盔甲一般，另一種全副武裝吧……
「聽說，最近在一些工作倦怠的中年男性間很流行女裝俱樂部是吧？據說，打扮成女人的模樣，可以消除平常累積的緊張與壓力。」
「只要是上班族都可以體會這種心情吧。」
但是既非粉底也非口紅，而是用厚厚的泥巴塗上迷彩，究竟暗示著何種心理反應呢？
如果說，因為生命上不斷受到外在的威脅與壓力，甚至產生周圍都是敵人的妄想……
在到達第四 Check Point 之前，藤木不知幾次忍不住停下多次腳步回頭查看。當然後面什麼人也沒有，能看到的只不過是那一成不變，班古魯班古的山岩及草原而已。

普拉提與那已經聽膩的ＢＧＭ，再度精神抖擻登場。

「哈囉！你們好嗎？你們的朋友比利鴨普拉提又來了！首先讓我誠心地向你們說聲恭喜，恭喜你們可以平安無事地來到這裡。接下來，在這個CP，該教你們些什麼好呢？對了，我想在這裡還是先提醒你們一下，關於澳洲的危險生物。不然好不容易腦袋裡累積了許多知識，卻被猛獸一口咬死，那不就完全派不上用場了嗎？所以這回，我就來教授普拉提的驚險動物世界吧！」

普拉提身上穿戴著猶如大學教授般的方帽、斗篷及鼻梁眼鏡，一面拿著教鞭指著圖，一面用超快的速度滔滔不絕地說著。

「首先是班古魯班古中最討厭的……害蟲篇！我想你們應該已經領教過了吧！那些一有空隙就想成群趴在你們臉上的黑色小蒼蠅。牠們其實是相當可愛的小傢伙，雖然如果長時間被糾纏的話也是教人挺抓狂的。不過大可放心，這些傢伙雖然有點煩，但是實際上不會有什麼太大的殺傷力。它們最喜歡人類汗水與淚水內所含的蛋白質，而且特別喜歡日本人的體質。有一種解釋是因為日本人比較常吃維他命的緣故。比起這些小東西，更教人頭痛的是那種體型較大，會刺人皮膚的沙蠅（Sand Fly），被叮咬的那一瞬間不會感覺到疼痛，但之後就會引發一陣幾近瘋狂的搔癢感，是個討厭的傢伙。」

漫長的害蟲解說持續了一段時間。屬於凶惡的叢林蚊子之一的白線斑蚊，兩個人都已經被這東西叮咬過無數次了，也習慣了。雖然沒有引發瘧疾的擔憂，但是好像有感染致命的羅絲河熱病（Ross River Fever）的危險，另外還有各種毒蜘蛛、蠍子和蜈蚣等。

另外澳洲的螞蟻，堪稱世界上數量和種類最多。甚至有個「螞蟻大陸」的別名。其中以最具攻擊性的藍螞蟻，以及居住在岩山中具有強烈毒性的火焰螞蟻，需特別注意。

「如果有防蟲乳液就好了。」藍自言自語著。

害蟲解說一結束後，接著就是「危險的脊椎動物篇」。

「首先還是先說明毒蛇的部分吧。這可不是開玩笑的，因為很可能會要了你的小命，看看下面的排名，就可以一目瞭然了。

1.內陸太攀蛇（Inland Taipan） 2.東部擬眼鏡蛇（Eastern Brown snake） 3.太攀蛇（Coastal Taipan） 4.東方虎蛇（Eastern tiger snake） 5.里貝斯比島虎蛇（Reevesby Island tiger snake） 6.西澳洲虎蛇（Western tiger snake） 7.查佩爾島虎蛇（Chappell Island tiger snake） 8.南棘蛇（Death adder） 9.西部擬眼鏡蛇（Western Brown snake） 10.銅頭蝮（Copperhead） 11.印度眼鏡蛇（Naja naja）……」

普拉提所說的，是依照每單位毒液的毒性強度所統計出來的全世界毒蛇排名。令人驚訝的是，第一名到第十名全都是澳洲原生蛇，而在前二十二名中，也佔了十九種。

排行榜中還有附上這些毒蛇的插圖以及詳細說明。依據普拉提表示，毒蛇的危險度不一定是根據它的毒性強度來區分，應該要考慮到它的毒量、毒牙長度以及攻擊性作綜合性的判斷。

但藤木心中又萌生了新的疑問。

雖然說是澳洲，但是東西南北的氣候風土應該是完全不一樣的，這些毒蛇不太可能全部都生長在班古魯班古裡面吧，需要注意的種類最多應該只有數種。

但是普拉提的笑容裡似乎暗藏玄機，他就像鸚鵡一般重複說著：「當心這十九種毒蛇吧！」

在這麼狹窄的地方，怎麼可能聚集了世界上十九種最毒的蛇，特別是以島字命名的，一般來說也只有那個島上才會有。

……除非是有人故意放生於此。

「最後是哺乳類。事實上，我也算是一種危險生物喔。你們知道鴨子的嘴有毒嗎？因為雄鴨的後爪暗藏著毒腺，所以如果不小心被啄到的話，就會有生命危險，不過這附近沒有，所以不用擔心啦。

在班古魯班古裡，真正危險的哺乳類只有兩種，其中一種是澳洲野犬。」

看到澳洲野犬的插圖，外表看起來跟日本犬並無二致，尤其酷似柴犬。據說這是九千年前澳洲原住民所飼養的狗野生化的。但是和普通的狗比起來，最明顯的差異就是牠那又大又尖的犬齒，足以說明牠是極具攻擊性的野生犬。

「你看這個。」

藍指著畫面上的一排字。澳洲野犬和普通的狗相比，最大的不同點就是牠不太會吠叫。

「原來如此，那些發光的眼睛應該就是澳洲野犬。」

這些傢伙可能是被發臭的蜥蜴肉所引來的，第一天晚上可能只是來探查，但第二天晚上就不見得了。在這個地方如果被一群野狗襲擊的話，下場簡直不敢想像。藤木了解到早點離開第三 Check Point 是正確的，放心地鬆了一口氣。

普拉提唐突地接到下一個部分，感覺好像忘了些什麼，但他們沒有空慢慢去思考。

「接下來是人類文化講座！雖然求生用的情報很重要，但是偶爾接觸一些文化，學習教養來豐富人生也是很重要的，所以這個部分，我將告訴你們有關澳洲原住民玻里尼西亞人的神話。」

用這種開玩笑的語氣真是讓人生氣，但是現在不是因意氣用事而關掉遊戲機的時候，因為不知道裡面是否藏著什麼更重要的情報。於是普拉提開始滔滔不絕地講起關於原住民的神話。

玻里尼西亞人有所謂「夢的時間」一詞，好像是對於時間的一種獨特觀念。人類在出生以前是在「夢的時間」，死了之後又回到「夢的時間」。「夢的時間」是一個有著許多半人半獸的怪物在地面上漫無目的遊走的太古世界。據說人類每到夜晚，都會在睡夢中回到那裡。

還有一種彩虹蛇，可以醫病。從阿內姆地到金柏利，人們都稱他為「太母」，並當成信仰崇拜著。

另外，也有關於普拉提的祖先如何誕生在這世上的傳說。

有一隻年輕的母鴨，不聽同儕的忠告，獨自跑到河裡遊玩，結果被一隻突然出現的水鼠綁架了，水鼠從以前就對鴨子抱著不正常的情愫。母鴨被監禁在牠水邊洞穴的窩裡面，牠必須要隱藏自己的情緒，努力討好水鼠。有一天，母鴨趁水鼠不注意，趕緊逃走。

之後進入了產卵期，母鴨所產下的雛鴨，身上所覆蓋的竟然不是羽毛，而是毛皮，是一種有著鴨子嘴巴，野獸四肢的怪鴨。

此事引起了鴨族一陣恐慌，於是可憐的母鴨和牠的小鴨們，就被流放到遙遠的河川。母鴨很擔心，如果一旦被水鼠發現，小鴨們可能會被殺掉，所以索性離開平原的河邊，移居到山裡的河川。但是因為對新環境適應不良，鴨子終於憔悴而死。就這樣，之後澳洲的深山河川中，流傳著各種有關鴨子的奇怪傳聞，象徵母鴨遺留的怨恨。

玻里尼西亞的神話中，像這種畸戀的故事特別多。接著是有個名叫尼爾的巫師追殺七姊妹的故事。聽說七姊妹最後被巫師逼到山岩上，無路可退，於是她們飛上了天空，成為昴宿星團。

有一種說法是，玻里尼西亞人的祖先，約西元前四百到三百年間，從東南亞帶著澳洲野犬移居到澳洲大陸。但是也有另外一種說法更早，甚至可追溯到數萬年前。

聽說班古魯班古的金柏利地區是他們最早的落腳地，但他們並沒有在班古魯班古久居。有人說，可能是因為不適應當地氣候，特別是乾季時很難取得水源，但也有人認為應該有別的原因。

「傳說，班古魯班古從很久以前就住著一些可怕的怪物，其實怪物說，在一些古老故事中不也常出現嗎？像是食屍鬼或是食人鬼之類的……」

說這種嚇唬人的話，真的是太愚蠢了。居然想用如此荒唐無稽的故事來煽動我們的恐懼。不過這些傳統的原住民神話，其實真的挺有趣的。不管是動畫或是旁白，看得出來製作者下了不少工夫。

一瞬間，覺得這些訊息好像是說給不相干的人聽似的。

沉思了一會兒，藤木即開始思考該計劃下一步行動了。

兩個人開始勘查第四 Check Point 的四周，正如藤木所擔心的，這裡可當作食物的動物並不多，而且樹木稀疏，水源只有一條細細的小溪流，因為這裡不太可能是動物聚集的場所，也就不需要設計陷阱。

但是沿著小溪流而行，又有新的發現。穿過一條岩洞隧道後，眼前出現了一個類似體育館的圓頂空間，直徑約莫三、四十公尺。光線從猶如天窗般的小洞照進來，裡面一片明亮。岩穴底部有積水，整體形成一個研磨缽狀的天然游泳池，水質清澈，還可以看見成群小魚游來游去。

「好想洗個澡喔……」

藍撥弄著池裡的水，一臉無奈。

「想洗就洗啊！」

藤木也有股想要跳進池裡的衝動。自從醒來確定自己遇難後，頂多是用些小水窪的水來擦拭身體，現在全身因為流汗而黏答答的，而且即使沒有浴巾，像這種天氣十幾分鐘就能風乾了吧。

「那我們就輪流下去好了，猜拳決定吧。」

藤木想了想，才兩個人還要輪流，真的有點奇怪。

「妳是想要脫光衣服下去游，是吧？」

「是啊，沒錯。」

「穿著衣服跳下去就行啦！反正還可以順便洗衣服，一舉兩得嘛！」

藍思考了一下，就把助聽器放在不會被水濺到的岩石上，還特地塞上耳塞。接著以優美的姿勢躍入池中。

「好舒服喔！藤木先生不一起下來嗎？」

藍頑皮地向藤木潑水。

藤木脫掉上衣跟長褲之後，啪的一聲潛到水裡。水質清澈得教人驚訝，身長約五公分的小魚群嚇得四處逃竄，水底鋪著鬆軟的沙子，還有幾根枯樹枝，不知道這些魚是吃什麼過活。

當藤木把頭伸出水面，一眼瞥見放在池子邊，藍脫下來的內衣與牛仔褲。此時藍正在池子的中央仰泳，她的姿態優雅，身高也夠，應該很適合跳水上芭蕾。

藍在游回來的途中忽然站了起來，因為那邊水深只有約一公尺左右，濕透的長袖襯衫下，雙峰隱約可見。

藍意識到藤木的視線，慌張地把整個人沒進水中，藤木也立刻潛進水面下，但是因為水質清澈，能見度跟空氣差不多，藍優美的胴體還是看得一清二楚，藤木嗆了一口水又趕緊浮上去。

「你剛剛看到了吧？」

藍遮著胸部，瞪著藤木。

「沒有，什麼都沒看到。」

「騙人。」

「真的啦……」

好久沒有像這樣流汗，舒展全身筋骨了。不同於有著消毒劑臭味的日本游泳池，這裡的水只是拍上肌膚，就有種全身徹底清潔洗淨的快感。藤木用手帕擦拭全身，順便也把穿過的衣服洗刷了一番。

結果洗了將近一個鐘頭的澡。藍一臉害羞地，穿著濕答答的衣服背對著藤木從池子上岸。藤木第一次發現藍真的很漂亮，水滴順著白皙的肌膚滑落。

藤木從恍惚中回到現實。

該想想今晚的食物了。不小心浪費了太多時間，就算現在立刻做陷阱，也不太可能抓到什麼了不起的獵物……

不過幸運之神似乎特別眷顧藤木與藍這一組。

在離水池僅數十公尺處，岩壁的中間，藍無意間看到了某種東西。

藤木隨著藍手指的方向往上看，發現山岩條紋的交界處，有著一個不規則的茶色塊狀物。

因為陽光實在太刺眼了，所以看得不是很清楚。仔細凝視之後才知道那是某種動物，以身軀的比例來看，小小的頭上有著一對大耳，還有著圓滾滾的眼睛。

不過奇怪的是，這動物身上還長著另一顆黑色扁平的頭。兩顆頭互相對看了一陣子後，黑色扁平頭忽然張開大嘴，一口吞了另一顆頭。

原來那是條體積相當大的蛇。除了黑色頭部外，亮茶色的蛇身有著黑色的條紋。剛剛大概是抓到了小袋鼠之類的獵物，正在把它整個吞下肚吧。

藤木本能地撿起腳邊的石頭，想要丟過去，但突然想到了什麼一樣停住了動作。

「怎麼了？」

藍問藤木。

「我在等。」

「等什麼？」

「等牠整個吞完。」

藍了解藤木的企圖了。

可能是獵物體積有點大的關係，等到蛇把獵物整個完全吞下去，足足花了三十分鐘以上。不久，美食饗宴終於結束了，只剩一尾身體膨脹得像鼓一樣的蛇。

藤木瞄準了目標，撿了一顆大石頭丟過去。石頭一偏打到岩壁上，碎片四處飛散，但是蛇一動也不動，或許是因為飽得動彈不得吧。剛才因為陽光照射的角度變化，眼睛還沒習慣明暗，現在則可以清楚看到不斷吞吐著的舌信。

藤木又丟了好幾次石頭，但力道都控制得不是很好，一直沒有丟中，藍也嘗試了好幾次，結果比藤木更慘，完全偏離了方向。

「可惡，為什麼就是打不到。」

藤木試著不要用太大的力氣投出，終於一舉命中蛇的頭部。

「成功了！」

蛇似乎被擊暈了，身體稍稍滑落了一點。

原來拋物線型的投擲方式比較容易命中目標，終於抓到要領的藤木使勁地一個石頭接著一個石頭地丟著。

終於又命中了，蛇痛苦地伸展著身軀翻轉，從山壁上跌落下來。

往蛇掉下來的地方奔去，仔細一瞧，是一條長約三、四公尺左右的胖蛇，全身無力地癱在地上，蛇身還留著獵物的形狀。

「抓到了！」

藤木一臉滿足，至少有了這個，今天晚上就不用餓肚子了。

「哪一個？」

「兩個啊。」

「這就叫做漁翁之利吧。」

藍的笑容顯得有點五味雜陳。

藤木再一次對照了普拉提之前提供的情報。像這種身上有黑色寬條紋的無毒蛇，稱為盾蟒，它肚子裡的獵物則是一種叫岩袋鼠（Rock wallaby）的小型袋鼠，兩者都是絕佳的食物。特別是小型袋鼠，以藤木所做的拙劣陷阱，根本不可能捉到這種高級品。

藤木用柴刀將蛇膨脹的身軀切開，取出小袋鼠，才剛吞下去不久，所以幾乎還未開始消化。從總食物量來看，若兩者都要吃的話似乎多了點，當然其中最令他們感到食指大動的是小袋鼠。

再看一次普拉提的烹飪教室，像袋鼠之類的小型哺乳類，可以直接丟到火堆裡烤。但是像岩袋鼠這樣的大小，如果想要充分烤熟的話，還是要用玻里尼西亞人的土窯比較好。黏土質的土壤比較適合作土窯。兩個人找了一會兒，終於在大岩石與尤加利樹叢間，找到了一個合適的地點。

藤木與藍合力用樹枝挖了一個直徑約六十公分，深四十五公分左右的洞。

再用一些大葉子稍微整理一下，然後將木薪堆好，上面放了許多平坦的石頭，用火柴點燃枯葉，不出一會兒，火苗就在柴薪上蔓延開來。

等到木薪完全燒盡時，石頭也被燒得火紅。藤木就用兩根細細的樹枝當筷子，將燒熱的黏土夾出來，用葉子將薪灰掃一掃，再用沾濕的草鋪滿整個底部，接著把整隻岩袋鼠放進去，上頭再蓋些沾濕的草，放上幾顆燒紅的石頭，為了不讓蒸氣跑掉，上面得用泥土覆蓋住。

之後能做的只有等待。土窯的缺點就是無法在燒烤途中確認，因為只要打開一次，裡面的蒸氣就會完全跑出來。

過了兩個小時後，終於耐不住性子了。

先把蓋在上面的土撥下來，冒出白色的蒸氣，再把悶熱後萎縮的草掏出來。岩袋鼠的形狀和剛放進去時一樣，但是用柴刀切開來看，裡面已經完全熟透了。沒有任何調味料，儘管如此，搶奪而來的美食還是讓他們吃得津津有味。

剩下的部分，不管是蛇肉還是袋鼠肉，都不忍看它就這樣腐臭掉，決定想個辦法保存起來。將肉切成方便攜帶的大小，放在火上慢慢烘烤。眼看天色就快暗了，決定明天把這些肉排放在岩石上做成肉乾。

只要一入夜，就閒得沒什麼事可做。藤木與藍輪流看守營火和睡覺。

一瞬間，藤木沉浸在久違的安詳氣氛中，但是眺望著如天象儀般的班古魯班古星空時，不安的感覺又悄悄爬上心頭。

接下來又會變成什麼樣子呢？

這是一個沒有答案的疑問，不管對哪種生物而言，死亡都是唐突地降臨。

就算是那隻小袋鼠，在被蟒蛇襲擊的瞬間，應該也沒想到自已會死吧。但是當察覺到死神在向你招手時，一切都已經來不及了。之後的命運，是在蛇的肚腹裡被消化掉，還是被蒸熟後進入人類的肚子，對於這隻倒楣的袋鼠而言，並沒有什麼多大的差異。

這時候，耳朵隱約聽見了什麼聲音。

從遙遠的地方傳過來……是引擎聲！

藤木跳了起來，藍也注意到了，抬頭望著夜空。

是類似西斯納輕型飛機(註1)的聲音。

藤木不加思索地大聲叫喊著，但突然想起了遊戲機上的警告，趕緊閉上嘴巴。大聲叫喊的行為雖然不在規定之內，但是遊戲的主辦者應該不會允許向飛機求助的行為吧。

飛機盤旋了一陣之後，不久就揚長而去。

即使是飛機飛得最近的時候，也還是有一段就算大聲呼救也不見得聽得到的距離。

現在還不是孤注一擲的時候。

藤木如此這般說服著自己。

註1：西斯納（Cessna）是一家美國的飛機製造商，以製造小型通用飛機為主。

6

突如其來的傾盆大雨，使整個班古魯班古包圍在一片嘈雜聲中。

在洞穴入口處，順著岩壁傾流而下的水，形成一片猶如布幕般的水簾，感覺好像身處在瀑布內側一般。

藤木慢慢地站起來走到洞窟的入口處，探頭看著外面。

強勁的雨勢打得樹木東倒西歪，一路走來，洞窟底已經變成一條混濁湍急的小河。

「我想雨今天應該也停不了吧！」

藤木喃喃自語。

如果谷底的水量持續攀升的話，洞穴裡面遲早會淹大水。不過即使雨停了，水一時之間也退不了的話，依然哪兒都去不了。

藍仰躺在洞窟的深處，始終不發一語，甚至讓人有些擔心她是否還活著。

困在這裡已經第三天了，雖然氣溫稍微降低，但還是很潮濕。所以好不容易做好的肉乾一下子就腐敗了。也就是說，這兩個人已經三天沒有進食了。

藤木回到洞穴裡，躺在砂上閉起眼睛。

總之現在必須克制消耗身體能量。

等這雨一停，就可以出去覓食了。或許之前布下的陷阱，已經捉到了一些獵物也說不定，在此之前還是盡可能保持安靜，減緩身體的代謝。

兩個人都模仿妹尾他們，將臉和手臂等外露部分，塗上洞穴入口附近的紅色黏土。這樣不僅能夠避蚊驅蟲，還可以防止體內熱量的流失。

藤木當自己正在進行一場不知何時才會終止的艱苦修行，必須用忍耐來挺過這一段時間。

因為血糖降低，開始有點神智不清，但是也不能讓自己完全失去意識。腦中毫無脈絡，過往的回憶浮現腦海又隨即消逝，耳旁傳來的是數十隻一起被關在洞穴裡的蒼蠅飛行盤旋的聲音，或許是因為藤木他們體溫降低，加上泥巴偽裝，所以這些惱人的傢伙，感覺不到生人的存在。

「老兄，不覺得奇怪嗎？」一叢林蒼蠅用澳洲方言議論紛紛著。的確感覺到有人類的氣息，但這裡只有泥像而已。真的是這樣。雖然聞到一陣陣人的體味，但就是不見人影。這到底是怎麼一回事啊。

……藤木覺得自己彷彿是無耳芳一（註1）的化身。

就這樣一直戴著泥巴面具躺著的話，漸漸地也會感覺到自己好像只是倒在這裡等死似的。以前那些想修行成佛的人，或許就是這樣的感覺吧。

還是停止胡思亂想比較好，思考這個行為本身所消耗的能量比想像中來得多，現在必須要拋開煩雜的思緒，保持單純愉快的心情。

感覺喉嚨有點乾渴。藤木再度搖搖晃晃地站了起來，用塑膠杯裝些雨水潤潤喉，感到胃也乾硬得跟石頭一般。也許因為期待著從食道流下來的會是食物，所以胃部歡欣蠕動起來，但是發現不過是水而已，開始對主人表示不滿。

藤木的嘴裡突然又充滿了四天前食物的味道，而且不只是地面烤箱所蒸烤出來的味道而已，還帶著一種活肉的溫熱感。過去從來沒有過這樣的經驗，這種想像實在是真實得有點駭人。

岩袋鼠的短毛像針似地扎在舌尖和喉頭上，一股野獸的鹹臭味。

可以感覺到潛藏於毛皮之下存在筋肉，但是強韌的皮不論多麼用力地咬，都只是在皮上面滑來滑去而已，十分難以入口。

經過一番奮戰，犬齒的尖端好不容易穿過毛皮，熱呼呼的血液滾滾溢出，令人不禁貪婪地吸吮著，終於感悟到犬齒的用途。傷口處，黃色的皮下脂肪像要彈開似地捲起，露出熱騰騰的白皙

註1：無耳芳一（耳なし芳一）為日本怪談故事主角，故事內容描述盲眼琵琶法師芳一因為演奏技巧高妙，因此一連七夜被武士的鬼魂請到安德天皇墓前演奏。寺廟住持發現此事後在芳一全身寫下經文，並請他在武士前來迎接時不要應答。武士鬼魂前來找他時，因住持的經文而看不到芳一本人，但由於住持漏了在芳一耳朵上也畫上經文，因此武士鬼魂便獨把芳一的耳朵取走。從此琵琶法師芳一便被稱為無耳芳一。

肉質。

想像力就像毒一樣不斷浸蝕著身體，藤木喝著水，想辦法分散一些注意力。絕望地望著外面時，一眼瞥見角落好像有個東西，有可能是混著泥巴顏色的物體，但那的確是……

藤木走出洞穴，瘋狂的雨水沖打在身上、臉上，連耳朵都進水了。身上的黏土化妝全部都被水沖洗而去。積水本已經淹到腳踝部分，再往前一步，水就淹到小腿處。

但是藤木並不在乎，因為他滿腦子想的都是食物。

回到洞穴後，藍撐起上半身，一臉擔心看著藤木。

「妳看，是食物耶！」

藤木高聲喊著。

半信半疑的藍看向他手上拿的東西。

「妳看，這東西很夠分量哦！」

藤木手中緊捉著一隻大青蛙，大小跟北美牛蛙差不多，全身是明亮的茶色，偌大的眼睛是金色的，背部還有像蟾蜍一樣的疣，應該就是普拉提食物清單上，叫做彩色圓蟾（Northen snaping giant frog）的巨蛙。是個完全不挑食，只要是比自己小的生物都可以吞下肚的雜食性樹蛙。

「真的耶，好厲害喔！」

藍露出淡淡的微笑。

「趕快弄來吃吧！」

藤木把藍扶起來後，將刀刃抵住青蛙的胯下。青蛙用後腿踢著藤木的手，拚命想要脫逃。

藤木不管三七二十一地一刀切下去，剁了一隻蛙腿，把皮剝掉後遞給藍。

藍毫不猶豫地將還在抽搐的淡紅色蛙肉往嘴裡塞。極度飢餓後重生的喜悅，清楚地寫在藍的臉上。因為火柴沾濕根本無法使用，加上洞穴裡頭的木薪也不太夠，所以沒有辦法火烤來吃。但到了這般地步已顧不得什麼病菌或寄生蟲了。

藤木自己也剁了一隻蛙腿來吃，雖然隱約有點腥味，不過還算鮮美。不消一會兒，蛙肉一掃而空，連細小的骨頭都不放過。

「人家還要。」

藍撒嬌似地伸出手。

藤木剁了一支前腿給她。接下來身體的部分，把皮剝掉，用刀子刮著那一點點的肉。

像這樣小小一隻獵物，根本無法滿足兩人的飢餓感，所以不想浪費所有可以吃的地方。藤木沾滿鮮血的手翻弄著青蛙的屍體，可能是聞到血腥味，不請自來的同居人——叢林蒼蠅，從剛剛就開始在四周狂歡亂舞著。

深入內臟的刀刃，頂到青蛙那膨脹得有點怪的胃袋。

在這附近，應該不會有什麼好的食材才對。不過這隻青蛙似乎在死神降臨之前，每天過著飽食的日子。

藤木忽然想起一位瑞典的探險家——斯文·赫定，當他被困在亞洲中部的塔克拉馬干沙漠時，在一個名叫和闐河的地方抓了一隻青蛙來吃的故事，赫定為了悼念這隻維持自己生命而犧牲的青蛙，不僅給它取了名字「加利比亞」，還寫了一首名為「加利比亞自傳」的詩歌。

我生在和闐河，我只認識和闐河。但我卻不知道何謂和闐河……

沒錯，就是這樣的詩。

……這胃袋裡究竟裝了些什麼呢？或許是昆蟲、蜘蛛，又或者是小魚之類的。

藤木用手指靈巧地把胃袋表皮摘下來。用那不怎麼利的刀刃，慢慢鋸開來。

藍冷不防用手摀著嘴。

赫然發現裡頭是隻消化到一半的中型青蛙。

下了整整三天的雨，到了傍晚雨勢總算轉小，晚上就停了。雖然已經沒有時間去找食物，不過幸運的是，發現被大水沖過來的無花果樹，上面還有好幾顆果實足以充飢。

藤木與藍晚上還是待在洞穴裡，幸好火柴乾了，也找到了木薪，所以就在洞穴入口處，燃起久違三天的營火。

藤木再次拿出《火星的迷宮》閱讀，被困在此的這段期間唯一的收穫，就是可以讀完遊戲書裡面所有的結局。

「有沒有任何可以參考的東西啊？」

藍一面烤著手，一面問藤木。

「結局大概可以分成三類，其中以壞結局最多，共有五種。另外還有好結局和真實結局，各有一種。」

這本書不僅暗示著我們的命運，也可以推測設計這遊戲的企圖究竟為何，藤木仔細地確認著每一頁。

「壞結局雖然有好幾種，不過不管是哪一個，都是困在迷宮被食屍鬼追殺，四處逃竄之類的。就算再怎麼努力，也是一場不可能會贏的戰爭。」

犯人，應該說是遊戲的主辦人，會是一個遊戲狂嗎？但就算是的話，也不會因為一時興起，大費周章搞這種把戲，應該是有其他目的，只是犯人是個遊戲狂罷了。也就是說，這是為了某些緣由而設計出的大型企畫，只是一不小心朝著個人興趣的方向而行……

「只要能夠破解各種陷阱，就能抵達ＨＡＰＰＹ　ＥＮＤ。但要一開始就看穿一切的可能性非常低。像是躲過食屍鬼的追殺，找到土牢裡的財寶，和女主角一起平安無事地回到地球。」

這麼一說才想到，遊戲機裡也常有這樣的暗示。什麼獲得約定好的獎金，平安無事回到地球之類的。

「除了好的結局與不好的結局之外，還有別的結束方式嗎？」

藍問著。又回到最初的問題。

「還有一個真實結局，這在PC及遊戲機的RPG遊戲中比較常看到，但是遊戲書的話就比較少見。」

藤木看了一下《火星的迷宮》的版權頁，1985年7月25日第一版一刷發行。光從這裡無法判斷有沒有再版，不過這本書應該賣得不是很好，內容太過艱深了。很明顯的，作者受到新浪潮科幻(註2)的影響很深，似乎拚命想從奇幻的典型中跳脫出來。

「在好結局與真實結局之前往往有個分歧點，在這之後，主角在菲利浦．迪克風格(註3)的虛幻現實中崩潰，從一個像是精神科的病房裡驚醒過來，去到火星迷宮的這件事情，到底是事實，還是單純只是他個人的妄想，這個時候完全混沌不清，之後的某一天，主角居然透過窗戶看到女主角……」

藤木翻到結局頁給藍看。

令人感到苦澀的結局。當時的遊戲書通常不會用這種寫作手法，但有時候這麼寫會讓人留下深遠悠長的印象。

藍的感想相當露骨。

「好怪。」

「嗯……是有點奇怪。」

藤木苦笑著，不知道為什麼，書的內容就是能引起他的共鳴。

「但是從真實結局這命名看來，這應該就是作者最想寫出來的結局吧。」

但是為什麼會想要寫這樣的結局，除了作者以外，永遠不會有人知道，也或許這場生存遊戲的主辦人，在期待著什麼吧。

次日清晨，兩個人就往第五 Check Point 出發。

途中休息了好幾次，盡量收集所有看到能吃的叢林食材。同時，為了避免和別組突然偶遇，兩個人非常小心地走著，所以花了不少時間。當抵達 Check Point 時，太陽都已經快西沉了。

註2：為60年代的科幻小說風格，為打破傳統科幻小說窠臼而進行許多寫作主題與方式的實驗，作品內容多描述人、社會和自然環境三者的互動，調性內向悲觀，代表作家有英國的巴拉德（J. G. Ballard 1930～）、美國的菲利浦．迪克（Philip K. Dick, 1928～1982）等人。

註3：美國的科幻小說家，作品主題皆圍繞探討著「何為真實？」，經常有多重宇宙與無法區分妄想現實的設定，成為一種寫作風格的代名詞，知名作品有《銀翼殺手》、《高堡奇人》等。

出現在液晶畫面上的普拉提，總覺得臉部的表情和之前比起來有點不一樣，不僅眼球布滿血絲，鴨嘴還露出尖牙，感覺有點凶惡。就連BGM也和之前不同。

「恭喜你們！好不容易走到了第五CP，給你們一些獎賞吧！對了，要不要在這裡，重新想想這個遊戲的目的呢？」

普拉提指著螢幕另一邊的藤木他們，臉上浮現猙獰的笑容。

「當然了，聰明的你們或許早就已經猜到了。不過還是給點面子笑一笑吧。至於到現在還一頭霧水的遲鈍人，特別讓你回想一下吧。其實如果我太多嘴的話，自己這條小命恐怕也不保……想想原本這遊戲的目的是什麼？只要全員通過所有設計好的CP，就可以過關了嗎？如果是這樣的話，那不就太簡單了？是大家手牽著手，排成一橫列一同走完？再一次確認美麗的友情之後，接下來迎接你們的會是一場感人的頒獎儀式？然後坐著頭等艙凱旋歸國？我想，你們應該不會有這麼愚蠢的想像吧？是吧？拜託回應我『怎麼可能這麼想』吧！因為身為指導者的責任感讓我不得不說這些。」

大概能夠嗅得出普拉提的意思，總之這絕對是個攸關生死的遊戲，能夠戰勝一切存留下來的人，恐怕就只有一個。也就是說，想要獲得獎金、生存下去的話，就必須淘汰掉別人不可。

這時普拉提突然從畫面消失，再次出現時，他換上了一套黑色僧侶袍，對著藤木等人雙手合十。但是那口如鱷魚一般外露的尖牙，和衣著完全不搭調，表情顯得更陰森。

「在這裡傳授你們一些關於佛學的要點，經過長年累月，在禪寺裡修行的和尚，終於頓悟的，也就是所謂最終的真理。

那就是，遇神殺神，見佛殺佛。

這句話的意思呢，就是如果要活下去的話，在自已被殺之前，一定要先將對方殺死。所以就要先發制人。沒錯！殺、殺、殺、殺……」

「殺」這個字眼彷彿增殖一般，數百、數千個，奔流在畫面上。

這般血腥的訊息，教人毛骨悚然。難道我們這群人真的是為了互相殘殺，而被聚集於此嗎？但是，這到底是為了什麼……？

一回神，整個畫面已呈漆黑。

電池應該還有電才對，藤木以為是機器故障而一臉緊張。因為如果現在失去了寶貴的情報資源，後果不堪設想。

過一會兒，畫面馬上又恢復正常，看來似乎是特別設計好的橋段。

普拉提全身被綑綁在椅子上，左眼有道瘀青，頭部的周圍還有一閃一閃的小星星和裝扮成天使的鴨子飛來飛去。面前還有一台攝影機正對著他攝影。

「哎呀，我真是老糊塗，一不注意就口無遮攔，組織是絕對不允許有任何背叛者存在的。不好意思，我得跟各位說再見了。聽好，千萬小心不要跟我一樣囉！」

畫面右方出現了一隻手持大手槍的老鼠，穿著黃色T恤和紅色短褲，腳上套著笨重的藍色球鞋，長相有點酷似米×鼠，雖然長得還算可愛，但是卻予人一種凶惡的感覺。

「……對了，你們有看過這一類的影片嗎？我就老實跟你們說了吧！事實上這遊戲……」

當普拉提正要開口時，獰笑的老鼠就拿槍堵住他的嘴巴，扣下板機，普拉提的後腦勺頓時噴灑出大量鮮血與腦漿，裡頭還混著紙片及萬國旗。

「初次見面！這麼炎熱的天氣，真是辛苦你們了，希望你們能撐到最後，加油喔。我是金巴拉水鼠，名叫路西法。根據原住民的神話，我跟鴨嘴獸普拉提算是遠房的表兄弟喔！接下來，要告訴你們一個悲傷的消息，前任指導者因為違反了重大規章，所以必須處以死刑。所以只好由我路西法來代理一切了。還請多多指教囉♥」

路西法裝腔作勢地吹散槍口冒出的白煙，然後做出劇場演員謝幕的動作。

離開同時他特意面對著攝影鏡頭，表現出用力拖走普拉提的屍體和椅子的樣子。這種有點蒙提・派森（註4）式的幽默表演風格，對藤木他們而言，已經見怪不怪了，反而有些感興趣。這和上一次出現的訊息同樣有個令人在意的疑點。

能夠做出這麼精細的動畫，肯定砸下不少心力和時間。**這，真的只是為了讓我們看才製作出來的嗎？**

「我看看，應該只剩下一件事情還沒告訴你們，就是有關毒蛇的注意標示。就是英文字母

註4：Monty Python，也作 The Pythons。又名為巨蟒劇團，是英國一組非主流幽默表演團體。其演出風格對英國喜劇表演影響甚鉅。

V，Venomous Snake的頭一個字母，我也不知道這傢伙長什麼樣子，反正只要看到這V字，小心點就是了！還有，如果旁邊有數字的話，就請參考前面出現過的毒蛇排行榜，以上是我路西法所提供的情報！」

畫面將前往第六Check Point的路徑顯示出來之後，就回到「Pocket Game Kids」的待機畫面，藤木陷入一陣沉思。

主辦者的意圖究竟為何？絕對隱藏在眼前的訊息裡。

藤木從來沒有為了一件事如此地絞盡腦汁。但事到如今，真的是不得不認真想一想了，如果現在不這麼做的話，很有可能就失去未來可以思考的機會。

「印象中，金巴拉水鼠是肉食性動物。因為一般的齧齒類老鼠是喜愛吃穀類等的雜食性動物，只有水鼠專門攻擊其他老鼠。」

藍嘴裡嘀咕著。

「……妳倒是挺清楚的嘛！」

「欸？嗯，我可是動物節目的忠實觀眾喔！」

水鼠（Mizunezumi），順著唸反著唸都一樣。藤木嘴裡不停反覆唸著，雖然再怎麼唸也不可能找得出什麼線索。

藤木之前的人生中之所以不斷重複著各種失敗，就是因為對事物都沒有充分考慮過就採取行動，而陷入這般困境，雖然現在才覺醒也許為時已晚，但正因為如此，更不能不動腦筋。

藍擔心地看著一個人自言自語的藤木。

自從來到班古魯班古，藤木的意識似乎變得越來越清楚敏銳，尤其是內心的危機意識，有一口氣完全覺醒過來的感覺，跟現在比起來，過去的四十年似乎處於一種沉睡的狀態。

意識上的變化，也表現在藤木那格外敏銳的注意力。藤木總覺得離第五 Check Point 兩、三公尺遠的白蟻窩，不知為什麼就是很可疑。

仔細一瞧，在白蟻窩頂的周圍，突出了像是小樹枝般的東西，或許那東西本身並沒什麼怪異之處，白蟻原本就會在樹枝上面築巢，問題是這兩根樹枝長得太完美，完全對稱。

白蟻窩高約三公尺以上，要爬上去不是件容易的事，繞到後面一看，在接近地面處，有著一些非常細小的裂縫。

雖然和之前藏《火星的迷宮》一書的機關很像，但是這次的偽裝似乎更巧妙，總覺得這遊戲的主辦人，特別處心積慮不想讓人發現。

「有什麼發現嗎？」

藍焦急地問著。

「這裡好像藏著什麼東西。」

藤木將刀子插進裂縫中，輕輕剝下一片板狀的物體，看來好像是白色塑膠還是金屬做成的。

但是藤木想了想，覺得沒有必要再繼續研究，又把它塞回原來的地方，恢復其原本的外觀。

「那是什麼？」

藍疑惑地問，似乎不能理解為什麼藤木不把發現的東西取出來。

藤木再一次確認從白蟻窩上伸展出來的棒狀物體。為了掩飾原貌，故意塗上一層樹皮的顏色，但是那絕對是根金屬天線沒錯。

「這可能是微波調頻的中繼器，兩支天線，一支收信用的，另一支則是用來傳遞信號。」

「所謂的中繼器，是指手機用的嗎？」

「類似吧。不過應該另有用途。」

……竊聽器？還是隱藏式攝影機？總之，一定是用來傳送一些聲音或是影像情報之類的。

或許在之前的 Check Point 中都疏漏了這東西。不過至少確定有中繼器這東西的存在。

那麼，隱藏式攝影機或竊聽器的主機是放在哪呢？肯定是放在遊戲參賽者不太可能會發現到的地方吧……

藤木想起常常有種被人監視的感覺、想起山岩上曾有不明物體發出光芒，那東西莫非就是攝影機的鏡頭不成？從上方用望遠鏡監視著所有人的行動。如果真是這樣的話，就可以理解為什麼會如此神經質地禁止我們爬上山岩了。

但還是不了解這個設計最根本的理由，究竟為何要如此大費周章？

腦中浮現普拉提在被射殺前的那一刻所出現的台詞。

「……對了，你們有看過這一類的影片嗎？我就老實跟你們說了吧！事實上這遊戲……」

藤木一陣錯愕。

那一瞬間，將之前存在腦子裡那些沒有關聯性的事實，一口氣再重組一次，盡可能將全部的事實串成一直線。

不會吧……？這個遊戲的目的有可能真的是這樣嗎？

令人難以置信，但全部的事實卻指向同一個可能。

藤木進入了更進一步的跳躍思考。

如果真是這樣的話，那麼裝在山岩上的攝影機……

會是這一切的答案嗎？但是考慮到為此花費的資源，又無法認為這是個充分的解答。

毫無脈絡可循的影像一個個浮現在腦中。水邊的大蜥蜴在當地好像是被叫作監視器，這名字的由來，記得普拉提有說明過。為了確認是否有外敵接近，牠們常會在水源邊以後腳和尾巴站立，環顧四週。

監視器……

如果說那天晚上所看到的，不是一種錯覺的話……

「怎麼了？」

藍問著一臉茫然若有所思的藤木。

「藤木先生，你還好吧？」

「沒什麼，只是在想一些事情。」

為了不讓藍起疑，藤木盡力讓自己的口氣保持平靜。

隔天早晨，吃了點附近找得到的叢林野食之後，兩人就出發前往第六 Check Point。不只是因為距離只有五公里多，相對來說比較短，也因為意識到那因豪雨停下來的三天會產生大幅影響。

很明顯的，時間的流逝並未帶來什麼好事。這樣的話，盡可能早一點到達第七 Check Point 是最明智的做法。並不是因為那是抵達終點的唯一手段，而是如果能早點取得更多情報，就是對自己多一層保障。

第六 Check Point 是往東南方走，不過總覺得周遭景物有種似曾相識的感覺。尤其到了現在，路徑又更錯綜複雜了，這樣的設計應該是為了不讓參賽者輕易逃出班古魯班古吧。此刻藤木心中又埋下另一個隱憂。

就是可能再次遇到其他組員。

對藤木他們而言比較沒有什麼威脅性的，就只有野呂田和加藤那一組。至於其他組，打死也不想碰到。

所以必須比之前更謹慎行動才行。譬如從峽谷走到平地時，一定要將耳朵貼在地面上，確認有沒有什麼可疑的腳步聲。甚至，走出隱蔽處前，要先把頭探出去窺探確認四周情況。

雖然這麼做看起來有點多疑，不過以結果而言真的有其效用。

正當藤木一如慣例伸長脖子察看四周時，表情忽然僵住了。

「怎麼了？」

藤木用手示意要藍閉嘴。藍立刻躡手躡腳的走到藤木身邊。

藤木沉默地指向前方。

前面不遠處站著兩個男人，距離約六、七十公尺，只能望見他們的背影，但是從身高來看，應該不是妹尾他們。

兩個人身形都相當瘦，可能是沒進食什麼營養的東西。看來這連續三天的豪雨，每一組都過得相當辛苦。

藤木有股衝動想叫住他們。如果他們是楢本和鶴見的話，那安部芙美子應該也會在一起，但沒看到其他人影。所以照這情形看來，前方是野呂田與加藤的可能性最高，至少在現在這個時點，這兩位還算是可以合作的夥伴。

對藤木而言，藍畢竟是個柔弱女子，這份壓力與責任感遠比想像中大，所以深切希望有個可以信賴的男性夥伴。

藤木又想起各組分道揚鑣時的情況，雖然並不是完全都是可以信賴的傢伙，但周圍圍繞著許多同伴，自然令人心裡感到踏實許多。藤木強烈地懷念當時的情景。

那兩個人好像在討論什麼似地，竊竊私語著，嗓音低得一句話也聽不到。藤木感到有點疑惑。雖然兩個人都瘦得皮包骨似的，不過動作還算機靈，看起來也滿有精神。

其中一個忽然莫名其妙地轉頭望向藤木他們的方向。藤木的心臟漏跳了一拍。

那……那是楢本嗎？

幸好他們好像沒有注意到這邊，因為這裡地處陰暗，加上綠色除蠅網的掩飾，所以對方可能也沒有注意到。

思及此，還是免不了心驚。從縫隙中窺視著對方的臉後，又更感到衝擊，而且更甚於碰見妹尾與船岡時的驚訝程度。

在班古魯班古的這幾天，眼力變得相當好，藤木僅從臉的輪廓和體型，就判斷出那是楢本。

但是他的面貌，有種說不出來的怪異。

最可怕的就是那對眼睛，不但凸出，簡直就像是快要掉出來，並且因此瞳仁看上去異常的小，與其說眼神看起來邪惡，不如說有種近似猛禽類的可怕感覺。

該不會他們迷失在荒野中，被妖怪附身了吧。藤木開始妄自揣測起來。

旁邊另一個確定就是鶴見，但是他的面貌也跟楢本一樣徹底變了。

到底在他們身上發生了什麼事？

藤木為了忍住不發出聲音，只好拚命咬著右手的拳頭。

雖然還搞不清楚到底是什麼狀況，不過有一點是肯定的。

那就是絕對不能被他們發現。

「……最可怕的還是選擇糧食的傢伙……先警告你們，一開始還無所謂，但是到了後半段，可千萬別接近……」

回想起來的不是畫面上的文字，而是過世（？）的普拉提的聲音。

藤木真的不知如何是好，如果就這樣往後逃走的話，可能就無法知道對方的動態了，而且在這荒涼的沙礫地上，很可能讓對方聽到他們的腳步聲。

也許目前最安全的方法，就是一直躲在這裡等到楢本他們離開。但這之前有個大前提。

如果他們往這走來的話，就傷腦筋了。不管如何努力躲進岩石的陰暗處，一旦近距離經過附近，就不能保證不被發現，加上若是一緊張發出了什麼聲響，也許瞬間一切就毀了。

到底該怎麼辦才好……怎麼辦呢？

藍像是在等著藤木的指示，眼神中露出幽暗的恐懼。兩個人的生命決定在自己的選擇上。

這時，突然想起昨天偶然發現的《火星的迷宮》裡其中一個章節。

３１１

你們在大岩石後面，發現了一個可以藏身的坑洞。

兩頭食屍鬼，一步一步地向你們逼近，但是尚未發現你們。他們就快要走到三岔路口了，接下來就看你們的運氣了。

恐懼加上壓力，體力消耗3點。

就算向前應戰也沒有得勝的希望，所以只能選擇全力逃離，或是繼續躲在岩石陰影處等著食屍鬼前來奪命。

要逃走的話往８７，要躲的話選擇往６１４。

藤木做了一個手掌往下壓的姿勢，暗示要繼續躲在這裡，藍就像連空氣都不敢觸動一般，僵在原地。

但是楢本他們似乎沒有要離開那裡的意思，仍然佇立在原野中央，彷彿在嘲笑著藤木他們的不安與焦慮。

他們還是不斷地竊竊私語著，像是在協商今後的方針，但是彼此視線並沒有交集，雖然沒有發出什麼激昂的聲音，但看樣子似乎有些意見不合。

楢本手一直指著東邊，嘴裡不知在唸叨什麼。他那對凸出的眼球，令人聯想到狂怒的昆蟲。相對的，鶴見似乎在表達意見方面比較不擅長，只用低聲的呢喃回應。鶴見的表情也是醜惡到不堪入目的程度，簡直就跟邪惡這個字眼劃上等號，光看兩人的眼神，就可知道事態的險惡程度。

不久，兩人似乎已經達成協議，決定繼續往前走。藤木原本擔心他們會改變路線靠近這邊，看來是杞人憂天。

看著他們漸漸遠離而去的背影，藤木終於顫抖著鬆了一口氣。

總而言之危機解除了，接下來就是努力想辦法與他們拉開距離。

但是……

突然發現了一個大難題，如果按照預定行程前往第六 Check Point 的話，和他們兩個就是同一個方向，所以就有可能再次碰頭。

不過如果跟在他們後面小心走，保持點距離，經常確認他們所在的位置，也不失為一個解決的好方法。

聽到藤木這麼說，藍用力搖了搖頭。

「不行，這樣太危險了。如果他們發現我們在後面跟蹤的話，那怎麼辦？」

「反正不管作什麼選擇，都會有一定程度的風險。」

「絕對不行，你不是也看到他們的樣子嗎？他們實在太異常了……絕對不行！」

藍的聲音顫抖著。

「一定發生了什麼事。他們已經不是普通人類了！如果……如果被發現的話……一定會把我們殺了！」

「我知道了，妳先冷靜一下。」

藤木把手放到她肩上輕拍，藍終於平靜下來。

「……而且，我還注意到一件事。」

藍再次開口，低聲說道：

「他們那一組應該是三個人才對，記得還有一個叫安部芙美子的歐巴桑。她為什麼沒和他們在一起呢？」

「說不定早就脫隊了，看到他們兩個那張可怕的臉，怎麼可能不趕快逃走？」

「或許吧。但是……」

藍好像在思考著別的理由，藤木也馬上聯想到最糟的可能性。

「……如果是那樣的話，另外一個人說不定等等就會出現。我們太注意前面那兩個人了，沒發現落單在後方的安部芙美子。如果事情真是如此的話……」

藤木想了想，如果是那歐巴桑的話，應該會用她那高分貝的噪音高吼，通知楢本跟鶴見，然後前後夾殺我們。雖然歐巴桑比較不具威脅性，但是如果楢本他們認真起來追殺我們的話，還是死路一條。

「那妳覺得該怎麼辦才好？」

「是有想過啦！不過沒什麼根據就是了……」

「沒關係，妳說說看吧！」

藍稍微猶豫了一下，手指著楢本他們來的方向。

「或許我們可以往那邊走走看。」

「為什麼？」

「我也不知道，感覺吧。或許在那裡可以找到，讓楢本先生他們變成那樣的一些線索，而且往哪邊走的話，至少可以跟他們拉開一段比較長的距離。」

藤木覺得這是藍的真心話，剛剛她真的很害怕，就連他自己也覺得能離楢本他們越遠越好。

藤木和藍決定暫時把前往第六 Check Point 的行程延後，先往東邊走。說不定從遊戲主辦人的角度來看會覺得藤木他們打算脫逃，但依目前狀況而言，楢本他們在現實上的威脅性遠比連一次都沒見過的主辦人大得多。

如果被他們抓到的話會怎樣？這個可能性藤木和藍連想都不敢想，可以確定的是，絕對不能被他們抓住。

越向東走，越有種奇妙的感覺，周遭的景色令人覺得相當眼熟。

水邊有許多長得很像是松樹的樹木，在澳洲，這種樹有著鱗片狀的表皮因此被稱為鱷魚樹。這種樹的形狀，跟之前記憶中的某種樹一樣。

「這裡……之前不是有走過？」

藍也有同樣的疑惑。

「路徑真的相當錯綜複雜，之前只是照著所給的指示，一個勁兒地走，都沒有注意到……」

遊戲機所給的指示，方位不但一大堆，而且走到一半還會出現大圓弧形的路徑。總之，所有路徑加起來，想要大概抓出是整體朝著哪一個方向前進，光靠一個羅盤上的小磁鐵是很困難的。

難不成走來走去都是在同個地方打轉而已嗎？如果主辦者的意圖真如自己所想的一樣……

「我想到了，往前一點好像是第四 Check Point 的附近，我確定我們曾經為了收集叢林食物而來過這裡！」

沒錯，正對面那座巨大的岩石，正是大雨前那條大蟒蛇吞殺岩袋鼠的地方。

「真的沒錯！你看那裡！」
再往前前進一些，藍大叫起來。
那地面上用草及樹木覆蓋著的小坑洞，正是之前為了烹煮岩袋鼠所作的土窯。
「你看被我說中了吧？」
藍一副得意洋洋的樣子，藤木卻皺起眉頭。
「怎麼了？」
「這個土窯好像被人動過手腳。」
藤木還記得自己挖的大約是直徑六十公分，深度約四十五公分左右的洞，但是眼前這個土窯看起來卻大了許多。
「真的……這麼說，難道是……」
藍疑惑地看著土窯，馬上導出自己的推論。
「一定是他們……楢本先生他們發現了這個土窯。推論出土窯的使用方式，而又再次使用了它。畢竟，與其重新挖掘一個新坑，直接利用舊的不是比較有效率？」
「如果真的只是這樣就好了，可是……」
藤木走近土窯仔細地瞧著，自己也搞不清楚為什麼會冒出剛剛這句沒頭沒尾的話。
土窯還留著一些微溫，似乎才剛使用完沒多久，有些地方看得出還冒著些蒸氣，而且空氣中飄著一股腥臭味。

藤木抬起頭來。這臭味，到底是從哪飄來的？轉頭觀察四周，看起來並沒有什麼異狀。

巡視的目光停在離這座土窯約十來公尺處，像桌子一樣平坦的大岩石上，為什麼總覺得它令人在意的原因，就在靠近它的時候慢慢地揭曉了。

無數的藪蠅突然一哄而起，但很快的又回到了岩石上，不像平常一般直衝他們臉部而來。究竟為什麼總覺得這塊岩石如此令人在意？

藤木看向岩石的下方，察覺臭味的來源就是那裡。岩石上有許多像是鮮血流濺的痕跡。因為原本岩石的顏色就是紅褐色的，所以看起來不是那麼明顯，若不是成群蒼蠅的怪異景象，可能還不會發現。

……平坦的岩石是進行烹調前置作業最適合的地方了。

看到藤木驚嚇的神情，藍的臉色也變了。

「怎麼了？你到底發現了什麼？」

藤木迅速地把覆蓋在土窯上的樹枝及草清除乾淨。

如果可以發現什麼的話，應該就在這裡。沒有任何發現也沒關係，並不是一定要發現什麼。而是必須去確認，因為這對今後自己是否能存活下來，有著重大的影響。

「那裡有什麼東西嗎……？」

藍是個聰明的女人，從以前到現在，當自己混亂不堪的時候，依然保持敏銳。她應該其實已經猜到了一切。

這個事實的可能性，不可能從沒有想到過，但只能假裝什麼都不知道。

為什麼？答案就是害怕，害怕認清現實，害怕知道自己現在處於什麼樣的狀況。不想看到令人痛苦的現實。

藤木的手，突然停了下來。

「妳自己去看看吧。」

藤木猜想藍絕對不會想看，對於那是什麼東西，她應該心裡有數了。

不過出乎意料的，藍慢慢地走近土窯。

那裡有根很大的白骨，從形狀來看應該是大腿骨。

「妳覺得呢？到目前為止，在班古魯班古還沒見過這麼大的動物吧？」

藍像被鬼迷住似地，直盯著白骨瞧。

「肉刮得一乾二淨，稍微有裂痕的地方，應該是咬過的軟骨部分，或是被吮吸的痕跡……」

藤木無意識地說出讓藍驚嚇不已的話語，不知道為什麼，對於藍遲鈍的反應，他就是覺得有些不耐煩。

「……這東西，難道是？」

藍終於有了一點正常的反應。
「就是啊！」
藤木掩藏不住沸騰的情緒，雖然知道不應該衝著她來，但是無處發洩的恐懼與緊張令他根本無法控制自己。
「只憑這些也許妳還不能相信，那讓妳再多看一些，應該還有！」
藤木跳進土窯，把剩下的樹枝及草丟出洞外。
忽然藤木停止動作，目不轉睛地盯住坑底那些像是橡膠製玩具一類的東西，也許是因為太過逼真了，反而有種不真實感，但當然，完全不敢去碰。
肘臂末端的部分連接著的腕骨被一分為二，前腕骨周圍的肉被啃得乾乾淨淨，但是手掌上半部還完好如初，五指尖還有清清楚楚的斑駁指甲油彩。
滾落在一旁的，是顆人頭，眼睛睜得大大的。臉上是無法想像的痛苦與猙獰，完整保存了臨死前的痛苦表情。
脖子到頸部髮際周圍的肉都有被啃食過的痕跡，畢竟臉是無法入口的，不過有一邊的耳朵被撕咬掉了。
藤木連忙轉頭看向藍，擔心她因為受到過度驚嚇而精神異常。
藍只是呆呆地凝視著屍體。

藤木將剛剛丟在洞外的樹枝及草葉，重新覆蓋回殘骸上，抱住藍趕緊逃離這淒慘的場面。

藍用很不可思議的表情看著藤木，好像她還想再多看一些，卻被打擾而嚇一跳的樣子。

「夠了，是我不對。」

藍還是默默不語。

將藍帶離那恐怖的地方後，藤木掏出最後一根香菸，點上火。此刻的香菸根本連吸起來是什麼味道都感覺不出來，只期望菸味如果能蓋住土窯中那股腥羶臭味就好了。

藤木看向那像是火葬場一般的爐口，發生了什麼事，看來已經清清楚楚，想來楢本他們已經越界了。有過一次吃人肉的經驗後，第二次也不會猶豫吧。

或許下一次連臉及手指都能毫不在乎地啃食。

藤木把積聚在肺中的煙一口氣呼出來

因為無法忍受飢餓以至於吃人肉，已經不是什麼稀奇事了。就像有名的《安地斯的聖餐》一書中，一群虔誠的基督徒橄欖球員，也是吃了感情非常好的夥伴的屍體。人就是這樣的生物，當被逼到走投無路的境地時，不合理也會合理化。

藤木對於自己獨占叢林野食的情報，深感後悔與罪惡，如果他們知道班古魯班古內有那麼多可食用的動植物，或許就不會做出這種事……

但是楢本他們的情況，好像有些不一樣。

如果是一般人，要到吃人肉的地步，起碼需要一段掙扎的時間。就算再怎麼飢餓，才短短十天，就幹得出這種事嗎？

而且，這與《安地斯的聖餐》的故事有個明顯的相異點。他們是**為了吃掉安部芙美子而加害她**，那恐怖的遺容就是不容置疑的明證。

藤木全身顫抖，終於體驗到那種從腳底麻到頭頂的恐懼感。

從外表看來，楢本他們已經完全和肉食野獸沒兩樣了。在他們的身上，發生了什麼異變、無法想像的可怕事情，讓他們變成了鬼。

決定不和他們接觸是正確的，藤木又打了一次哆嗦，雖然那時候還不知道那麼多。

如果被捉到的話，我們肯定也會被吃掉。

看來遊戲裡又新增了規則。我們得想辦法不被他們捉到，而且繼續往終點努力挺進……

喉嚨裡頭像是哽到硬硬的東西。

他們就像是……對了，不就是食屍鬼嗎？

這莫非就是遊戲的一部分，主辦人早已算計好要讓他們成為食屍鬼……？

這聽上去真是愚蠢的推論，不過，如果不是這樣的話，那為什麼要在第二Check Point時就特別警告呢？

「最可怕的還是選擇糧食的傢伙……」

香菸已經抽到只剩灰了，藤木把菸蒂一丟，搓著那長著鬍渣的下巴。太可怕了，無法理解的一群人，還有這個把自己捲入的，謎一般的瘋狂世界。

無意間往旁邊一看，草叢裡似乎有個銀色的物體。走進一看，原來是遊戲機的袋子，可能是已故的安部芙美子所用的。

不知道上面有沒有安部芙美子的怨念，藤木本來不想去碰它，但最後還是鼓起勇氣把遊戲機取出來看。遊戲機還完好無損。

把電源打開看看，沒什麼特別目的，只是想知道她死之前得到的是什麼樣的情報。

很意外的，遊戲機裡面什麼訊息也沒有，除了兩個英文單字。

畫面上只出現「ＢＡＤ　ＥＮＤ」斗大的文字。

533

地下數千公尺的洞窟裡，有個會讓你嚇一跳的巨大迷宮，應該是已經滅亡的太古時代火星文明留下來的遺跡。

那結構複雜的通路，以前曾經蕩漾著滿滿的水波，想必原本是一條運河。現在這遺跡已經變成無數通往各方向的迷宮，就如同細微的血管般布滿整個火星。

一個不小心，所踩的每個腳步都會因四周岩壁的回音，而傳到好幾公里外。所以你們必須謹慎地前進，因為如果遇到怪物群、狂野的戰士或是食屍鬼的話，就得有赴死的心理準備。

當然，由於長期處於過度緊張中，體力點數減少了7點。

這時候，你們眼前會出現眼睛小小的看起來有點狡詐的侏儒。一面晃動著細長如昆蟲般的觸角，一面用甜美的聲音呼喊著交易。

侏儒會給你們看一個魔法海螺，只要把海螺放在耳邊，就可以聽到從遙遠地方的敵人或是怪物所發出來的細微聲音。但是如果想要海螺的話，你們必須以智慧者的水晶來交換。

你們一定不知道該如何下決定。

但可以確定的是，如果在這裡遇到怪物的話，肯定必死無疑。如果放棄智慧者的水晶，就不知要靠什麼指示繼續在這迷宮中前進了。

如果要進行交易的話就往１５５，如果要拒絕的話請往２３４。

藤木與藍再度往第六 Check Point 前進。

這段時間，楢本他們應該早就走到很遠的地方了吧。祈望如此。

但是也有可能為了休息或是找食物而停在原地，假設他們是往下一個 Check Point 前進的話，依照遊戲機的指示，也不過是在附近來回，最壞的情況，就是他們正在回到這裡的半途中。

看樣子就算要冒著和他們碰頭的危險，也只能選擇繼續往第六 Check Point。如果選擇放棄遊戲逃走或待在原地，來自遊戲主辦方的懲罰很可能是在這荒野之中等死。所以在這裡浪費時間也只是讓情況更加惡化而已。

在班古魯班古裡，真正危險的哺乳類只有兩種……

藤木終於知道這話的意思了，要小心的並不是澳洲野犬等動物。

藤木回頭看著步履蹣跚的藍，自從看到那恐怖的屍體後，藍就很少開口，不過總算是恢復了點精神。

「妳累了嗎？」

藍只是默默地搖頭。

兩人又繼續默默地往前走。因為方才脫離了預定的路線，所以現在必須比之前更注意前進的路線是否正確。

為了防止走錯，或許先回到第五 Check Point 比較妥當，但是路上必須橫越一個廣大的草原，推算至少兩三個小時都必須走在這種沒有任何遮蔽處的地方，所以不太能冒這樣的險。

藤木一面走一面向神祈禱著。

希望不要遇到他們。那些怪物……那些變成餓鬼的傢伙。

屏住氣息專心默念著。

到目前為止，藤木的人生中幾乎可以說與信仰無緣，只有少數的幾次例外，一個是在大學聯考前的年初一到廟裡祈福，放了一萬圓的紙鈔在奉獻箱內。另一次就是與杏子等人去滑雪時，順道去了富良野神社，祈求能與站在身旁的女子結緣，就這樣。

尤其公司突然破產，讓藤木心中充滿了對現實的無奈與憤怒，找不到可以發洩的對象，只能怨天尤人，暗暗發誓這一生不打算向神明祈求什麼了。

但是此刻的藤木似乎已經忘了這檔事，非常認真地向神求助。

祈禱本身，正是處於不論做什麼都於事無補的殘酷狀況中，人類會自然而然進行的動作。

藤木以藍聽不見的聲音，不停默念著「神啊，神啊，神啊，我們到底該怎麼辦才好，請救救我們。」

不可思議的，神明似乎真的聽到了藤木的祈求。眼前一棵長滿刺的金合歡上，停了一隻小鳥，大小跟麻雀差不多，全身紅通通的，特別是從嘴巴到頭部的上半身宛如鮮血般赤紅的顏色。

藤木停下腳步，認真地看著那隻鳥。

「……是赤胸星雀（Crimson Finch）！」

藍在後面說。

「赤胸星雀？」

「你不記得了嗎？普拉提的解說中有出現過啊。別名叫血雀……」

深紅色……比紅色還要更深，接近血液的顏色，就像被雨淋濕的班古魯班古峽谷的顏色。

住在深紅色的峽谷之中，渾身是血的雀鳥……

小小的鳥兒，吱吱吱地開始發出高亢刺耳的聲音。

那不吉利的羽毛顏色，似乎象徵著混沌不明的未來。

藤木的意識已經陷入一種極度的搖擺不定。

一逕悶頭往前走，單調的步伐如同催眠曲般，封鎖在無意識下的東西，慢慢浮現出來。土窯裡的犧牲品、稍早之前還有人類雙手功能的五根手指，還有那因為無法想像的恐怖與痛苦而扭曲的面容。

似乎只有風的惡作劇能吹散這種痛苦的思緒，因為稍微一有岩石碎片掉落，或是尤加利樹梢呼呼吹動的聲音，受驚的身體就像被烤過的火鉗烙住般的僵硬。

要處處小心楢本他們會不會突然從山岩的陰暗處竄出，如果被發現的話就完了，因為對他們而言，藤木和藍是最佳的獵物。

要從一陣慌亂中恢復過來，需要一段相當的時間。

壓根也沒想過，自己居然會成為獵物。

對於現在自己的立場由獵人變成獵物，依然無法置信。

第六Check Point，新的引導者路西法跳著舞現身，配上宛若森巴舞曲一樣熱鬧的ＢＧＭ。

雖然遊戲機的音量非常小，但是藤木還是小心翼翼地把音量調到近乎快聽不見的程度。

「歡迎光臨第六ＣＰ！整個遊戲已漸入佳境，即將進入尾聲了。再努力一下下喔！我會溫暖地在旁守護著你們的。接下來是路西法為你提供的情報！可要仔細聽好喔！準備好了嗎？我要開始說囉，如果漏聽了什麼，保證你們會後悔一輩子的……」

說了一堆廢話之後，路西法得意洋洋地張開雙手。

「哎呀呀！聽說無尾熊與袋熊（Wombat）原本是同種動物，你們相信嗎？在進化過程中，可以適應在尤加利樹上生活的就叫做無尾熊，他那討人喜歡的表情，怎麼看都是同一個德性，特別是那個大鼻頭……」

之後路西法又喋喋不休地說了一堆什麼「值得一聽的情報」，不過每個都很無關緊要。

從前一個 Check Point 開始，也就是自普拉提死後，遊戲機的訊息起了一些變化，雖然路西法這個角色的用字遣詞比普拉提客氣許多，不過言辭中總是隱藏著一股難以捉摸的惡意。

或許主辦人今後並不打算再提供任何有利的情報了吧。

為了不被人發現，藤木與藍躲在草叢裡看著遊戲機。心想有耐心一點的話，說不定在這一堆垃圾情報中，會藏著有利的情報也說不一定。

突然，路西法不經意的一句話，引起了藤木的注意。

「我也有一個 Pocket Game Kids 哦！等人的時候我都會玩它來打發時間。電池可以待機二十個小時，不錯吧！」

連遊戲機裡的人物也玩遊戲機，基本上這種老套笑話聽過就算了。但是藤木突然意識到一個如棘刺般的矛盾之處。

遊戲機的待機時間為二十個小時，路西法幹嘛連這麼瑣碎的事也要特別提呢？

對了，藤木想起來了，在稍早之前也有過相同的印象，那是之前看到某個訊息的時候。

遊戲機應該會保存所有過去的訊息才對，但是現在也沒時間重新看一次了。

不，不對，第一次接觸遊戲機的規格，並不是在收到普拉提的情報時，而是在第一 Check Point，除了藍之外，其他八個人分別交換遊戲機裡面的情報。記得第一個看到的是野呂田的訊息，說了一堆關於遊戲機的內容，還有可操作的時間。

意外的，藤木對於這些枝微末節的事，倒是記得清清楚楚。

確實有這麼一回事，這台機器是用兩個三號鹼性電池，所以電力約可維持十個小時左右……待機時間不一樣。

十個小時與二十個小時，如果這不是一種單純失誤的話，那麼一定藏著什麼重要的訊息。

冗長的訊息終於接近尾聲，路西法平淡地說明到第七 Check Point 的路徑後，笑容滿面地揮揮手消失了。

不知為什麼，最後一句話讓藤木留下深刻的印象。

「……為了生存，一定要靈活運用手邊的東西，好好努力喔！期待在第七 Check Point 相見！BYE！」

為什麼要特別提到靈活運用這個字眼呢？有必要一再叮嚀嗎？這不是早就了解的事了嗎？有誰會把好不容易到手的東西擱著不用……？

突然想起來。

只有一樣東西是拿到之後都還沒有用過的。

就是收信機。

藤木打開背包取出放在最底下的收信機。

收信機是由白色樹脂製成，約香菸盒大小，構造相當簡單，有伸縮的天線和小型擴音器，附有一對耳機。因為它並沒有像收音機一樣可以調頻的鈕，應該只能接收單一頻道，搞不好是當竊聽器使用。

思及主辦人說不定是利用這機器來傳送一些情報，就迫不及待地想要啟動看看。

但是要啟動的話還少一樣東西。打開收信機的內蓋，使用的是三號電池，和遊戲機一樣。

藤木想了一下，也不能借用遊戲機的電池啊，因為一旦拔掉電池後，之前所得到的訊息就會全部不見。

如果是一般遊戲機的話，照理說都會有個儲存功能，所以更換電池並不會影響記憶體，連這點功能都要故意設計成如此，可以感受得到遊戲設計者的惡意。

但是會提出這樣的警告，勢必得想個對應之策。看來只有等，想辦法把電池這東西弄到手。回想起來在「物品一覽表」中好像也沒有「電池」這一項，不過遲早都會需要用到才是。

總而言之，就是一場無可避免的爭奪戰。

遊戲的主辦人果然期待的是一場戰爭，如果這場遊戲真的如自己推算地進行下去，那就更不用說了。主辦人在每個地方都播下失和的種子，就是要等著大家彼此廝殺。

「混蛋，我到底在做什麼啊？」

藤木用拳頭敲著膝蓋叫喊著。

「怎麼了？」

「電池這種東西我們應該要有的啊！就是妳的遊戲機啊！雖然壞了，但是電池應該還是能用的，幹嘛丟掉呢？還有安部芙美子的機器，我們應該要把電池拔下來才對……」

事實上，一看到「BAD END」這個不吉祥的字眼時，手的反應動作比腦子快，搞不清楚是因為害怕，還是對主辦人的一種憤怒，總而言之，當時的反射動作就是用力地把遊戲機給扔掉，所以遊戲機早就摔成碎片，不知道散落何處，就算現在要找也找不到了吧。

儘管如此，藤木還是對自己的愚昧無知感到憤怒，原本可以輕鬆得到電池的機會，就這樣白白浪費掉了。

「再怎麼生氣也於事無補啊！」

在一旁看著藤木發脾氣的藍，口氣極為平靜。

「應該想想接下來該怎麼辦才對。」

「……是沒錯啦。」

的確是這樣。管它的，什麼方式都行，只要能弄到新電池。新電池……除了遊戲機之外，有沒有什麼東西也是用電池的呢？

藤木忽然瞥見藍腰帶上掛著的助聽器。

「啊！那個，裡面有電池嗎？」

藍的眼睛看著助聽器，並沒有回應。

「如果是用四號電池的話也無所謂，搞不好是三號的？」

愣了一下，藍默默地搖著頭。

「可以讓我看一下嗎？」

藤木一把手伸過去，藍就用力地甩開他的手。

「不要！」

到目前為止，還是頭一次看到藍如此的憤怒。

「只是借看一下而已，如果不是三號電池，也不能用啊。」

「我不是說過不是了嗎？」

藤木啞口無言，只覺得一陣怒氣湧上心頭。因為藍的態度實在太不自然了，看來八成是三號電池沒錯。

「我非常了解這助聽器對妳有多麼重要，可是並不是要一直借用，只是用幾分鐘來測試收信機而已……」

「不要！我說不要就是不要！」

藍警戒地往後退了好幾步。

「我們能不能活下來，就靠這個了啊！」

「不行，我警告你別過來喔！」

「為什麼？只不過借用一下子而已啊？而且就算沒有助聽器，妳用另外一隻耳朵應該也可以聽得見吧？」

藍又後退了幾步。

「藍，拜託妳，請妳冷靜一點，說不定這個收信器可以告訴我們什麼重要的情報。」

「我不是已經說過了嗎？」

藍冷峻的口氣，令人不寒而慄。

「如果真要這樣無視我的意見的話，那就只好在這裡分道揚鑣。」

「妳在說什麼啊？妳又沒有遊戲機，而且妳一個人打算怎麼做呢？」

藤木往前一步，藍就倒退一步，好像準備隨時逃走似的。

藤木張開嘴原本還想再說些什麼，最後深深嘆了一口氣。

「我了解了……算了。」

藍的眼神依然透露著狐疑。

「是我不好，做出這樣無理的要求，如果真的不願意的話，我不會再強迫妳了。」

為了讓她能夠寬心，藤木努力地說著違心之論。

「我是說真的，我們要生存下來就必須互相合作，所以我尊重妳的意思。」

這句話終於讓藍安下心來，原本僵硬的表情也恢復正常。

「……我想，現在不是爭吵的時候，應該布下一些陷阱了，況且今晚的食物還沒有著落。」

藤木點點頭。聽得出來藍有點想要握手言和的意思。

雖然藤木還是百思不解，只不過是借個助聽器而已，藍的反應也未免太激動了些。藤木的腦中下意識又閃過些什麼東西，感覺好像了解到關於遊戲目的的什麼。但是靈光僅僅是一閃而過，這想法馬上又如熄滅的炭火般不斷冒著白煙……

再怎麼想就是想不出個所以然。

那也許是自己本身頑強抗拒它意識化浮現出來吧。

由「物品一覽表」推測，第七 Check Point 應該是最後一個 Check Point 了。

最後得到的物品比之前來得豪華。一個在「物品一覽表」中得到ＡＡ＋評價的，一百二十倍率的雙筒望遠鏡。

但是關於最重要的情報，譬如遊戲的終點說明等，隻字未提。

「歡迎光臨第七ＣＰ！整個遊戲已漸入佳境，即將進入尾聲了。再努力一下下喔！我會溫暖地在旁守護著你們的。」

路西法的動作以及說話的內容，幾乎跟之前完全一樣，只不過是把第六 Check Point 的說詞照本宣科地搬到第七 Check Point 而已。

「接下來呢，這裡是最後一個CP了。各位這段時間真是辛苦了。（鼓掌音效）從這裡開始，你們可以自由行動，但是絕對禁止任何想要走出班古魯班古的行動，知道嗎？我想我應該不用多費唇舌說明了吧。因為違規者可是有嚴重處罰的。我做了一個簡單的地圖，上面記載著之前CP的位置，可以供你們參考，要行動的時候記得要靈活運用哦♥」

心灰意冷早已轉變成滿腔的憤怒，藤木直瞪著這隻矯揉造作的老鼠動畫。所有規定的路線都已經走遍了，照理說這裡就是終點啦！或者至少也該告知一下終點的路線嘛！現在又要我們自由行動，這到底是什麼意思？

當然這個問題不用問也知道。

恐怕正如普拉提之前所說的，一定是只要有其他參賽者還活著，就不存在所謂終點。

「接下來是路西法的情報大放送！要仔細聽好哦！準備好了嗎？我要開始說囉！如果漏聽了什麼，一定會後悔一輩子的……」

在這之後，似乎會跟之前一樣是喋喋不休的無聊談話。藤木已經感到厭煩到了極點，但是這次從路西法嘴裡吐出的訊息，卻出人意料地是一些會讓人起雞皮疙瘩、心生恐懼的話語。

「你們已經遇到往南邊走的那票人了嗎？我想一定還沒有吧。怎麼說呢，因為如果已經遇到的話，可能就不會平安無事地還待在這裡吧。我想前一任的普拉提應該也警告過你們，今後還是一樣盡可能不要遇到他們比較好喔。」

路西法的背後出現了一個奇怪的人物，雖然長得像人，但是兩眼凸得像金魚眼似的，口水不斷從尖牙縫中流出，身體就像針一樣的細瘦，肚子還往外凸出。

如同江戶時代版畫中的餓鬼……這種恐怖的感覺重擊著藤木的心。

這不正是楢本他們現在的模樣嗎？這樣的話，他們會變成這樣也早在主辦人的算計中，不，恐怕主辦人一開始的目的就是把他們變成這樣。

路西法笑嘻嘻地和餓鬼握手，沒兩下，餓鬼就把路西法的上臂啃到只剩骨頭了。

「媽呀！傷腦筋，這傢伙肚子一定餓到極點了吧。不過各位也有可能會被這樣吃掉哦！這其中的祕密是什麼呢？沒錯，就在於他們選擇往南的路徑，所得到的物品——食物。所以盡早改吃叢林野食的你們，是正確的！」

餓鬼又咬住路西法的腳，開始撕咬。

「還記不記得在物品一覽表中，上面有☠記號的ＦＳ餅乾和罐裝啤酒？上頭還註記著危險物品，你們應該沒吃吧？不過只吃一口的話是沒關係啦！

不過，往南路徑的那些人就沒這麼幸運了，因為他們在各ＣＰ會重複拿到同樣的東西。事實上，只要吃完一般正餐後，這些東西頂多算是宵夜或者補充食品罷了……」

路西法一半的身體已經變成骸骨，畫面下方旋即又跳出一隻餓鬼，開始拚命地啃咬他。

「首先是ＦＳ餅乾的祕密！你們知道ＦＳ是什麼的簡稱嗎？雖然曾對往南路線的人說明Famine Saver 是拯救飢餓之意，但其實都是唬人的。正確來說應該是Fat Slicer 的縮寫，也就是切除脂肪的意思。

ＦＳ餅乾這東西是非常有效的減肥食品，除了有促進脂肪燃燒的維他命Ｂ之外，還添加具有使基礎代謝功能亢進的甲狀腺賀爾蒙、睪固酮等男性賀爾蒙、刺激交感神經的提神藥（咖啡因、腎上腺素）等。

另外還添加了調味料赤蘚醇（erythritol）及木糖醇（xylitol）等，前者雖然會被小腸吸收，但是百分之九十八以上都會迅速從尿中排出，所以卡路里幾乎等於零，不過若是攝取過多的赤蘚醇，還會產生腹瀉等副作用。

當然目前FS餅乾是種禁藥，但因為庫存量很多，才可以用近乎免費的價格弄到手囉！」

骷髏狀的路西法還不斷地眨著眼。

切除脂肪（Fat Slicer）……藤木腦裡浮現一把巨大的刀，就像在切奶油般，將人體的脂肪一片片切下來。

「雖然如此，但其中的關鍵還是在於甲狀腺賀爾蒙。一般市面上所販賣的有三種，取自動物（牛、豬）身上的乾燥甲狀腺（thyroid）、甲狀腺素（levothyroxine），碘賽羅寧（liothyronine）等三種，當然FS餅乾這三種都有使用到。

過去，不只是FS餅乾，一般的減肥藥裡都含有甲狀腺賀爾蒙，但是因為會有嚴重的副作用，所以就被禁止了。若是服用過多的甲狀腺賀爾蒙，會出現像葛瑞夫茲氏症（Graves' disease）一樣的症狀，例如：心悸、發汗、發抖、倦怠、體重減少、**食慾亢進**、精神躁鬱、失眠、低燒、腹瀉、月經不順……」

路西法繼續詳加說明關於甲狀腺賀爾蒙的副作用。例如，刺激氧氣消耗、提高心跳數或熱量，還會加速蛋白質分解，讓體重迅速減輕。

「如果甲狀腺賀爾蒙分泌過剩的話，除了會逐漸消瘦，自律神經也會變得亂七八糟，活動力大幅上升，與其說是興奮，不如說是過動兒（Hyper）比較貼切。相對的，脾氣會變得非常暴躁，甚至產生攻擊性。看，像這兩個人一樣……」

路西法被啃得只剩頭部了，餓鬼正準備加把勁咬掉他的耳朵，牙齒不斷發出碰撞的聲音。

「臉部的外表也會出現很大的變化。眼球外凸，眼睛變大，黑眼珠相對變小，看起來十分駭人！」

藤木想起楢本他們的樣子，就不自覺地全身發抖。FS餅乾煽動生命的火焰，將體內所剩不多的燃料急速消耗掉，加上大量攝取赤蘚醇的下場，就是不停腹瀉，腸內幾乎都空了。楢本他們為無止境的空腹感到痛苦，掉入主辦人的奸計，一步步走向飢餓地獄。

「其次是關於罐裝啤酒的祕密！我了解在這麼炎熱的天氣下，一定會想一口氣喝個精光。不過俗話說得好，小不忍則亂大謀，有沒有仔細確認過罐底呢？應該會發現有個和針差不多大小的洞，還留著焊接的痕跡……

作工不是很細密，所以很容易發現，而且不覺得味道有點苦嗎？這啤酒可是混雜了數十種的迷幻藥及提神藥的雞尾酒哩！沒喝到的各位實在太幸運了！（鼓掌音效）

這種雞尾酒是某個麻藥聯合組織，為了培養特種部隊所開發的配方，只可惜是個失敗之作。真令人遺憾。喝過的人雖然意識還算清楚，但是會麻痺良心與情感，到頭來只不過是用來量產社會心理病態或是殺人魔、精神病兇手的東西……不管怎麼說，都是個過於刺激的禁藥，相較之下，大麻還比較實用又安全呢。

哎呀呀，雖然是場短暫相見，不過我還是衷心祈求你們不會遭遇那樣的命運。到此要先跟你們說拜拜了……」

被啃得只剩下上顎及舌頭的路西法，滔滔不絕地說著，在兩隻餓鬼的撲殺下被啃食殆盡。失去食物的餓鬼，看了一下鏡頭之後，畫面旋即消失。

即使已經回到「Pocket Game Kids」的最初畫面，藤木的手還是微微顫抖著。

果然一開始的選擇就決定了今後的命運。選擇南邊路線的那一組，從一開始就註定要當捉迷藏遊戲的鬼，扮演著食屍鬼的角色。

如果真是這樣的話，和楢本他們根本就不可能會有什麼公平的交涉，今後只能在班古魯班古拚死拚活地躲避他們才行。

看是他們耗盡體力餓死，還是我們淪為食屍鬼的晚餐。

「你真的要這麼做？」

藍為難地說。

「是啊，沒有比這更好的方法了。」

「可是一旦把電池拔掉，之前所有情報不就全部……」

「重要的東西已經全記在腦子裡了。現在想辦法逃脫比什麼都重要，所以無論如何都需要這台收信機。」

那個最重要的班古魯班古地圖，還是請藍幫忙畫出來的。

「你的意思……還是要我拿出助聽器的電池？」

「不，已經不需要了。」
藤木打開遊戲機的內蓋。
「但是你怎麼知道這個收信機真的有幫助？」
「是遊戲機的操作時間。」
藤木覺得藍好像還沒有注意到這點，所以就做了簡短的說明。
「這個機種若用三號鹼性電池的話，應該可以運轉二十個小時左右，但是狡猾的主辦者卻故意告知只能運轉十個小時。」
「這……會不會是因為溫度或是環境的關係？」
「就算是也不可能有兩倍之差，一定有其他理由……譬如在遊戲機裡，放入會消耗電力的其他零件。」
「其他零件？」
「我想來想去，最有可能的應該就是竊聽器吧。」
藤木想起剛才反覆閱讀的《火星的迷宮》的選擇項目。
如果想要得到能聽到敵人動靜的海螺，就必須要放棄智慧者的水晶。但若是選擇和侏儒交易的話，將會通往快樂的結局。若是拒絕的話，遲早會被任何一種怪物給吃掉。
下定決心，藤木拔下兩顆乾電池。

「竊聽？什麼意思……？」

藤木並沒回答，只是默默地把電池塞入收信機，在一陣嘎嘎的機械聲中，好像可以聽到些什麼。試著將天線拉到最長，調整每個方向，但是越接近藍，雜音似乎就越嚴重。

「好像是你的助聽器會干擾，我稍微離遠一點試試看。」

離開了藍兩三步之後，藤木突然注意到了一件事。

如果如自己所推測的，遊戲機裡面裝有竊聽器，可藉由收信機來竊聽的話，那還是得把遊戲機的電池拔掉，因為頻率一樣，所以遊戲機所收到的聲音會掩蓋掉其他的雜音。

總而言之，如果想使用魔法海螺的話，還是必須得放棄智慧者的水晶。

突然有段相當清楚的聲音傳進來。

「……我看那傢伙可不是好惹的，光看體型就知道了！」

「放心啦！我們可是三對一，怕什麼呢？」

「但是這傢伙非常謹慎，而且手邊也有相當多的武器喔。弩槍、彈弓、彈簧刀、求生刀，甚至高壓電槍。」

「所以我才說你的角色很重要啊！」

說話的好像是船岡與楢本，鶴見雖然沒有加入發言，但是應該也在旁邊，因為聲音聽起來有點重疊的感覺，可能是重複收音三個遊戲機的關係。

就因為聲音實在太清楚了，反而讓藤木覺得有些驚慌失措。

他們會不會就在這附近？

藤木又想起藏在螞蟻窩裡面的中繼器，因為一面要保持電力，一面要不斷發送信號，所以遊戲機發出來的電波，一定非常微弱。這聲音的品質這麼清晰，就表示他們離最近的中繼器應該不會很遠，恐怕就在某一個 Check Point 吧。

「你該不會現在才想要退縮吧？」

「什麼？怎……怎麼會呢？沒這回事……」

「不僅是妹尾，我們連敵人是誰都搞不清楚，你覺得還有機會存活嗎？」

「這我都知道，所以才會跟你們合……合作的，不是嗎？」

「……知道就好。只要我們三個人合力，一定可以獲勝。不過那個妹尾真的很礙眼，只要先把他解決掉的話，剩下的就只是些沒什麼用的歐吉桑跟女人了。不過若是被妹尾先發制人的話，也不能保證我們三個人一定會贏就是，不，應該會被殺掉。」

「是……是啊。」

「你不是也很恨那個傢伙嗎？他不是讓你吃了很多苦頭？」

「是啊，就是啊！那個混帳東西！如果三兩下就幹掉他的話，未免太便宜他了。把我……折磨了我這麼久……」

「所以才要痛快地報仇雪恨啊！」

「當……當然……那個王八蛋……！」

「你現在先回到妹尾那裡去，為私自脫逃跟他賠不是……說你一個人真的沒信心可以繼續生存下去，無論如何要和他一起走。可能會被小扁一下啦！不過應該不至於要你的小命。」

「應……應該是吧！」

「再下來就見機行事囉！就照剛才說的，你盡可能引開他的注意，我們就來個背後襲擊。」

「知……知道了。」

楢本將如何攻擊妹尾的計畫詳細地說明了一遍，船岡只是小聲地再重複一次他的說詞，聽得出船岡相當害怕，不過他很清楚自己已經沒有別條路可以選擇了。

儘管如此，船岡似乎從一開始就有個很在意的地方，等楢本的指示告一段落後，船岡鼓起勇氣問了個問題。

「請……請問一下。」
「什麼？」
「就……就是你們的臉……」
船岡的發言之後是一段不愉快的停頓。
「我們的臉有什麼不對嗎？」
「不……不是啦！可不可以不要裝得那麼可怕。」
「鶴見先生，他覺得我們的臉看起來好像有點不對勁，你知道為什麼嗎？」
出現了一段聲音低沉宛如野獸般的低吟，應該是鶴見發出來的聲音吧，如果搞不清楚狀況的人，還真不覺得那是人類所發出來的聲音。
「看來鶴見先生也不是很清楚我們的臉有什麼奇怪的地方，你說我們的臉怎麼了？」
「沒……沒事。」
「怎麼會沒事呢？想說什麼就說啊！你不是很想知道嗎？來，你說，我們的臉怎麼了？」

「真……真的沒事，是我眼睛花了，請你們原諒我……」

聲音中斷了。到目前為止都沒有提到任何可以表示他們所處位置的關鍵字眼。藤木耐著性子等了一會兒，最後只傳來一陣沙沙的雜音，為了節約用電，只好把收信機關掉。

「怎麼了？」

藍的聲音顫抖著。

「這個……」

就情報收集方面而言，至少目前的情況有著壓倒性的優勢，但是要如何運用這些籌碼，卻想不出什麼好方法。

藤木被某種誘惑所驅使，想將剛剛得知的情報告訴妹尾，和他一起並肩作戰。如果有妹尾當靠山，就算和那兩個餓鬼對上，也不會三兩下就被幹掉才對。因為如果連唯一能和他們抗衡的妹尾都死了的話，藤木簡直不敢再想下去。

妹尾看來還沒有吃FS餅乾，所以應該還能溝通。告訴他這個危機或許還能賣個人情……

不、不行。

藤木發現自己居然開始逃避現實，作著兩全其美的美夢。

第一，再怎麼樣也不可能比楢本他們更早找到妹尾，況且就算找到了，船岡也會在計畫開始之前和妹尾一起行動，我們到處亂晃的話，恐怕找到妹尾之前就先遭到楢本他們的毒手了。

而且如果將事情全告訴了妹尾，不就等於把現存的優勢拱手讓人，淪為他的奴隸？或許妹尾比那些厲鬼來得好些，但妹尾那冷酷又好鬥的個性是不會改變的，恐怕不但不可能賣他人情，也許還會像船岡一樣被虐待到最後，再被爽快地殺了。

腦子裡再把資訊重新整理一遍。

往東邊路線找求生用物品的是野呂田和加藤。野呂田這個人，看起來應該當過領導者，感覺應該協調性挺高的，當過老師的加藤，看起來也是個滿穩重的人。

選擇西邊路線，尋找護身用品的是船岡和巨漢妹尾。這一組雖然已經鬧內鬨，但是獨自一人的妹尾，他的存在仍然不容輕忽。

另一組往南邊路線尋找糧食的是楢本與鶴見，還有被慘殺的安部芙美子三個人。可以想像這兩個變成餓鬼的傢伙，在甲狀腺賀爾蒙及藥物的催化之下，早已經稱不上是人了。

還有我們是往北邊路線前進，尋找情報的一組……

普拉提曾經提醒過，如果要共同奮鬥的話，只有野呂田和加藤那一組比較有可能。當然，因為遊戲本質的關係，這種曖昧的合作關係也不可能是無限期的，不過至少在雙方實力相當的條件下，還有互相合作的機會。

「……我想現在還是盡量別和其他組碰頭，目前最要緊的，就是想辦法逃到不會被楢本他們找到的地方。」

藤木說完後，藍便一臉嚴肅地點點頭。

漫無目的地遊走，是一件很可怕的事。藤木與藍只要找到一處稍微隱蔽的地方後，每隔一小時就會打開收信機，觀察楢本他們的動靜。不管如何，探知他們的位置是目前最重要的課題，但是始終都無法得知他們的正確位置。他們的對話都沒有能夠作為提示的部分。就在接近黃昏時分，突然傳來船岡興奮的尖叫聲。

「喂！喂！你們看，紅色的光耶！那不是Check Point嗎？」

「別大聲嚷嚷！萬一被其他人聽到了怎麼辦？」

楢本的口氣極度不悅。

「我不記得我們來過這裡，應該是別的路線的吧。管它的，先確認一下訊息看看吧。」

「欸……這是？」

「怎麼了？」

「好奇怪的訊息，看不懂它的意思。」

「給我看看……更換？什麼意思？」

藤木閉上眼睛。他們偶然發現了我們的路線，也就是第三 Check Point 的訊息，他們所看到的訊息鐵定是「請更換卡帶」。

楢本想了一下後，用極度低沉又帶著哆嗦的聲音說著：

「原來如此，我們被騙了。」

「你這什麼意思？」

「往北邊路線的那些傢伙，他們找到了別的卡帶，如果沒有那卡帶，就沒辦法在這裡得到新的情報。」

「北邊，就是那個叫藤木的傢伙和那女人！混蛋！他們應該還在這附近吧？」

「不，如果在這裡只是要更換卡帶的話，這裡還算是最初的 Check Point，所以他們現在應該已經走到很前面了。」

鶴見猶如猛獸般的怒吼聲，將楢本的聲音淹沒。

「我就覺得奇怪，北邊的情報就只有那些而已嗎？跟其他路線取回來的東西比起來也太少了……這麼說，他們把自己的情報給藏起來，還拿我們的東西。還真不能小看他們。要是被我抓到了，鐵定要他們吃不完兜著走，那個男的……叫藤木的是吧？把他拿來當飛鏢射靶，女的就好好地玩一玩樂一下囉！」

「沒錯……沒錯，就這麼辦，真是太棒了！」

「他們現在的位置是在第三 Check Point。」

藍臉色蒼白地把地圖交給藤木。距離現在的位置，只剩二到三公里左右。

「他們馬上就會追上來，我們必須馬上離開。」

「總之反方向就是了。雖然不知道他們會往哪走，不過盡可能差個十公里左右才行。」

藤木馬上消除所有可能留下的痕跡，拚命地撤掉散於各處的陷阱，然後帶著藍靜靜地逃離。

停在金合歡樹梢上的赤胸星雀，兀自發出高亢的鳥囀。

8

朦朧的月光照著班古魯班古。

高達三、四十公尺左右的山壁綿亙，深紅中夾雜著貼近黑色的深藍條紋，雖然這是每晚都會看到的景象，但是這種深沉的神祕感卻更讓人感到恐懼。

也許是因為怕被楢本他們發現而不敢升起營火的緣故吧，輪廓分明的岩壁愈顯清晰。

但是真正的理由應該是，當人的生命受到威脅，身體的五感就會變得前所未有地敏銳。

為了生存下去，器官的機能會提高運轉，這應該說是一般生物的本能反應，或者是說當一個人在告別人世前，想再用所有的感覺，貪婪地品嚐身為一個人的感受。

「藍。」

藤木以震動肺泡般的低沉聲音開口。他想起以前讀過的佛賽斯(註1)小說中提過，模糊不清的低沉聲音，比起竊竊私語的聲音周波率更低。

「什麼事？」

藍就像初見的那個晚上，雙手抱著膝蓋，把臉深埋著，說話的時候臉也沒有抬起，所以聲音聽起來也很模糊。
「之前不是說過嗎？妳高中時麻藥中毒的事。」
「……是安非他命。」
「對對對，安公子(註2)中毒是吧。」
藤木故意用半開玩笑的口氣說著，但是藍卻絲毫沒有反應。
「那妳後來是怎麼克服的，妳還沒跟我說結局啊！」
藍還是沒有把臉抬起來，一副小朋友被斥責而哭泣的委屈模樣。
「現在可以繼續說嗎？」
「為什麼？」
「因為現在不問的話，也許以後就沒機會了。」
「……知道了又能怎麼樣呢？」
「話是沒錯啦！但是人總會有好奇心嘛！」

註1：佛賽斯，Frederick Forsyth, 1938～，小說家。

註2：原文是「シャブ中」，シャブ為日本昭和時代開始對毒品的俗稱，用語的由來為「一但沾染了毒品，對毒品的欲望就浸潤入骨髓了（覚醒剤は一度やったら、骨の髄までしゃぶられる）」之略稱。

「為什麼？」

「因為我想知道關於妳的事，什麼都可以……」

藍抬起臉來，雙瞳映著月色，令藤木不知為什麼聯想到貓。

「你現在是在追求我嗎？」

「……如果妳要這麼想也無所謂啦！」

藤木結結巴巴的。

「什麼啊！口氣就像被質詢的官僚一樣，你以為用這種話術，會有女人乖乖屈服嗎？」

「沒辦法，個性使然吧。」

「對啊！比起談戀愛，你的個性比較適合當個求生專家吧！」

「寧可情況緩慢變糟也不要一下子失去一切是我的基本信念。」

藍噗哧地笑了。

「你是說你的個性是屬於德川家康那一型的囉？」

「大概吧，至少跟軟弱的信長比起來，可以活得比較久。」

「譬如說，變成流浪漢是嗎？」

藤木感到痛處被擊中而沉默下來，藍發現自己說錯話了。

「……對不起。」

「妳不需要道歉，因為妳說的是事實。」

「不，幸好有你在，不然我就不可能活到現在了。」

「雖然現在的狀況，比流浪漢還要悽慘好幾倍。」

藍淡淡笑了笑，搖搖頭。

「欸，如果我們可以活著逃出這裡的話……」

「嗯？」

「你會在東京跟我見面嗎？」

「當然會啊，我們選一家精緻的小餐廳，一起舉杯慶祝。」

「就只有這樣啊？」

「不然呢？還有什麼其他的慶祝法……」

藍微笑著，看著語無倫次的藤木。

「你不覺得有點冷嗎？」

「冷？怎麼會，雖然沒有起火，但是氣溫還是很高啊……」

「我可以坐到你旁邊嗎？」

沒有等藤木回應，藍已經站起來走到藤木旁邊坐下來。彼此肩靠肩，藍的體溫和呼吸，讓藤木心跳加速。

「藤木先生，說真的，你很討厭像我這樣的女人吧？」
「沒這回事，為什麼會這麼想呢？」
「長得那麼高，又戴著助聽器，而且是個色情漫畫家，還曾經重度藥物中毒。」
「那又如何？重要的是妳很努力地在過妳的人生啊！像我就從來沒有好好認真過……就像是一隻吃了敗仗的落水狗。」
藤木自我嘲諷。
「不是的，你只是運氣不好，相信今後一定會有所改變的。總之這場遊戲，你絕對會贏。」
「……沒錯，我們一定會贏的。」
藍雙手繞著藤木的肩頭，將唇貼近他的臉。
藤木也摟著藍，激烈地吸吮著藍的嘴唇，藍也毫不示弱地熱情回應。與杏子從來沒有過這樣的記憶。
也許若不是這種情況，兩個人也不會有這樣的關係吧。起碼藤木腦中的一隅是這麼想的。就因為無法保證是否還看得到明天的太陽，不如把握這一刻盡情地燃燒。不過，這算不算是另一種逃避呢？
藍因為呼吸的紊亂，胸膛上下顫動，月光映著藍的臉，泛著淡淡的紅潤。
「喂……」

此刻不需要多餘的言語，藤木整個人撲在藍的身上。

藤木握著藍那柔軟的乳房，輕輕含住那尖尖的乳頭，從藍的喉嚨深處，發出了愉悅的聲音，藍害羞地咬著自己的食指。

不像接吻時那般積極，藍好像很害怕似的，只是保持著被動的姿勢，不過從那細微的反應中，可以了解她對藤木的愛撫有很深的感覺。只是不小心碰到她那戴著助聽器的左耳時，藍就會用手壓住它，一臉嫌惡地別過頭去。對於耳朵，似乎仍有著很深的自卑。

藍忍住不出聲音，不知道是一種意識的壓抑還是害羞。

都這種時候了，還做這種事真的可以嗎？藤木腦中響起尖銳的批判。

目前暫時離楢本他們有段相當的距離，但是到底安全距離有多少還不能確定。在性交的那瞬間，對任何生物來說，都是最沒有防備的時候，如果現在被突襲的話，就算想逃都來不及。

就算不會，現在也是該致力於保存體力的時候，不是嗎？想想為了一時的快樂，要消耗掉多少卡路里，而且繼續逃亡的話，也不一定能像之前一樣，順利採集到叢林野食。

但儘管如此，藤木已經硬起來的那話兒卻沒有萎靡，或許他早已自暴自棄了吧。藤木迅速鬆開皮帶，拉下那走在班古魯班古荒野中，早已破爛的長褲。要脫下藍的牛仔褲時，她也抬起腰應和。她輕鬆將腰拱成了弓形，看來她的肌力訓練得還不錯。這時藤木忽然想到了一件事。

「等我一下。」

藤木想起身離開時，藍卻緊抓著藤木不放。

「你要去哪裡？」

「我沒有要去哪裡，只是突然想起來有個很棒的東西。」

「什麼東西？」

藍皺著眉頭。

「保險套啊。」

「不行啦，如果用了不是太浪費了嗎？」

「沒關係的，只要留下一些當水袋用就好啦！」

「不要。」

藍抓著藤木的手。

「不要用那個東西啦！那是遊戲要用的，我絕對不要！」

「但是可以嗎？」

「不需要那種東西，我想和你直接肌膚相接。」

藤木想一想自己似乎太多慮了，兩個人連能不能活到明天都還不曉得，就依著藍的意思，也沒有什麼不妥吧。

藤木覺得自己實在很可笑，一輩子都在精打細算，至少這種時候也該隨本能去做一件事。

藤木決定了。

高潮至一半的時候，藤木望著藍的臉。藍咬著手指，忍受著一陣陣迎來的快感，雙眼直瞪著星空。

藤木眨了眨眼。

映在藍那深邃眼眸裡，是兩片重疊的月亮。

翌日早晨，天色尚是一片朦朧，兩個人簡單吃了一些樹木果實後就出發了。

完全沒有心情回味昨夜的溫存，因為天亮就代表著又要開始上演貓捉老鼠的遊戲，雖然楢本尚未把目標鎖定在藤木他們身上，但是可以確定的是，如果不幸碰頭的話，他們鐵定會成為最佳獵物。

藤木早上開了兩次收信機，擔心使用喇叭可能會讓電池消耗得較快，所以決定改用耳機，但是收到的都只是些雜音。

「昨天差不多是在正西方十二公里處，所以現在的位置應該是在這附近。」

藤木指著地圖說明。

「楢本他們現在應該是在追逐妹尾，雖然不知道是往哪個方向前進，但是應該不會太遠，所以我們還是轉往南方比較好。」

「繼續往西邊走，不是比較安全嗎？」

「如果就目前情況或許是這樣，但是如果再這樣走下去的話，可能會走到班古魯班古的盡頭。妳還記得嗎？如果違背主辦人的警告，想逃出班古魯班古的人，可是要付出相當大的代價的。到時候要想往北或往南都沒辦法了。」

「你的意思是說一不小心的話，就可能被逼到盡頭？」

「沒錯，所以我想趁現在改變路線，趕在楢本他們南下之前，還有就是在抵達班古魯班古南端前，再往東邊繞過去。」

「像是在畫一個圓是吧？」

藍的領悟力很高。

「是啊，我想這或許是最安全的走法吧。」

問題是，這種逃法雖然可以賺取一些時間，但是會如何演變就不得而知了。一心期望楢本他們自滅的想法，或許太過樂觀了些。

現在唯一比較貼近現實的希望，就是楢本與妹尾在戰爭中兩敗俱傷的話，他們就可坐收漁翁之利。

再往南步行數公里後，寬闊的平原越來越少，兩旁盡是千層派似的獨特山岩，看起來像是一座複雜的迷宮。

對於守方而言，這樣的地形絕佳。但是相反的，在每個轉彎處，都有可能與敵人正面遇險，雖然實際上不太可能會發生這樣的事，但是心理上多少有此掛慮在。

兩個人避免走直線的路徑，盡可能彎進岔路，但是挑到太小的岔路，走進死路的可能性也很高，一但發現是死路再往回走，就會消耗雙重的時間，所以必須避免。

藍突然停下腳步，神色驚慌地指著前方的山岩。

「那裡……剛才好像有什麼東西動了一下。」

順著藍所指的方向望去，並沒有發現什麼。

「該不會是心理作用吧。」

「是真的！山岩的縫隙中，好像有東西動了一下，看到我之後才躲起來。」

「會是動物嗎？」

藍慢慢地搖搖頭。

藤木緩緩地吐了一口氣，如果藍說有看到的話，那就真的有什麼，而且應該是人。

就時間上來推斷，應該不會是楢本他們。

那會是誰？在班古魯班古國家公園停止開放期間，除了我們外，遊客來訪的可能性並不高。

會是妹尾嗎？也許他正為了準備與其他組別應戰，在某處架設了弩槍之類的陷阱。

「怎麼辦？」

藍一臉煩惱。

看來對方應該已經注意到藤木他們才對，如果是楢本他們或妹尾的話，即使現在要轉個方向逃也來不及了，再說只隔了四、五十公尺遠，想逃也不是件容易的事。

藤木有了覺悟。

「繼續往前走。」

「什麼？可……可是……」

「總之先呼叫對方看看，確認一下對方有沒有敵意。妳走我後面。」

藤木將放在口袋裡的催淚瓦斯交給藍，然後把可自由伸縮的特殊警棍插在後褲袋，右手緊緊握著柴刀。

「了解。」

藍緊緊抓著藤木的手。

一步步小心翼翼地往前走，太陽穴附近的動脈因為心跳加快，抽搐得像是快爆炸一樣。

藤木深吸一口氣讓情緒穩定。

忽然想到注意力不能只集中於那一條岩縫上，搞不好那只是誘餌，陷阱另有他處。藤木努力將視野拉大，注意四周的動靜。

發現地面上密密麻麻地圍了一堆叢林蒼蠅，好像暗示著往這裡走是對的。是血跡，而且滿新的。

發現安部芙美子的屍體時，同樣也是一群叢林蒼蠅飛來飛去，但是和那時相比，這次的數目似乎沒那麼誇張。但是仔細觀察可以發現，赤褐色的沙礫上有著斑斑血跡。

藤木和藍兩個人互看了一眼，對於未知的現狀感到十分不安。

「有誰在那裡嗎？」

藤木在距離岩石縫隙約十公尺處停下來呼喊。這時如果被對方用弩槍瞄準的話，這種距離鐵定百發百中。

「我們沒有惡意，請安心。」

等了一會兒，還是沒有任何動靜。

「……我們是藤木芳彥和大友藍。」

四周還是一片寂靜，兩人正考慮要不要進一步行動時，忽然從縫隙中探出一張像是重病患著的蒼白面孔。

是野呂田，雖然沒戴著茶色鏡框的眼鏡，但是絕對不會錯的。等確定只有他們兩個人後，野呂田才放心出聲。

「還好，我還在想是不是他們……」

「野呂田先生，你是不是受傷了？加藤先生呢？」
野呂田上半身的衣服沾滿了血跡。
「那些人到這附近了嗎？」
奄奄一息的野呂田並沒有回答藤木的問題，不過很清楚就是在指楢本他們。
「雖然不是很確定，不過我想應該已經離他們有一段距離了。」
聽了藤木的話後，野呂田整個人像洩了氣的球似地癱了下來。藤木與藍趕緊上前檢查他的傷口，從肩膀到背部，有兩道像是被刀砍的傷口，所幸都不是致命傷。
「加藤先生呢？他怎麼了？」
野呂田看著藤木的眼睛，遲緩地搖了搖頭。

幸好野呂田所拿到的物品中有消毒藥及抗生素等藥品，還有在「物品一覽表」中評價最低的毒蛇急救藥包，也可以派上用場。
用防止化膿的藥用繃帶包紮後，野呂田馬上像是死了一般地昏睡過去。這裡是個相當寬敞的洞穴，足足可以躲進三個人。
「這個人傷得這麼重，還能逃到這裡來，真不簡單。」

藍嘆了一口氣。

「喂，你從剛剛開始就在做什麼？」

藍不安地看著藤木。

「這裡很危險……」

「為什麼？和他們不是已經拉開了一段距離嗎？」

「他們大概可以摸清野呂田是往這個方向逃的，所以收拾掉妹尾之後，應該就會直接往這來了吧。」

「但是他們不一定知道這條路啊？」

「那為什麼我們會遇到野呂田？在這廣大的班古魯班古中。」

「你問我為什麼……我也只能說是偶然啊……」

「不對，我覺得一定有什麼必然性。」

藍無法理解地搖搖頭。

「我們原本打算碰運氣隨便亂走，但實際上卻是走在一種逃亡必然的既定模式中……這點野呂田也一樣。」

「但是一路上有很多的岔路，不是嗎？」

「我們盡量繞小路避免走大路，你想一想，我們是不是一直重複著相同的選擇呢？也就是說我們早就自我設限了，會在這裡遇到野呂田就是最好的證明。」
藍看著因痛楚而沉睡的野呂田。
「而且更糟糕的是，野呂田大概一路上多少都有留下點血跡吧。雖然我們之前都沒發現，不過若是一開始就發現這些血跡的話，我看遲早那些餓鬼還是會找上門的。」
藍的神情浮現了驚慌。
「或許他們在殺傷野呂田的時候，心裡早就有了盤算，所以才沒有再追過來。」
「那我們一定得趕快離開這裡，否則……」
藍一臉為難。因為如果帶著受傷的野呂田，就不能像之前那樣隨意行動了。
「如果他們先去找妹尾的話，應該還可以拖點時間……」
藤木的推測並不是沒有道理。對楢本他們而言，比較有威脅性的只有妹尾一個人，如果在追殺我們的時候，被妹尾從後襲擊就糟了，所以理所當然的，他們會想先將妹尾給解決掉。
正如楢本自己說的，剩下的只是沒用的歐吉桑和女人。
之後每隔一小時，藤木就會打開收信機，不過絲毫沒有再收到對方任何的訊息。
有一度，傳來一種像是兩個尖硬物體摩擦的聲音，藤木猜測那是磨刀的聲音。
除此之外，聽不到任何像是對話的聲音，看來楢本他們應該還沒找到妹尾才是。
更糟的是，完全沒有任何方法可以聯絡到妹尾。只要一句話就好，告訴他現在的敵人到底是誰，也許情勢就會有相當大的改變。到時候，是楢本還是妹尾勝利，完全就靠運氣了。

藤木嘆了一口氣，把收信機關掉。

失去遊戲機所換來的，難道就只有這些嗎？

對了，野呂田應該也有一台遊戲機才對。

藤木開始翻找著野呂田的行李。藍應該是覺得累了，倒在一旁睡得很熟。

幸好遊戲機沒有壞掉，加上四周十分安靜，聲音並不會干擾收信機接收到的品質。這樣一來，不僅可以知道往東行進的野呂田所看到的訊息內容，而且又多了收信機的備用電池。

藤木開啟遊戲機，如果沒有輸入什麼新的情報，應該就會維持最初的畫面，接著出現選單，這樣一來，就可以選擇閱讀以前儲存的訊息了。

但是彩色液晶螢幕所顯示的，卻是個出乎意料的畫面。0到9的數字和二十六個英文字母，以及一行字。

請輸入密碼。

藤木盯著畫面看了幾秒，回過神後就把電源關掉，以避免電池無謂浪費。然後旋即把遊戲機塞回野呂田的包包裡。

藤木搔著頭，腦中一片混亂，思緒無法集中，這個訊息該如何解讀呢？

一大堆的謎題待解，但沒有充裕的時間慢慢思考，到底該怎麼辦是好呢？

現在直接問野呂田似乎不太妥當，只能先把自己剛剛所看到的訊息隱瞞起來。

不單是野呂田，連藍都不能說。

「我一看楢本他們的樣子，就覺得不太對勁。」

野呂田一面吃著巴歐巴布的果實，一面說著。

「你……有看到他們的臉吧？」

藍問他。

「沒有，他們遇到我們的時候，為了不讓我們看見，就用上衣把整個頭包住。當時他們辯稱說是為了防曬和防蒼蠅……」

「那你怎麼會覺得不太對勁？」

「應該是說氣氛或是態度吧！雖然沒露出臉，但是那種異常銳利的眼光，就是教人渾身不對勁……」

「那你們有想過要逃嗎？」

野呂田搖搖頭。

「那時候如果逃走的話，肯定馬上會被幹掉的。我從來都不覺得自己有什麼敏銳的直覺，所以就猶豫了一下，能撿回一條命應該說是幸運吧。」

「你們跟他們一起走了一段時間吧？」

「大概也只有二、三十分鐘左右，他們說要帶我們去有很多食物的地方，楢本和鶴見一前一後，把我和加藤包夾在中間……」

野呂田似乎光是回想就覺得驚悸，不停地摩擦著雙臂。

「不說別的，他們所說的食物，其實就是指我們兩個。他把我們帶到峽谷的盡頭，才正要問他們怎麼回事，一回頭，就看他們兩個人拿出武器。就是用那種大型的求生刀和用尤加利樹削成的槍，抵著我們……逼著我們自己決定誰要先成為他們的大餐……」

野呂田沉默了一會兒，藤木和藍面色凝重的靜默不語。

「加藤先生好像還沒搞清楚狀況，直嚷著叫他們別做這種事……這時楢本微微動了一下，雖然因為包著頭，所以看不清他臉上的表情，但我猜他一定是想像到接下來發生的事而暗自竊喜著吧。加藤先生把手搭在楢本肩上，像是老師在訓誡搗蛋的學生似的，這時楢本的上衣突然滑落，現在想想……楢本可能是故意的吧！」

「故意的……？」

藍無法置信地問。

「因為他們想看加藤先生受到驚嚇的樣子，還有我的反應。結果正如他們所料，加藤先生看到他們的臉後，因為恐懼而僵立在原地……」

三人靜默著。

「然後加藤先生就被殺了，是吧？」

野呂田默默地點頭。

「那你又是怎麼逃出來的？」

這是藤木心中的疑問，看藍的表情似乎也有同感。

「加藤先生當場被槍刺死，我嚇得拚命往前逃，結果鶴見就從後面給了我一刀，我想準是死定了，但是沒想到鶴見並沒有再補上一刀，因為楢本出手制止……」

「為什麼……？」

野呂田苦笑了一下。

「因為他們沒辦法一次吃完兩個人，這是楢本說的。他說在這種地方，肉一下子就會壞掉，雖然嘗試做過肉乾，但是都沒有成功，所以他們想先殺了加藤，至於我的話，就先砍個無法逃得太遠的程度，這是個更好的保存方法，但是他們大概沒料到，我居然還有力氣逃這麼遠吧。」

藤木心想或許不是他們沒想到，不過並沒有把這想法說出來。

「欸……你覺得我們是不是應該告訴他們採集叢林野食和製作陷阱的方法。」

藍很激動，連音量都提高了。

「我之前的想法錯了，就生存遊戲這件事而言，避免互相殘殺比什麼都重要，如果他們知道有別的東西可以吃的話……」

野呂田搖搖頭。

「現在的情況已經不一樣了，已經不是什麼小動物或果實之類的東西就能滿足他們了。他們要的是那種獵殺的快感，而且他們已經嚐過吃人肉的甜頭了。」

「為什麼會變成這樣……」

藍難過地為之語塞。

藤木覺得野呂田的判斷是正確的，整個情況就如字面上所說的，這是一場殘酷的生存遊戲，不是你死就是我亡。不過吃不吃楢本他們倒另當別論。

藤木起身回到峽谷，仔細探查了好幾遍。總覺得光靠收信機追蹤敵人行蹤，並不怎麼可靠。

幸好沒有任何異狀。藤木回到岩穴，聽到藍和野呂田低聲交談著。

因為兩人的聲音實在太小，藤木什麼都聽不到，不曉得藍固執地問著野呂田什麼事。

藤木很好奇兩人的談話內容，正打算走到稍微遠一點的地方，打開收信機竊聽時，藍正好從岩石縫隙中探出頭來，看到藤木，露出安心的表情。

「呼……原來是藤木先生啊。因為聽到外面有聲音！」

藤木點了點頭勉強地笑了一下。

翌晨，野呂田的體力已經恢復了大半，雖然外表看起來像是個文弱書生，不過野呂田似乎原本有著不錯的體格。

看樣子應該可以慢慢開始行動了。藤木戴上耳機，卻從收信機傳來這樣的聲音。

「你之前都跑去哪了？」

「我……只是去那邊的草叢晃一下，好痛！對不起……求你不要再打了……啊！」

「你說……你是不是遇到誰了？」

「沒有！真的，請相信我，啊！啊！」

「那你幹嘛跑回來？」

「嗯？因為我一個人……真的不知道該怎麼辦才好……」

「到底回來幹嘛！明知道一定會挨打，不是嗎？」

「可……可是我膽小啊！一、一個人萬一被攻擊的話……」

「被攻擊是什麼意思？」

「別……別再打了！求求你……」

「我在岩石蔭下看到一具屍體，聚集了好多蒼蠅，看樣子傷得很嚴重，看不出是誰……不過屍體像被什麼啃咬過，你說！你是不是知道什麼？」

「我……我什麼都不知道，真的，我發誓，啊……啊！」

藤木忍不住吞了一口口水，看來船岡已經回去找妹尾了。這麼說，楢本他們應該就在附近了。藤木再次屏住呼吸往下聽。「發生什麼事？」藍悄聲問著。

「是……是狗。」

「在哪裡看到的？」

「就在草叢對面的山岩上，有五、六隻，也許更多吧……之前一直盯著我看，所以我很害怕……」

「你是說，那些野狗吃屍體？」

「這……這我就不知道了。」

「我知道這附近有野狗，可是野狗會故意把屍體藏在岩石蔭嗎？」

「啊！別再打了……求你別再……」

這時有個完全不一樣的聲音，蓋住妹尾和船岡的對話。

「噓！被他聽到腳步聲就完了，安靜點，小心地前進……」

這是楢本的聲音。雖然不知道兩個人的正確位置，不過看來是已經準備襲擊妹尾了。

「你是不是有事瞞著我？說！你這臭小子！」

「我……我沒有啊！」

「在那裡，正對面。看來船岡被修理得滿慘的。」

「你會回來我就覺得不對勁，你最好給我老實說！」

「趁現在來個包夾，你繞到另一邊去。」

「你一直跟在我後面吧？」

「先用彈弓，命中後再用槍。」

「我……我沒有……相信我。」

「別給我耍花樣！」

「趁現在！一次解決，如果失手就麻煩了……」

同時聽到兩邊的對話，總覺得很怪。藤木滿是汗水的手拚命地往褲子上擦，如果可以的話，真想出聲警告妹尾，但是雖然聽得到聲音，卻不知道他們人到底在哪裡。

「你以為我會笨到相信你的話嗎？混帳！」

「喔！好……好痛！」

「沒錯！就是要讓你痛個夠！」

「住手！求你別再打了！」

混雜著妹尾的叫罵聲，收信機裡傳來一陣陣急促的呼吸聲，只是分辨不出是誰的。儼然就像是一步步接近獵物般，猛獸的喘息。

「看你要嘴硬到幾時？給我說！」

「就算這樣逼我，我，我也不知道要說什麼……」

「給我說！」
「嗚……嗚……哇啊！」
「給我說！」
「痛……好痛！好痛！」
「給我說！」
「……住……住手！」
「說！」

這時候，妹尾突然大叫了一聲。是彈弓，藤木直覺反應他們用石頭射中了妹尾。

那是戰爭開始的信號，收信機那頭不斷傳來物體碰撞的聲音，混雜著激烈的怒吼聲，楢本喊叫著什麼，可是聽不清楚他在吼的內容。

忽然一陣淒厲的哀嚎，是那種痛苦難耐的呻吟聲音。

是誰的聲音呢？藤木專心地聽著。因為這場戰爭的結局，關係著藤木他們三個人的命運。

「你……你們……這些怪物！」

那是妹尾的聲音，藤木閉上眼睛。

「不好意思啦！因為你活著只會礙我們的事，所以只有死路一條。」

「……畜……畜生……船岡……你竟敢背叛我……」

「他都被你這樣痛毆了，你還敢說。誰都會想背叛你的……」

楢本笑著說。

「不過你放心，你的死絕對不是一種浪費，因為你就是讓我們活下去的能量。」

「你們這些妖魔鬼怪……竟然吃人肉……」

「囉嗦的傢伙，差不多該叫你閉嘴了！」

碰的一聲，混著淒厲的哀鳴，接著一次又一次的重擊聲，好像是從妹尾的遊戲機傳出來的，大概是楢本或鶴見，接二連三地往妹尾身上丟擲大石塊。此後數分鐘後斷續聽到妹尾的呻吟，不過越來越微弱了。

藤木一陣作嘔。楢本他們完全無視對方痛苦的掙扎，用最殘忍的方式慢慢折磨著。

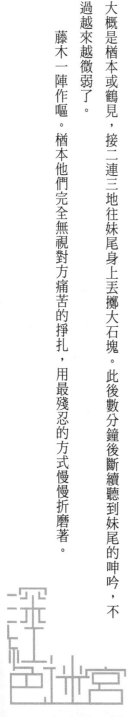

「真是的，一點都不過癮，看來這傢伙也不過個頭高大了點……」

「還……還好你們來了，我差點就被他宰了。」

然後聽到幾聲像連續踢著屍體的聲音，接著是船岡的慘叫，大概是被楢本或是鶴見打了吧。

「天氣這麼熱很快就壞掉了，還不快點動手。」

野獸般的低喃，看來是一種滿足的嚎嘯。然後是一連串金屬物摩擦的聲音。

「喂！喂！你們在做什麼？」

「首先要脫掉衣服，然後從關節切斷，才能肢解手腳……」

「等……等一下，為什麼要這麼做？喂……喂！難不成……！」

「鶴見先生，你看看，這傢伙吃得還真不錯，分量比加藤那老頭多好幾倍哩！」

聲音雖然不是很清楚，不過楢本或是鶴見已經開始在解剖妹尾了，吱吱嘎嘎熟練地切著肉體，有時還混雜著楢本隨興開的玩笑和鶴見的低吟。

「喂！你還悠悠哉哉坐在那裡幹嘛？船岡先生，過來幫個忙啊！」

沒聽到船岡的回應，恐怕早已嚇得縮成一團了。

「你這樣坐享其成不覺得很不夠意思嗎？在這種荒郊野外，沒出勞力可就吃不到東西哩！怎樣？你聽不到我說話嗎？再囂張連你也……」

藤木關掉收信機。

再聽下去也無濟於事，可以確定妹尾已經遇害了。現在遊戲的參賽者只剩下六個人，而船岡被殺也是遲早的事。

如果說，楢本他們真的如字面上所寫，是吃人肉的食屍鬼，那接下來他們準備吃的糧食就是我們三人了。

9

漫長的逃難行幾乎沒有什麼進展。由於帶著身受重傷的野呂田，行進的速度還不到之前兩人速度的一半。

幸好野呂田的血已經止住了，不需要擔心他們會循著血跡追來。只是步行約一個小時，野呂田似乎就有點支撐不住，不得不休息一下。

「不知道他們現在到哪裡了？」

藍憂心忡忡。

雖然妹尾遇害的過程聽得一清二楚，但還是搞不清楚是在哪個方向。

「不用擔心，應該還有一段距離。」

藤木好像是在安慰自己似的。

「楢本他們至少會在原地待上一整天，這段時間，我們盡可能地遠離有血跡的可疑之處。」

「為什麼知道他們不會馬上行動？」

野呂田的聲音十分沙啞。

「從解剖妹尾的遺體到全部吃完，我想應該要花上一段時間吧。」

藍掩著嘴沉默不語，藤木很想打破這種窒息的靜默感。

「再打開收信機確認一下好了，如果他們還在那裡的話，就應該收得到。」

為了避免藍的助聽器和野呂田的遊戲機所發出的電波干擾，藤木只好帶著收信機跑到四、五十公尺遠的地方。

開啟電源一、兩秒後，什麼聲音都沒聽到，藤木出了身冷汗，接著，突然聽到楢本的聲音。

「……怎麼啦？不是肚子餓嗎？吃啊！多吃點！」

「不……不用了……」

「你吐出來的話，我就把你宰了……鶴見先生，你看看他，居然還在裝客氣。喂！過來幫我一下。」

藤木皺起眉頭，他們到底在做什麼啊？楢本應該是在逼船岡吃妹尾的肉，但這又是為什麼？令人一頭霧水。

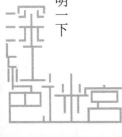

繼續聽了一會兒，還是聽不出個所以然。

藤木索性關掉收信機，回到藍和野呂田那裡。藍疑惑地看著藤木，藤木只是簡單地說明一下楢本他們現在的情況：「他們還在原處沒錯。」

這天終於走了有五公里之遠。天色暗暗的，一副風雨欲來的樣子，必須花點時間找個可以避雨的地方。

藤木離開營地，獨自來到視野良好的空曠處。烏雲密布的天空颳起了風，藤木再次打開收信機。

令人作嘔的饗宴還在繼續著。

像這種天氣，不到明天，妹尾的遺體就會開始發臭，除非先用火或是土窯加熱。

如果將收信機斷斷續續的情報連起來，楢本似乎已經用盡像是火柴或打火機之類所有可能拿來升火的工具，何況往南的路徑所得到的多半是糧食，幾乎沒有什麼求生用具。

如果是原住民的話，應該會用摩擦木頭的方式來升火，看來楢本他們不具備這些知識。

這樣的話，他們可能明天一早就會啟程尋找新的獵物。

至少好一段時間，他們都能專心尋找下個獵物了，畢竟享用了一頓血腥大餐，外加帶著備用糧食……

藤木越想心情越糟，索性把電源關掉。

拚命地想要安慰自己，絕對不會有事的，應該不會被逮到的。

就算這些人已經成了失去人性的猛獸，也不可能像野生動物一樣，具有人類不可能會有的靈敏嗅覺。況且想在這猶如迷宮的班古魯班古裡輕易追蹤到藤木三個人，畢竟是件不太可能的事。

再說，藤木握有收信機這項祕密武器，楢本就算計劃得再周詳，作夢也不會料到他們的一舉一動，早就在別人的掌握中。

但是，就算握有再多優勢的條件，心中的不安還是揮之不去。

藤木總覺得自己似乎忘了什麼最重要的事，不知所措。

隔日一早醒來，下了整整一個晚上的雨終於停了。

但總覺得有種異樣的感覺。一股焦味，奇怪的光線，而且很熱。

抬起頭查看，眼前出現了一堆篝火，野呂田丟著枯樹枝，火上串著一個看起來像是大蜥蜴的動物，身軀為黑底白網狀，只有眼睛跟尾巴部分是紅色的，大概是壁虎那一類的生物。

「你在做什麼？」

藤木跳起來衝向火堆，拿起表面已經烤得差不多的壁虎，發狂似地踩著，對著一旁發愣的野呂田大吼大叫。

「你這白癡！是誰說可以生火的？」

「……我起來時，偶然抓到這隻蜥蜴，想說這東西至少可以烤來吃……」

「你到底在想什麼啊？你知不知道烤東西的白煙，可能會成為敵人辨識我們所在位置的一種標記！」

「對不起，因為我想這麼小的火……而且天氣陰陰的，應該不會太明顯才對！」

「這麼危險的事，你為什麼要自作主張？」

「對不起，真的很抱歉。」

野呂田直賠不是。

藍被吵醒了。

「發生什麼事啊？啊，營火……？」

說明事情的原委後，一瞬間，藍的眼神中閃現露骨的疑惑。

問題在於有沒有被楢本他們發現。藤木十分擔心，趕緊抓起收信機往外跑，一邊走一面打開電源。

什麼都沒聽見。

藤木面無血色，趕緊抓起耳機塞進耳朵。

只聽到什麼也沒收到的雜音，這並不是因為收信機故障或者電池沒電了。

楢本他們已經出發了。

雖然剛才莽撞的行為被發現的機率是一半一半，但是絕不能掉以輕心。

「我們現在就出發！」

藤木一面背起包包一面說，沒有時間多做其他說明了。

三個人繼續默默往前走。

總覺得鞋底好像黏到什麼東西似地，藤木低頭一看。

這附近腳下所踩的不是班古魯班古常見的砂礫，而是那種軟軟的紅土，經過一整夜雨淋，這土質已經變成黏土狀了。

看到一個個印在地面的足跡，藤木徹底地感到絕望。

要一面消除足跡一面前進，根本是不可能的事，如果楢本他們真的被煙引到營地，再跟著足跡一路循來的話，對藤木他們而言，真的是無計可施。

而且足跡不僅可以指示獵物逃往的方向，對獵人而言，還可以從足跡裡，得到很多關於獵物的情報。

譬如有多少人？男的女的？有幾個人是健康的？幾個是有病的或受傷的、體力弱的……

藤木望著天空，如果這時可以下場雨該多好，來場能把血跡、足跡全部清乾淨的豪雨吧……

但是天公不作美，一掃昨晚下著毛毛細雨的陰霾，今天應該會是個陽光普照的好天氣。

這樣下去，遲早會被抓到的。

當然丟下野呂田不管的話，或許還有逃命的機會。而且都到了這種生死關頭了，哪還顧得了別人的死活，更何況會變成這樣都是他的責任。

但是藤木知道自己沒辦法這麼做，或許是因為過於天真吧，即使到最後也無法做出這麼絕情的事。

到底該怎麼辦才好呢？

藤木深深地嘆了一口氣。

答案只有一個，跟他們拚了。只是自己之前都在抗拒這個事實，但是事到如今……

「藤木先生，你看！」

藍的聲音把藤木拉回現實，前方連綿的山谷中有個細縫。裡頭像是用巨刀劈成V字型的山谷，底部非常窄，除了茂密的雜草外，還有像圍牆一般的橡膠樹。

「如果穿過這裡的話，或許可以通往另一邊吧？」

正如藍所說的，從入口處看過去，這V字型的山谷似乎一直通到相當遠的地方，也許是山岩的另一邊也說不一定。

「但是如果足跡在這裡就消失了的話，他們不就知道我們進去這裡了嗎？」

「我想不會。」

因為今天早上闖下了大禍，始終保持沉默的野呂田終於開口了。

「你們看，再往前一點就比較不那麼泥濘了。我們只要把足跡留過去一點，然後再小心翼翼地折回來……」

「但是在折回來的時候，不是又會留下足跡嗎？」

「只要踩在之前的足跡上，往後退著走就行啦！」

「原來如此……聽起來好像行得通。」

藍似乎已經完全準備好這麼做了。

但是藤木不知為什麼還是有點猶豫，自己也不知道原因何在，但是直覺告訴他一定要迴避那個V字谷。

V字谷……V字母……

藤木像是想到什麼似地，突然大叫了一聲，這個山谷的形狀或許就是代表著毒蛇的記號。到目前為止，都還沒遇到這個警告記號，所以藤木一直很介意，總覺得應該是個看板或標示之類的東西，但若真是如此，也未免突兀了些。

如果是自然形成的V字，不曉得毒蛇警告這件事的人可能就直接闖進去了。在提供情報時，加上「V就是Venomous Snake的縮寫」描述，讓人先入為主認為會出現英文字母。想要活下去，就必須對每件事存疑，並且切實地讀出它所隱藏的真實涵義，這就是遊戲主辦人陰險的惡趣味。

「我覺得還是不要走進去比較好。」

「為……為什麼？」

藍很不高興地大叫著，經過藤木解釋後，馬上一臉僵硬。

野呂田也是，一臉無法置信地看著V字谷。

「不過野呂田剛剛所說的妙計，倒是可以反向利用。」

「什麼意思？」

「我們從這裡再往前留下兩層腳印，走到下面是岩石，不會留下腳印的地方為止。」

藍張大嘴巴看著藤木，過了一會兒，才露出恍然大悟的神情。

「原來如此，把他們引誘到有毒蛇的山谷，是吧？讓他們誤以為我們進到山谷中……」

「不知道行不行得通，不過試試看也不會有什麼損失……」

事到如今，對於設計陷阱來加害別人的事，已經沒有什麼感覺了。

「盡量不要很明顯地看得出有兩層腳印，例如在某個地方，稍微晃動一下會比較好。」

藤木十分贊同野呂田的提議。

「這是什麼啊？」

藍似乎發現了什麼似地，大叫著。

深紅色山岩的表層上，浮出如文字般的白色線條，像是用粉筆寫上去的，彷彿是參賽者所踏遍的足跡，彎曲、交錯，盡是些繞來繞去的曲線……像極了8這個數字。

到這裡已經完全沒有懷疑的餘地了，藤木從口袋中拿出筆記本確認。

「排名第8是……南棘蛇（Death adder）。」

筆記上面還有藍從遊戲機上畫下來的素描，巨大的楔形頭部，粗壯有力的身軀，任誰看了都會對牠是毒蛇一事不疑有他吧。尤其配上普拉提那句「長長的毒牙，毒液強力無比」令人印象深刻的形容。

離開V字形入口後，又繞了幾條路，藤木決定找一個隱蔽處暫時落腳。如果因為害怕，隨便亂逃的話，只是一種盲目的自殺行為。正因為這種非常狀況，好好休息並攝取足夠營養，保持充沛的體力才是最重要的。

附近的地形相當複雜，而且水邊長滿了茂密的樹群草叢，看來動物群應該相當豐富。

三個人決定分頭覓食，因為還剩很多釣魚線，藤木就在水邊布下抓蜥蜴的圈套陷阱。

但是做陷阱也是有利有弊，如果被楢本他們發現的話，馬上知道三個人的行蹤了。

因此陷阱只設於三處，而且避免做那種會將獵物吊得高高的，明顯讓人一眼就發現的彈簧陷阱類。

藤木穿過灌木叢回到營地時，發現一處布陷阱的絕佳場所。藤木突然想起普拉提說過的話：

「陷阱大致上可分為三大類：圈套陷阱、掉落陷阱、還有長槍陷阱。只要不是抓大型動物的話，圈套陷阱就足夠應付了。但是剩下的兩種陷阱，也許在後面也會用得到，所以最好還是熟悉一下做法，至於會用在什麼東西上，這你們慢慢就會知道。」

到目前為止，藤木實際做過的只有三、四種圈套陷阱而已，以獵捕大型動物為主的掉落陷阱，或是長槍陷阱之類的，因為規模大、花時間，加上並不是很實用，所以不曾考慮過。

但現在情況不同了。

如果楢本他們把我們當成獵物，我們也不得不反向這樣對待他們。

存在遊戲機裡面的訊息，因為電池被拔掉而全部消失了，所以留下來的只有簡單的筆記和藍所畫下來的一些圖片。研究過二十種以上的陷阱後，他決定選擇最單純的坑洞陷阱及弓箭陷阱。

藤木看了看手錶後打開收信機。不期然冒出一個聲音，嚇了他一跳，但那並不是楢本他們的聲音。

「……這應該是叢林番茄。」

「原來如此，吃的東西目前基本上根本不缺乏。」

「但是已經吃得有點膩了，真想趕快回日本吃一頓像樣的食物。」

「再忍一下下就好了。」

「你怎麼知道？」

「也沒有什麼理由。」

「你是不是其實知道很多事？」

「……這是什麼意思？」

「別裝了，你就是遊戲的主人吧？」

「我不懂妳在說什麼……」

是藍和野呂田的聲音，對話只進行到一半，推斷他們應該是剛採完果實類的食物準備回到營地，是離這裡距離約有一百公尺以上的地方。

這是怎麼一回事呢？這對話的內容有點奇怪，藍所說的遊戲主人到底是什麼意思呢？最不可理解的是，居然收得到他們的對話，從遊戲機發出來的電波非常微弱，照理說，這樣的距離應該是收不到的。

唯一合理的解釋是，這附近藏有轉播器，而且電磁波相當強，因為營地附近並沒有什麼可以隱藏機器的地方。

藤木四處搜查，正想放棄時，不經意地往山岩上一瞧，意外發現一個可疑物。

藤木拿起望遠鏡確認。透過鏡頭清楚地看到山頂上插著兩支天線，而且比在螞蟻窩的要大上好幾倍，也許是主要的轉播器也說不一定。

如果太在意這轉播器，也許會觸怒遊戲的主辦人。而且就算確認過，又能怎麼樣呢？

藤木回到避難處，將兩人帶出來，三人開始在樹叢中動手做陷阱。

坑洞陷阱的洞穴部分並沒有什麼特別的方法，只是在地面上挖一個很深的洞，在底部鋪滿尖尖的刺檜樹枝，再用木頭或草把洞掩蓋起來。

至於弓箭陷阱的話，就複雜且危險得多了，製作時必須非常地謹慎才行。

藤木叫野呂田和藍把強韌的尤加利樹嫩枝先彎好，再用三股釣魚線編成弓弦，就成了一把簡易的弓。

接下來再用枯乾的刺檜樹幹，作成類似箭，或者應該說比較類似槍的東西，搭在弓上，然後不斷測試，直到可以直線射出的程度。

然後把弓拉滿，設置好槍。用來固定弓的東西，是用短樹枝所作成的觸動開關，只要將釣魚線往右方拉，就可以瞄準右正前方，獵物只要一勾到側面或是正面的線，馬上就會被射出的槍刺個正著。

等陷阱做好後，已近黃昏。布下的圈套陷阱已經抓到了小型有袋類動物。

因為生火實在太危險了，白天是煙，晚上則是火堆的光芒，兩者都可以從很遠的地方看得一清二楚。

不得已只好生食。如果殺了之後馬上吃，應該就不會有食物腐敗的疑慮，雖然還是有寄生蟲的問題，不過現在也只能睜一隻眼閉一隻眼了。

迎著朝陽，藤木在筆記本中寫入一個新的記號，迎接遊戲開始後第二個禮拜的早晨。

當然第一件事，就是打開收信機。走出營地，打開開關，突然從耳機傳來談話聲。

「天漸漸亮了……我們可以稍微休息一下，那些傢伙應該不會跑太遠，不用緊張。而且我們還帶著便當，今天或明天晚上再追過去就可以了。」

接著是有如鬣狗一般的低鳴聲回應著他。藤木緊張得連自己的心跳聲都聽得一清二楚。

「快給我過來，船岡，是誰害我們走這麼慢的啊？就是你這拖拖拉拉的傢伙，你覺得應該要怎麼樣報答我們讓你活著的恩情？」

船岡雖然沒有任何回應，不過似乎還活著，也許是因為驚嚇過度講不出話了吧。收信機所聽到的都只是楢本的聲音，像是一齣詭異的獨角戲。

他們現在會在哪裡呢？如果收得到信號的話，肯定是在有轉播器的地方，是哪裡的 Check Point 呢？還是……

「就在那山腳下休息一下子好了……船岡，放心，我們很能忍的，已經習慣空肚子了，你說是吧？鶴見先生。」

楢本接下來的話，著實讓藤木嚇呆了。

「喂！你看看，山上立著兩根棒子……應該是天線吧？」

楢本所說的天線，應該就是眼前山頂上那兩根。他們馬上就要往這逼近了，而且是在毫無預警的情況下……

會從哪裡突襲呢？從前面還是後面？

「雖然不知道是什麼鬼天線，不過待在正下方可能對健康不是很好，不是有暴露在電磁波下，容易得癌症的說法嗎？船岡你認為如何？不想十年後死於癌症吧？當然我是指如果你可以活到那時候的話……嗯哼，沒辦法。這裡的洞穴應該是最大的了。」

可以確定的是，他們待的地方並不在這附近。

藤木深吸了一口氣，想辦法讓情緒穩定下來，終於能掌握到一些現況。

他們肯定是在山岩的另一側，而且是在天線的正下方。

原本的假設是他們從後面追過來，雖然後方有V字谷及陷阱，但如果是平行切過來的路徑，那所有防衛線就全部無用了。

藤木抬頭望著那唯一的遮蔽物，猶如巨大屏風的山岩緊密相連著。所以他們如果要到這邊的話，不管怎麼繞，都得花上一段時間，所以目前和他們還算保持著安全距離。

但光想到跟他們之間的直線距離只有四、五十公尺，膝蓋就忍不住顫抖。

……想看看他們的樣子。

雖然和他們已經沒什麼好談的了。

現在已經找不出任何理由，來懷疑收信機訊息的正確性，但似乎在不切實的恐懼中，不應該什麼都相信才對。

聽覺上收到聲音訊息雖然安心了一點，但沒經過自己眼睛所確認的事，是不可信的。

山岩雖然很陡，但要攀爬也不是不可能。

藤木深深地嘆了一口氣，覺得自己的想法實在很天真，遊戲的主辦人已經警告過嚴禁攀爬山岩，何況設有天線，如果違規的話，不曉得會受到什麼樣的懲罰。再說班古魯班古的岩層結構異常脆弱，如果爬上去根本就是一種自殺行為。

藤木的心裡響起一個聲音：千萬不要冒那麼大的險，看到他們後又能怎麼樣呢？

不如趕緊離開這裡比較好。他們好像晚上才要行動，看來繞過這山岩起碼還得花個半天以上，所以必須把握時間，能逃多遠就逃多遠。

話是這麼說，當下藤木卻沒有移動半步，他已經下定決心要看看他們的模樣。現在打算等到心跳回復正常之後再出發。

等藍和野呂田起來後，藤木就分派他們去取水和檢查陷阱，這些工作都要花上一段時間。確定已經看不到兩個人的身影，藤木就開始爬上山岩。

小心翼翼地確定好所踩的每一步，白色部分的土質最脆弱，至於橘色或黑色部分，只是表面覆著一層較堅硬的物質，也無法教人放心。總之沒有一個地方可以完全支撐住全身的重量。

只能不斷地鼓勵自己，絕對可以的，一定可以的。

以前看過法國業餘好手攀爬峭壁的驚險畫面，完全沒有任何支撐點，就靠著一條縱走的龜裂縫隙，手腳並用沿著近乎垂直的山壁一步步往上爬。

可以爬上這種地方的哺乳類生物，除了人類以及猴子，應該就沒有了吧。在完全不使用任何道具的情況下，只能靠著人類的意志來創造奇蹟。

藤木不小心低下頭，下半身就開始發軟不聽使喚，就像一隻重心不穩的壁虎貼在岩壁上似地，靠的只是那一點點的平衡感與岩石表面的摩擦力。

藤木感覺自己好像已與班古魯班古的山岩融為一體，因為不單是四肢，全身和岩石表面摩擦著，渾身早已血跡斑斑。

手終於摸到了山頂。

手腕肌肉早已無力，指尖還淌著血，不過總算是爬上來了。

眼前就是天線，電纜的前端有個像是轉播器的東西。

爬到山頂後，藤木依然保持著低姿勢，偌大的風聲在耳邊呼嘯著，雖然是一大清早，但是刺眼的光線照得背好熱，風則吹得衣服啪啪作響。

站在這制高點，班古魯班古的美景盡收眼底，彎曲的山岩迷宮延續到遙遠的另一頭。有一隻大老鷹在另一邊的山頭上盤旋著。

除了眼前這兩根天線外，視野所及之處都不像是人造物。

藤木小心翼翼地往下看，另一頭真的就是教科書中所說的那種斷崖峭壁。

就在那裡。

人類對正上方的視線感覺特別遲鈍，但是他們這麼簡單就注意到天線，可見反應異常敏銳。

先確定太陽光的角度，怕望遠鏡的反光會引起他們的注意，藤木將鏡頭放大一百二十倍，他們的臉立刻看得一清二楚。

藤木不自覺地打了一個寒顫。

即使已經沒吃ＦＳ餅乾了，但是橋本跟鶴見的面貌還是不斷地改變。

突出的眼球閃著銳利的光芒，他們幾乎不眨眼，嘴邊吐著白沫，口水不斷滴落，像是顏面神經失調一般。

最令人驚訝的是，覆蓋在他們頭上的無數個腫皰。

大概是因為吃得很飽了，所以看起來精力旺盛，嘴唇像抹過血般的鮮紅，但是上面覆蓋滿了八大塊像是大面皰的東西。那個樣子，讓人直接連想到頭上黏滿藤壺的座頭鯨。

仔細看的話，身體的其他地方，甚至連指甲都出現相同的異變。

藤木腦中浮現一句諺語——自食惡果。

也許是因為連續吃了很多不應該吃的東西後，引起賀爾蒙異常。或者是因為攝取了過多儲存在人體中的高汙染物質所造成的結果。

不管怎樣，他們與其說是人，不如說已經完全變成了食屍鬼的模樣了。

坐在一旁的船岡，看起來也很悲慘。頭髮幾乎掉光，只剩東一撮西一撮的，有可能是飢餓性脫毛症，或是自從被楢本他們囚禁後，壓力過大所造成的吧。

船岡雙手被銬著，脖子上還綁著繩子，繩子的一端由鶴見握著，所以根本沒有機會逃走。船岡的肚子脹得大大的，應該不是所謂的慢性飢餓狀態，想必是楢本他們硬是把妹尾的肉塞到他胃裡的緣故吧。

藤木又從耳機裡面聽到聲音。

「……如果朝那陣煙的位置一直往南走的話，應該馬上就到了，搞不好他們會比我們先到吧？」

鶴見好像在回答什麼，可是藤木的耳朵只聽到野獸般的吼叫聲，第一次同時看到他們的樣子和聲音，藤木有種從背脊直涼到頭頂的感覺。

「鶴見先生說得沒錯，我們應該加快腳程，再這樣下去只會讓他們逃得更遠，看來還是先減輕點負擔吧。剛好肚子也餓了……」

藤木想再稍微探出身體的時候，右邊的岩石忽然崩裂，重力加速度地滾落山崖。

他倒吸一口氣，整個人往後退，不過已經太遲了。

藤木從山崖滾落回原來的道路上，期間齒間不斷發出喀喀的聲音。

最後所看到的影像仍燒灼在視網膜上一般，一直揮之不去。

抬頭望著自己方向的楢本，那得意的笑容，那眼神。

巨大的眼白浮現出一道像青蛙蛙卵般細小的彩虹。

從山崖上跌下來之後，藍和野呂田用一臉難以置信的表情看著藤木。

「你到底在幹什麼？居然偷偷地爬上山崖？你瘋了嗎？」

「遊戲的禁止事項中不是寫得清清楚楚嗎？」

一看到藤木的臉色後，兩個人立刻閉上了嘴。

「馬上出發。」

「咦？怎麼了？」

「他們就在這山岩的另一邊。」

只要這句話，兩個人就什麼都明白了。

「但是要往哪裡逃？」

藤木望一望整個峽谷，兩邊都是沒有縫隙的山岩，只有往前和回頭兩種選擇。

「他們打算往南邊超過我們。」

「這樣的話，我們還要折回北邊嗎？」

藤木想了想，我們的行蹤鐵定被楢本他們發現了。但是不知道說要往南邊走是不是故意說給我們聽的。

答案是否定的，只要他們不知道遊戲機裡裝有竊聽器和收信機這玩意兒，就不會覺得山岩上的男人可以聽到他們的對話。

這樣的話，折回北邊是最好的選擇。

突然發現耳機傳出聲音，原本拚命逃跑所以忘了關上收信機。

原本正要關掉收信機，但是藤木改變主意，戴上耳機。

「在這裡吃便當吧。鶴見先生你肚子應該餓了吧？便當啊，便當……嗯，怎麼了？船岡，你怎麼在哭？啊！我知道了。你也想吃便當是吧？但是不行，你應該知道為什麼吧？因為一個人是沒辦法扮演兩個角色的。」

傳來一陣令人不寒而慄的笑聲。

「鶴見先生，準備一把刀子就可以了，這傢伙應該比較好處理，不過肌腱好像比較硬，不太好切。」

可以聽到船岡的啜泣聲，越來越大。

「雖然不知道是誰，不過好像有人對我們的大餐很感興趣哩！既然這麼想看就讓他們看個夠吧。最好透過天線播放到全世界……」

藤木鬆了一口氣，原來楢本誤以為他是設計這遊戲的人，不過想一想，好像挺理所當然的。楢本他們一直覺得有人在監視他們，而且也知道不能爬上山岩的禁忌。所以應該不會聯想到是自己想抓的獵物出現在眼前。

「怎麼啦？現在才後悔得悲痛欲絕嗎？是不是想如果不背叛妹尾就好了？是沒錯啦！妹尾至

少不會把你當便當吃了，但是你也是因為吃了妹尾的肉才變得這麼肥，看起來很美味咧……」

楢本又是一陣狂笑，藤木覺得很噁心，他硬把妹尾的肉塞入船岡嘴裡，原來是要將船岡當成活體倉庫。

「別擺出一副無辜的表情嘛！我們可不是有這種特殊癖好，只不過想讓你覺得更害怕，因為你是我們的便當，便當就要有便當的樣子。害怕了嗎？太好了，你可以更恐懼一點，這樣一來，你的血液裡就會不斷釋放出腎上腺素，口感會更棒哦！你知道嗎？為什麼獵物會比家畜更美味就是這個原因，我們的祖先都是這樣嚐到真正的美味……」

「救命啊！求求你們別殺我……我家裡還有個四歲的女兒……」

聽著船岡那痛不欲生的求饒聲，鶴見開始狂笑，野獸般的低吟聲一下子又回到人類的笑聲，令人毛骨悚然。

藤木關掉收信機，因為再聽下去也沒用。

現在，遊戲參賽者就要從六個人減為五個人了。

最後，藤木一行人決定繼續往南前進。如果再往北的話，雖然可以暫時拉開距離，但是只怕維持不了多久。

楢本跟鶴見今天應該都會將時間花在解決船岡的遺體，就算要行動也是等到晚上，這段時間繞過南邊，超過他們應該是最佳選擇。

走了約莫三十分鐘後，發現了一個山岩的縫隙，形成一條西向的小通道，可以通往楢本他們所在之處。

南下的決定果然是正確的，如果往北的話，楢本就會先通過這裡，很容易就會被他們追上。

在楢本可能會經過的地方，必須非常小心盡量不要留下任何腳印或是痕跡。不得不留下大量足跡的地方，就做出一部分往北的足跡，雖然不知道能不能迷惑他們，藤木只能抱著一點期待。

太陽下山了，三個人決定不休息繼續行進，因為天一黑，楢本他們也許就會開始行動了，所以現在盡可能將距離能拉多遠就拉多遠，一直走到前方是死路為止。

果然日落後沒多久，收信機就收不到楢本他們的聲音了，想必他們已經急著上路了。

「他們該不會往這個方向追來吧？」

聽得出藍心中極度的恐懼。

「不知道，不過先往北走就是了。」

問題是，感覺好像在繞回頭路。

「他們的移動速度一定比我們快。」

野呂田悄悄地說。

「之前因為帶著船岡，所以前進速度比較慢，不過現在沒什麼好顧慮的了……」

「別再講了，光想這些也沒有用啊。」

「不……對你們來說我是個包袱，如果只有你們兩個的話，應該可以走得更快的。」

「你想說什麼？」

藍忍不住提高了聲音。

「你們不要管我，先走吧。」

藤木不敢相信野呂田說的話。

「……但是，你要怎麼辦？」

「我想再跟他們談一次。」

「你在說什麼啊？你應該最清楚他們根本就無法溝通，不是嗎？」

野呂田停下腳步。

「總而言之我想試試看，我不想再給你們添麻煩了，你們先走吧。」

藤木嘆了一口氣。看來他已經下定決心赴死了，但難道就眼睜睜地丟下他不管嗎？

但是內心卻浮現另一個冷靜又透徹的想法。這可以說是個求之不得的計畫，這樣下去的話，鐵定三個人都會完蛋，如野呂田所說的，他們沒有牽絆就可以行進得更快。而且最好的情況就是，當楢本他們得到野呂田這獵物後，就不得不停下腳步。
「其實你心裡根本不是這麼想吧？」
藍的聲音，充滿了露骨的疑惑。
「我不懂妳的意思……」
「你是想救自己吧。你一定知道有什麼獲救的方法，是吧？」
「……我不懂妳的意思。如果我真有辦法的話，我們三個人早就……」
「不是，是只救你一個人的方法。」
藤木看看一臉疑惑的野呂田，又看看藍那盛怒的臉，雖然藍說的話聽起來有點像在找碴，但或許是真的。
「我不太明白……什麼意思？」
「你問他啊，因為他就是遊戲的主人。」
遊戲的主人……這句話早上也聽過。
在ＲＰＧ遊戲中，負責遊戲順利進行的人就稱為主人。除了熟知遊戲規則外，還可以偽裝成遊戲領導人，分配每個人的工作，讓遊戲順利進行，必要時還可以隨時增訂新的遊戲規則。
但是說野呂田是遊戲的主人，到底是怎麼一回事？
藤木納悶的是，為什麼藍會知道這個名詞，在說明《火星的迷宮》時，藍似乎對遊戲書或是

RPG這類東西，一點概念也沒有。

「妳一定對我有什麼誤解。」

野呂田保持冷靜的口吻。

「我沒有誤解。打從一開始就是你安排這場遊戲，如果你不是遊戲的主人，就不會在一開始全員集合時，那麼主動地扮演領導者。」

藍的聲音越來越激烈。

「妳所謂的遊戲主人到底是指什麼？該不會是只有妳知道，而我們不知道的事吧？」

「別再裝蒜了！」

藤木想起打開野呂田的遊戲機時，所出現的「請輸入密碼」字眼。

難道這就表示他是藍所說的遊戲主人嗎？不過至少就感覺而言，野呂田的狀況和其他的參賽者的確不太一樣。

「最可疑的就是升火那件事，在那樣的情況下，可以很自然地作出這麼危險的舉動，我想你也不是笨蛋吧？」

「妳是什麼意思？」

「分明就是故意讓楢本他們知道我們的所在位置！」

藤木思緒一片混亂，一時之間的確浮現了許多的疑問，但有些地方還是有點矛盾。

「這麼做，對野呂田有什麼好處嗎？連自己的生命都受到威脅了，不是嗎？」

「總之一切都是為了遊戲。」

藍的口氣十分堅定。

「如果我們都逃到很遠的地方的話，遊戲就會變得單調無趣，至少**有人是這麼想的**。然後偷偷下指令給真正的幕後主使者。」

「指令？」

「胡說八道，妳也太疑神疑鬼了吧，簡直不可理喻。」

野呂田搖搖頭。

「周圍任何一個人都有可能是被懷疑的對象，會參與陷害自己的陰謀，也不能說不會有這種可能性，可是我……」

突然間，一陣尖銳的聲響劃破了夜空，打斷了野呂田的話，大家的視線集中在距離約四、五公尺遠的地面。

藤木一瞬間也搞不清楚到底發生了什麼事。只見地面莫名其妙地插了一根細長的棒狀物。

太陽下山後已過了整整兩個小時，因為是新月，所以射進谷底的只有微弱的星光。藤木本能地回頭望著谷底，眼前是一條漫長無盡頭，伸手不見五指的漆黑路徑。

走近一瞧，原來是支長約四十公分的長箭。

「是弩槍……」

藤木茫然地喃喃自語。

難道這麼快就追上來了不成？這樣一切不就完了。看來楢本殺了妹尾和船岡後，就帶走他們所有的武器。

而藤木他們手邊有的僅是一把小小的柴刀、特殊警棍，還有催淚瓦斯而已，如果要對抗的話，絕對沒有任何勝算。

但是等了一會兒，還是沒有看見半個人影。

等等，如果是那種高性能的弩槍，起碼有一、二公里遠的射程。也許他們是從很遙遠的地方發射，所以根本沒有瞄準任何目標。如果真是這樣的話，就還有點希望……

但是藤木的一線希望，下一秒鐘就被粉碎殆盡。

「喂！等等！是我，野呂田！我有話跟你們說！」

野呂田突然拚命狂叫起來。

一片漆黑中沒有任何回應，但可以確定的是，他們絕對有聽到。

「我們走吧！」

藍抓住藤木的手腕，藤木才回過神來。

「現在只能逃了！快！」

兩個人死命地往前跑，沙礫發出雜沓的腳步聲，因為四周一片漆黑，所以跑起來格外驚險。只要踏空一步可能就會跌得傷痕累累，但是比起後頭追過來的恐怖，這點辛苦根本就微不足道。

「喂，你們聽到了嗎？我想給你們一些建議！相信我，請你們聽我說！這遊戲已經……」

原本持續大聲喊叫的野呂田，突然間安靜了下來，回頭一看，野呂田的腰像要化掉似的，整個人癱倒在地上。

因為隔著一段距離，所以聽不太到什麼聲音，也沒看見他身上是不是插著箭。

藤木發現自己居然鬆了一口氣，對自己的冷酷無情感到噁心。但是如果他們放了野呂田的話，自己絕對無法逃出他們的手掌心。

如果楢本他們能停下腳步就好了，他們應該不會眼睜睜看著新鮮的肉就這樣腐爛吧……

兩個人在漆黑的谷底拚命地往前跑，宛如一場惡夢在現實中上演。

恐怖的感覺讓雙腳越來越沉重，藤木只能死命地鞭策自己。

絕不能死在這種地方，要死也要回日本再死。我可不想死在這種鬼地方，莫名其妙被殺死。無論如何，就算死，也要死得有意義。

楢本他們隨時會從漆黑中竄出，但是過了許久，都沒有聽到什麼可疑的腳步聲。

藍痛苦地喘著氣，藤木也停下腳步，完全不知道已經跑多遠了。

藤木往後張望著，什麼都看不到。

如果那兩個餓鬼不那麼急，一定是有把握可以追上來。

隱隱約約隨風傳來楢本那刺耳的笑聲，像是朝著這邊大喊著什麼似的，但就是聽不清楚，既然聲音還那麼遠，就表示他們還留在射殺野呂田那附近。

「他們故意的……」

藍恨恨地說著。

「竟然會覺得獵殺他人是一件快樂的事。」

楢本很清楚自己的聲音對獵物會產生什麼樣的心理影響，知道自己所佔的優勢摩拳擦掌準備玩一場捉迷藏遊戲。

當藍調整好呼吸，正準備繼續往前走的時候，藤木忽然抓住她的手，這舉動讓藍嚇了一跳。

藤木將手放在唇邊，左手指著山岩。

「你的意思是……爬上去？」

藤木點點頭。連自己腳底下都看不清楚的黑夜裡，要爬上有如砂糖糕點般脆弱的班古魯班古山岩，怎麼想都是一種瘋狂的舉動。

也許是一種直覺吧。總覺得那是唯一的活路，現在非得這麼做不可。

「真正的勝算就是瘋狂」，這句話掠過藤木的腦海，這是一個取代遊戲理論的新理論，記得曾經在雜誌上看過關於戲劇性理論的解說，如果只扮演一個按照合理、理性選擇來行動的遊戲者，絕對沒有任何勝算。

很意外的藍並沒有反對，完全聽從藤木的判斷。她很了解沒有多餘的時間可以討論辯駁了。

之所以會選擇左邊的山，是因為它的斜度不是很陡，而且山壁上有幾個突出的岩棚，可以一邊爬一邊休息。

藤木已經有過一次攀登的經驗，多少抓到了攀岩的要領。張開四肢，緊緊地貼著山壁，慢慢地橫身前進，抓到比較容易爬的地方後，就攀住岩石，用雙腳內側緊貼著岩石的表面，將身體往上拉，雖然手臂不是很有力量，但是多虧這兩個星期的驚險之旅，體重迅速減輕了不少。

藍很快地從後頭跟上來，就女性而言，她手長腳長又有肌肉，算是運動神經相當發達的人。後面時而傳來楢本的聲音，哼著像在笑又像在唱歌般奇怪的調子，似乎還沒有打算接近這邊，或許正在進行野呂田的遺體解剖作業。

但是總覺得有點不太對勁，楢本為何一直不停地吼叫著？

兩、三分鐘後，兩個人終於爬到了高約十五公尺左右的岩棚上，俯身往下望的藍，嚇得倒抽了一口氣。

藤木也將視線移向谷底，全身頓時僵直。

那裡有個駝著背的男人身影，雙手拿著弩槍與求生刀，無聲無息地出現在黑暗的谷底。

看來這男的在藍與藤木發現之前，就已經在那裡了。

又聽到楢本奇怪的叫聲從遠處傳來。

原來如此，藤木終於明白了。

原來楢本想用聲音來鬆懈藤木他們的警戒心，讓他們以為楢本兩人還在很後方，然後在他們放慢速度的同時，鶴見就瞬間逼近殺個正著。雖然這技倆稍嫌愚昧與單純，但藤木他們差一點就中計了。如果沒有採取爬上山岩這種出乎意料的手段，就真的就被他們追上了。

藤木對於自己居然敢輕易地打破遊戲禁忌，也覺得有些不可思議。或許算是無意間識破那兩個傢伙的陷阱吧。

兩個人幾乎同時停止呼吸，趕緊縮回身子。鶴見的注意力好像完全集中在前方，並沒有將視線落在岩壁上，以極度安靜的腳步聲，大步大步地往前進。

直到鶴見的身影消失在前方的黑暗中，約莫一分鐘後，藤木和藍才開始繼續往上爬。

原本是打算在岩山頂上行進，看看能走多遠，這樣的話，又出現了二選一的抉擇。

往前走還是掉頭往回走。

因為對手行進的速度比預想中還要快太多，可行的路只有一條。

就算必須直線穿越楢本他們正在等待獵物上門的地方不可。

天色未明，兩個人終於抵達了目的地。遠方的山頂上插著兩支大大的天線。

選擇在這裡休息的理由有三個。

第一，這裡適合紮營。第二，有天線的話，收信的效果會比較清楚。第三，通往營地的灌木叢中有之前做好的一些陷阱，不管是洞穴或是弓箭，經過確認後都還保持原本的狀態，可見這附近應該沒有任何會落入這種陷阱的大型野生動物。

一鑽進避難處，兩個人就依偎在一起小睡片刻。

因為收信機一直都沒有傳來任何聲音，藤木覺得不對勁，所以決定還是開著電源，而且戴上耳機，當楢本或鶴見逼近的時候，就可以有所警覺。雖然會消耗極大的電量，但是也顧不了那麼多了。

內心深處總覺得他們應該不會這麼快就追上來。

徘徊在夢境與現實間，身體雖然在休息，但強烈的危機感卻逼得他無法完全進入夢鄉。

就像是將清晰的夢境與白天所看到的幻覺，混淆在一起似的。

靈魂咻地脫離了軀殼。

走出洞穴，刺眼的陽光照亮著整個班古魯班古。

藤木身子輕飄飄的，飛向天空。

鳥瞰著整個班古魯班古，到處都像是迷宮般的連綿山岩，以綠色的草木為背景，橘色與黑色的對比顯得特別明顯。山岩的外側就是寬廣的草原地帶，對面有個大湖和其他山脈。

聽得到自己急促的呼吸聲。

自己是獵人。

追著逃走的獵物，經過一夜的狂奔疾走，疲勞使得雙腳無力，眼睛昏花，汗水直流，被一堆叢林蒼蠅死纏著不放。

這些都無所謂，因為有個明確的目標，要追殺兩個逃走的人類。殺生的欲望讓身體痛苦難當，舌頭上殘留的肉味，像麻藥般地控制著意識。

殺掉，一塊塊肢解，吃掉。

腦子所想的只有這些。

急促的呼吸聲。

獵物應該就在這附近了。
沿著山脊逃這種小技倆，相反地或許是個失誤，因為當再一次下到地面後，就會留下很明顯的腳印。
想必此刻一定覺得自己已經把那兩個餓鬼給遠遠地甩在後頭，所以才能熟睡著。
等等，現在就過去了。
雖然已經吃得飽飽的，但是又開始覺得胃被勒緊，全身像著火似的一股強烈的饑餓感。
已經無法忍耐了。
耳朵深處迴盪著野獸般呼吸的聲音。

藤木嚇了一跳，驚醒過來。
現在聽到的聲音……不是夢。
藤木按住耳機，沒錯，雖然不是很清楚，但的確聽到了，是人的呼吸聲。
來了，他們來了。遊戲機所發出來的電波，收得清清楚楚。
藤木把藍搖醒，藍一臉睡眼惺忪，很不高興地瞅了藤木一眼。
「來了嗎？」

看到藤木點頭，藍臉色發白。

「在哪裡？」

「還不知道。」

「怎麼辦？」

「妳在這裡等一下，我去看看就回來。」

藤木將頭探出洞外，耳機傳來像是風箱一般大聲的呼吸聲。

回想起夢裡的內容，也許是一種無意識的警告。的確當自己走下山岩後，並沒有留意到腳印的問題。

但是如果真的循著腳印追來的話，不就正好是個機會嗎？因為來這裡的路上，只能經過茂密的叢林，然後在那裡埋著之前布下的兩種陷阱。

藤木將身體貼著地面，往叢林深處張望，還是看不到對方的身影。

他們穿過了兩種陷阱。耳機中不斷傳來急促的呼吸聲，和野獸般的吼叫聲。

是鶴見。

奇怪的是，沒有聽到楢本的聲音，如果兩個人是一起行動的話，應該會交談才對。

難道這又是什麼詭計嗎？藤木心中突然湧上這樣的念頭。讓我們誤以為敵人只有一個，然後另一個再從另一邊逼近……

但是冷靜思考後，覺得這種解釋並不合理。首先得先識破遊戲機裡面裝有竊聽器這件事，從獲取情報的多寡來看，楢本並不及他們，所以應該不會猜得到。

小心翼翼地進入灌木叢，慢慢往前推進。

灌木叢入口處，地形比四周稍微高一點，也有可以躲藏用的大岩石，這也是藤木看中這地方的理由之一。

可以躲在岩石後，用望遠鏡觀察敵方的一舉一動。

還沒發現任何東西，藤木繼續等待著。

被尖銳的鳥鳴聲給驚醒。

耳機不知什麼時候掉了下來，沒想到即使在如此緊迫的情況下，居然還能打瞌睡。自己應該只有失去意識幾分鐘吧⋯⋯

停在刺檜的樹梢上正是那隻赤胸星雀。尖銳的鳥鳴像是一種警告的訊息。有什麼正在逼近。

藤木悄悄地從岩石後探出頭來。

敵人已在五十公尺前方處，正一步步向這裡逼近。

即使肉眼也可以認出，鶴見並沒有帶著殺傷力最強的弩槍，看起來背包好像也是空空的。大概是想讓自己身子輕盈點，走得快一點吧。只有一把可以當作武器的求生刀掛在腰際。

藤木趁還沒被發現時，趕緊退回去。

看來大概是楢本留下來處理野呂田的屍體，或許是覺得鶴見一個人應付就綽綽有餘了吧。

鶴見這男人雖然有點年紀了，但是因為長年從事勞力工作，體格相當強健，就算赤手空拳跟他打架，也未必贏得了。

看來，只有把他引到陷阱裡了。

因為在叢林裡來回走了好幾次，所以足跡早已成了一條小徑。猛一看很像是野獸留下的，但這點小技倆應該騙不了鶴見才對。

叢林的入口處傳來葉子摩擦聲。

是鶴見，他進來了。

藤木本能地向後退，已經沒有機會看清楚對方的樣子了，現在只能憑聲音來判斷。

戴上耳機。

一清二楚，就在灌木叢入口處附近。

但是聲音相當微弱，可能是電池快沒電了。

上天保佑，藤木不斷祈求著，至少也等這一切結束。

意外地，鶴見相當謹慎。一步一步確認過四周的情況後，才繼續前進。

藤木覺得鶴見應該就在坑洞的前方，從葉子的摩擦聲或灌木樹梢的沙沙聲感覺得出來。

但是就是沒有出現。

也不可能停下來啊。從耳機中隱約可聽見，鶴見小心翼翼往前進的聲音。

難道是往旁邊走了？

對方或許會懷疑只有一條路的可能性。

儘管如此，在灌木叢裡行進是一件相當辛苦的事，必須費力氣開路，應該會發出很多聲音才對。

不，真的是這樣嗎？

如果討厭臉或手被荊棘刺傷的話，還可以採匍匐前進的方式。

藤木感到相當不安。

全神貫注地聽著收信機裡的聲音，果然應驗了藤木所想的，有許多趴在地上的摩擦音。

可以確定的是，對方已經逼近了，不過完全掌握不到會由哪個方向竄出。

雖然想將敵人引誘到一個適當的地方，但是在這裡應戰會是個正確的選擇嗎？

藤木伸手摸著口袋裡的催淚瓦斯和特殊警棍，這兩樣根本就稱不上是武器。

藤木心想，至少有把柴刀就好了。但是因為顧慮行動上的方便，只帶了些基本防身用的東西。或許自己在潛意識裡就是想避免和敵人硬碰硬。

只要能把敵人引誘到陷阱裡，一切就大功告成了。這樣不但可以免除危險，也不用花費任何力氣。藤木腦子裡一直重複著這種膽小鬼的美夢。

藤木刻意壓低身子，查看四周。

耳機裡傳來風聲、鳥鳴聲、還有草叢沙沙的聲音。

總而言之，再留在這裡是很危險的。

藤木又本能地往後退了幾步，希望敵人能真的中了陷阱。

長槍陷阱的線非常細，並且張在草叢之中，如果不希望腳被勾到，跨越草叢的時候一定會發出聲音。

前方傳來聲音。

有人在那裡。

藤木嚇得臉色發白，因為這聲音是從比自己還要接近避難處的地方傳來的，意思是對方已經闖關成功。

莫非鶴見已經繞過來了，但是以匍匐前進的方式不可能那麼快才對……

灌木搖晃了一下。

藤木反射性地抽出特殊警棍，用力一甩，棒筒上鎖的金屬聲響徹叢林。

藍突然從灌木叢中冒出。
來做什麼啊！快點回去！這裡很危險……
藍也發現了這邊。
「危險！後面！」
藍大叫。
藤木迅速轉過身子，開始噴灑催淚瓦斯。
無色煙霧瀰漫開來，滿是刺鼻的臭味。
鶴見打算從草堆裡爬起來，卻被藤木噴個正著。
鶴見一面發出野獸般的吼叫，一面以握著求生刀的右手護著滿是腫皰的臉。
就是現在。藤木展開連續猛政，想都沒想到自己居然會有這種勇氣。藤木以特殊警棍往鶴見的手腕劈下去，結果沒有瞄準，打到指關節，但是鶴見還是痛得哇哇大叫，求生刀也掉了下來。
接著再用特殊警棍往對方的頭部，重重地劈下去。
不，不是用打的，是用戳的……
這時彷彿聽到妹尾的聲音，藤木心想這下完了。
鶴見反抓住藤木的手。
藤木死命地將催淚瓦斯，噴在那像是經過特殊化妝的怪臉上。

連藤木自己也被臭味所刺激，熏得連眼睛都張不開，想必對方更不好受。鶴見痛苦地閉著眼，歪著臉，露出牙齒。那種似笑非笑的樣子真的很詭異。但是鶴見就是不肯放手，反而越來越用力。藤木的骨頭像快被他捏碎似的，連手中的特殊警棍都掉了。

鶴見揮出右勾拳。原本以為被警棍一揮，這餓鬼的手指應該會骨折……

藤木下意識護住臉的那剎那，那一拳卻落在心窩上，藤木痛苦地吐著胃液，倒在地上打滾。

鶴見一手舉起藤木的身體，發出野獸咆哮般的聲音，聽不懂他到底在說什麼，只聞到一股非常刺鼻，腐肉般的口臭。

藤木早已眼冒金星，頭部又挨了一記右勾拳。

雖然沒有正中太陽穴，但是也讓藤木差一點因為腦震盪而昏死過去。

接著，鶴見又用右腳不停踹著藤木，踹得藤木左邊的大腿都麻痹了，根本無法站立，整個人癱坐在地上。

鶴見又發出滿足的吼叫聲。

藤木再也提不起任何鬥志了。

雖然兩人體格差不多，但顯然肌肉的力量有差距。一定要將對方擊倒的意志，已經無法和痛苦相抗衡了。

藤木失去了武器。

要被打死了。

正這麼想的時候，忽然藤木的左手指尖像是碰觸到什麼。

是弓箭陷阱的線。

這麼發覺的同時，藤木立刻翻滾過去，左手指拚死地想抓住線。然而那一瞬間，鶴見也使出怪力抓住他，藤木的身體像是氣球般浮在半空中，拚命伸長的手指只來得及勾了一下線，線像吉他的琴弦一般顫動了一下。

然而，陷阱並沒有任何反應。

已經沒辦法了……藤木覺得末日就在眼前……鶴見再次用右腳飛踢了他。

藤木已無法呼吸，身體向前飛去，又被拉回。但在那瞬間，指間確實地勾到了陷阱的線。

樹叢間響起了一陣微小的聲音。

頭髮感受到風壓。

抓著藤木右手的鶴見忽然失去了渾身的怪力。

沒多久，一道濕暖的液體順著藤木的肩膀流下，並聽見頭頂上傳來血液大量湧出的聲音。

抬頭往上看，手工製的長槍漂亮地刺穿鶴見的喉嚨，混雜著泡沫的血液，不斷從嘴巴和喉嚨的傷口處溢出。

似乎已經再也無法發出野獸般的低鳴了。鶴見望著天空，幾乎染成鮮紅色的身體，還不斷地淌著血。

不久，鶴見就如同木棒一般硬直地往後倒下。

藤木呆坐在地上。

張大著眼，直盯著已無法動彈的鶴見，雖然知道鶴見已經死了，但還是會擔心這餓鬼是不是又會起死回生。

極度恐懼的情緒終於舒緩下來，藤木看著藍。

藍直盯著鶴見的屍體，眼瞳裡滿是忍耐著恐怖與厭惡，臉上的表情就像最後終於完成任務的苦行僧一般。

遊戲機裡的畫面，滿是「BAD END」的文字，跟安部芙美子的時候一樣……

藤木關掉電源，雖然不是很清楚這東西到底是怎麼設計出來的，但是這種小玩具居然能知道持有者已經死亡，並且還一副幸災樂禍的樣子。

藤木把電池取出換到已經快沒電的收信機後，就順手將遊戲機丟到草叢堆裡。

「……對不起。」

藍說。

藍對於自己擅自跑出避難處的事道歉，但是似乎有非得這麼做不可的理由。

「沒關係。」

藤木淡淡地回答。藍卻一臉消沉的樣子。

藤木開始翻找著鶴見的行李袋，除了遊戲機外，幾乎沒有其他可用的東西，唯一的收穫，是在外側口袋找到的香菸盒，裡面只剩兩支，可能是因為火柴和打火機都用完了才剩下來的。雖然藤木平常絕對不抽含薄荷腦的香菸，但是這種非常狀況，卻是個求之不得的好東西。

抽出香菸，發現盒側沾著已經乾涸的血跡。

遲疑了一下，藤木還是用火柴點了菸，火柴也所剩無幾了。

一種不真實的清涼感，將煙吸入肺裡，再慢慢地吐出來。

只要一深呼吸，肚子就會隱隱作痛，左邊的太陽穴和大腿都還呈麻痹狀態。

「可惡！」忍不住如此低喃。

鶴見那張可怕的遺容，不時地浮現眼前，猶如壞掉的井水幫浦般不斷地吐出血來，直到全部吐完才肯甘願地死去，就像是在進行著他的最後一項工作……

已經夠了。

藤木把香菸捻熄。

「你還在生氣嗎？」

藍察言觀色地問著。

「沒有，從一開始就沒有生氣。」

聽到藤木這麼說之後，藍才稍微放下心來說：

「太好了……這樣，就只剩一個人了。」

「什麼意思？」

「為了我們能夠抵達終點……」

剩下的話凍結在嘴邊。

我們，接下來或許就變成「我」了。

「我沒有什麼別的意思，只是想保護我們而已。」

「我知道，但是，楢本一定會來攻擊我們的。」

「所以要把他殺了嗎？」

「也不是這麼說……」

藤木看著藍。

「我並不是自命清高，雖然說如果想活下去的話只有這方法，但我還是覺得無法接受。」

「你是指什麼？」

「我是指我們這樣互相殘殺，不就中了設計這遊戲的傢伙的意圖了嗎？」

「那你覺得我們還有別的方法可想嗎？」
「沒有，我已經厭倦了，不想再玩下去了。」
藍目瞪口呆。
「不玩了？那你的意思是……？」
「逃出班古魯班古啊……本來就應該這麼做的。」
「但是……你不怕懲罰嗎？」
「這我當然知道。」
藍沉默著，不曉得該如何是好。
「我要往東走，去收集糧食和水，妳如果不想跟來的話，留下來也沒關係，我會把遊戲機和收信機留給妳的。」
「你在胡說什麼啊？」
藍大叫著：
「你忘了還有楢本嗎？你打算把我一個留在這裡？」
「我要走了，要不要跟來妳自己決定。」
藍猶豫了一下後，僵硬著表情點點頭。

濛濛細雨打濕了整個班古魯班古。

水滴沿著草木的葉子掉落到大地，紅色的岩石經過雨水的濕潤，漸漸地變成深紅色。

再繼續行走數公里後，來到了班古魯班古的東部邊緣。

藤木拿起望遠鏡確認四周的地形。目光所及的一片茶紅色平原中，散布著草叢與灌木林。

「總之先往正東方直走就是了。」

藤木抬頭望著天空。

「這裡或許很難找得到叢林野食。」

「但至少不需要擔心飲水問題。」

「嗯……」

要擔心的是今天晚上的落腳處，這裡與班古魯班古的山岩不同，看不到什麼可以遮風避雨的地方，只能找個適當的地方隨便挖個洞。

而且，還有一件事。

藤木看著地面，光是下小雨，土質就已經相當鬆軟，所以絕對會留下很明顯的腳印，倒不如來個傾盆大雨，把全部都給洗刷乾淨，但是那樣的話，就更不容易找到可以棲身的地方，真是個棘手的問題。

淋著雨走了約莫一個小時，前方出現了一條小溪，從地勢來看這條小溪應該原本不存在，然而現在挾著褐色的泥土，水勢相當洶湧，雨量一旦增多的話，還可能會流得更加湍急。

藤木這時終於了解，為何一遇到雨季，班古魯班古的交通就會完全癱瘓。這樣的狀態就連四輪驅動車都很難前進。

藤木突然想打開收信機聽聽看，結果什麼都聽不到，只好苦笑了一下。

這一帶沒有轉播器，收信機就無用武之地了。意思就是，他們已經從這遊戲抽身了。

再沿著河川往北走了一段路，終於找到了一處可以渡河的地方，踩在凸出的岩石上一路跳過去，就所剩不多的體力而言，這絕對算是激烈的運動。

或許因為天氣過於悶熱，雨也不是很大，但是雨水已經完全把衣服打濕了，濕黏地貼在皮膚上，不斷地奪走體溫。藤木覺得不同於往常，體力消耗得特別快，不用說，藍更是一臉疲憊。

「先找個地方休息吧。」

藤木環顧四周，看不到有任何可以躲雨的地方。

再往前走了一會兒，找到了一個類似小土丘的地方，他們用柴刀在上面挖了一個水平的洞。眼前水還是無情地成串流出，洞裡面也是濕濕的，不過至少比直接當個落湯雞來得好。

藤木和藍依偎著，內衣濕濕地黏在皮膚上，相當不舒服，但也只有忍耐了。

不知不覺，兩個人都睡著了。

醒過來的時候，天已經快亮了。

整整睡了八小時以上。

藤木感到極度恐慌，緊張得連心跳聲都聽得見。

「起來了！我們要馬上出發。」

搖一搖睡眼惺忪的藍，外面的雨已經完全停了。

……敵人正逐漸逼近著。

並不是基於任何理論，就只是直覺。

那傢伙正循著我們的腳印追來。

藤木的不安，馬上傳達給藍。

「楢本……？」

「沒錯，或許我們睡著時，就已經拉近了相當的距離了。」

「但、但是，我們不是已經來到班古魯班古之外嗎？他應該知道如果違背警告擅自逃出來的話，會有很重的懲罰的，不是嗎？」

藍塌在前額的頭髮黏在臉上，表情看上去十分神經質。

「我們是放棄了遊戲而逃出來的，不是嗎？如果是這樣的話，最後的勝利者不就是楢本了嗎？那他還有必要追我們嗎？」

「理論上是這樣，但並不一定就是這樣。」

「為什麼？」

「因為這不是遊戲主辦人所期待的劇本，也不是楢本所希望的，現在他滿腦子應該只想殺了我們。」

藍沉默不語。

「楢本應該早就發現鶴見的屍體了，**他應該已經先填飽肚子了**，不像我們需要採集叢林野食，所以他有會可能循著腳印追上來。」

藍臉色發青。

「走吧。」

藤木催促著藍，一旦被發現的話，就逃不掉了，而且這裡不像迷宮一般的班古魯班古，在這種一覽無遺的平原，根本沒什麼花招可以耍。

兩個人拚命地往前跑，一定要盡量拉開些距離。

天亮後沒多久，開始了日射地獄。

原本濕答答的衣服沒多久就全都乾了，也不用擔心體溫下降會引起感冒。

但是毫不留情的強烈日光，卻讓藤木和藍的體力消耗得更大。

想找個地方先躲一下太陽，不過跟找躲雨的地方一樣困難。

結果還是繼續頂著大太陽，在炎熱的草原中行進。兩個人不停地喝水，用水澆在發熱的頭和肩膀上，保險套裝的水馬上就空了。

藤木一面忍耐，一面對這環境的變化落差感到驚訝。昨天明明水源那麼充足，而今天卻面臨無水的困境。這附近不要說河川，就連積水的小坑也沒有。

日正當中，疲勞與口渴也達到了極限。

班古魯班古裡的植物，切開莖的部分還有水分可以飲用，但是這裡卻完全看不到這種植物。

藍嚷著要休息，想想到目前為止，藍從沒主動這麼要求過，可見她真的是相當累了。

這一帶的土壤好像含著什麼特別的成分，呈現比班古魯班古還要豔麗的深紅色，與樹木或草的顏色剛好呈對比，看起來特別顯眼。

再往前走，看到一棵看起來營養不良的金合歡，雖然當不成樹蔭乘涼，但多少可以擋一下日光，兩個人就像全身癱瘓似地躺在樹下。

睡意馬上襲來。

害怕醒來的時候，楢本就站在面前。

恐懼與睡眠的欲望激烈地相互糾葛。

……但是，到時候再說吧。

感到有點自暴自棄，但思考無可奈何的問題也無濟於事。

兩個人就像失去意識般，沉沉睡去。

當意識恢復時，發現臉上方有個黑影，是個容貌魁梧的男人臉孔。黑鴉鴉的臉，眉骨向外凸出，深陷的眼窩，黃色的眼睛閃閃發光。扁平的鼻子，還有那塞得下拳頭般的大嘴，露出森白的尖牙，尤其是那一頭又灰又硬的頭髮，蓬亂地豎立著，下巴留著像玉米鬚一樣的絡腮鬍。

要被殺了。

一剎那，身體害怕得無法動彈。

……但是，這不是楢本。

是誰？

那男人看到藤木張開眼睛後，靜靜地說了一些話。

花了一些時間才發現他說的是英文，好像是說「Are you all right ?」

額頭上被蓋上一條濕毛巾。

藍也醒了，面色蒼白地看著那陌生男人。

男人用澳洲腔英文拚命地問問題，但是依藤木的英文聽力，幾乎不知道他在說什麼。藤木以前雖然待過知名的證券公司，但沒有任職海外部門的經驗。

也許他是在問，你們在這裡做什麼？為什麼會來到這裡？之類的問題。但就算聽得懂他在說什麼，也不知道該怎麼回答。

藤木看著眼前只穿著一條短褲的男人，感覺像是澳洲的玻里西尼亞原住民，也許對不熟悉的亞洲面孔感到有點畏懼，但是如此親切的態度，應該是個善良的人才對。

藤木還是無法輕易地卸除警戒。

因為還沒確定這男的是不是這遊戲的一環，也許是主辦人知道藤木他們企圖逃出班古魯班古，所以派了這男的過來。是要把我們帶回班古魯班古，還是說身負著一旦發現不可能強迫他們回去之後就直接處刑的使命？藤木滿心懷疑。

陌生男子用英文拉雜地問了一陣後，發現無法溝通，只好默默地遞給藤木他們塑膠杯，口乾舌燥到極點的藤木，閉著眼喝著水，是檸檬水。

接著，陌生的男人又遞出了裝在保鮮盒裡的三明治。

藤木稍微猶豫一下後，就跟藍開始忘我地咬起三明治，那是好久好久沒有嚐到的美味，是正常的食物。

雖然很想優雅地慢慢吃，但不知不覺就發現自己竟像個害怕食物被奪走的動物般，縮成一團，狼吞虎嚥地大口咀嚼。

三明治無與倫比的美味，讓人忍不住一口接一口。顧不了陌生男人一臉瞠目結舌的模樣，兩個人絲毫沒有減緩吃的速度。

玻里西尼亞男人指著平原，嘴裡嘟噥著像是讚歎著什麼，雖然還是聽不懂他所說的，但總覺得他的意思是：在這麼富饒的土地上，怎麼可能餓成這樣呢？

那男人指著立在草原上，很像墓碑的土堆，藤木點點頭，因為那也是普拉提提過的，所謂至高美味的叢林野食，白蟻窩。

那男的雖然知道根本無法溝通，但還是滔滔不絕地說著。

但是這次，藤木很努力地聽懂了一些，因為對方一直重複著「Flying Doctor」的字眼，大概是兩人看起來體力相當虛弱，想叫醫生之類的吧。

那男的手指著東邊，一直比著開車的手勢，藤木終於能夠稍稍地理解他想表達的，好像是說「my car」或是「10 kilometers away」之類的話。

藤木終於放下心防了。

或許這個人真的和遊戲無關，直覺告訴自己可以相信對方。

……或許他可以救我們出去。

那男的推著藤木的肩膀，開始往前走。

這時，傳來一陣低沉的聲音，伴隨著塵土的飛煙而至。

一根細長的棒狀物插在地上，是弩槍的箭。

藤木慢慢起身，箭的尾巴指著南方，表示楢本應該是在南邊，但是到處都沒有楢本的身影，不過約一公里遠處，有個高起的小山丘，或許是從那裡射過來的也說不定。

男人一臉驚愕。

叫了一聲好像是「Oh! shit!」還是「Bastard!」後，就往應該是停著車子的東邊跑去，比著手勢叫藤木他們也一起來，但是藤木卻抓著藍的手往北逃。

之所以沒跟那男人走，是因為藤木考慮到，如果楢本追上來的話，恐怕三個人都難逃死路，至少像這樣兵分兩路的情況，楢本不可能來個兩面夾殺。

所以這種情況，楢本一定會先追我們，雖然會花點時間，如果那原住民男人可以幫我們聯絡到員警的話……

從那之後就沒有箭再射過來了，畢竟隔著這樣的距離，不太可能瞄準，剛剛那一箭，也許只是一種警告。

看來那傢伙打從心裡享受這場獵殺行動。

兩人走到約四、五百公尺之遠處時，忽然身後聽到一陣引擎逆火的聲音，連續兩聲，隔了一會兒又一聲。

兩個人嚇得回頭，在這一望無際的平原上，那聲音就像遠處的雷鳴般迴響著。男人早已消失在樹叢的另一端，從這裡完全無法得知發生了什麼事。

「剛剛那聲音，是什麼？」

「別停下來，繼續走！」

藤木拉著藍的手腕，拚命地往前跑。

「但是，剛剛那個人……」

「那是槍聲。」

「槍？怎麼可能？楢本他會有槍嗎？」

「不是楢本，可能是監視這遊戲的傢伙。」

也許是用能夠設定瞄準範圍的高性能來福槍從遠距離狙擊的。也許這就是所謂的懲罰。

那些傢伙不打算槍殺應當受到懲罰的我們，而是改變了原先的計畫，決定讓楢本代勞，不過這正符合他們想要的劇本。

毫不猶豫地殺了一個局外人，沒有任何罪過的人，就因為怕他去討救兵嗎……？

那個玻里西尼亞人應該是一個善良的好人，藤木對於還沒向他致謝的事耿耿於懷。怒意接著湧現。

但是現在還不是發怒的時候。

等這瘋狂遊戲結束，平安無事地回到日本，到時候……

「我們現在要往哪裡逃？」

「往西邊。」

在這一望無際的平原，沒有什麼可藏身的地方，還是得再逃回班古魯班古。

滿天的星空就像是碎玻璃般，鑲在黑色的天鵝絨上。

班古魯班古的夜空中，掛著細細的上弦月，就像黑貓的睡眼一般，毫不感興趣地俯視著地面上的一切。

以兩種色彩構成的天空為背景，映照著那接近紫色的深紅色山岩剪影，與之相對應的則是那沉睡在黑暗中的谷底。

再次回到深紅色的迷宮。

被一隻巨大卻看不見的手帶回這逃出過一次的遊戲舞臺，藤木的內心交雜著無奈與絕望。

迎著濕暖的夜風，藤木戴上耳機。

從鶴見的遊戲機裡取出的電池，已經沒剩多少電量了。就連雜音都變得很微弱。

「聽到什麼了嗎？」

藍囁著聲音問道。

「沒有。」

到現在為止，同樣的對話已經重複許多次了。如果從收信機聽到聲音，就表示生命有危險。儘管如此，兩個人還是渴望能聽到些什麼。

到現在還沒有被追上只能算是僥倖，還是因為楢本帶著弩槍等重武器，所以行動沒辦法像鶴見那麼迅速？不管怎樣，與其處在現在這種不上不下的狀態，不如早一點遇上比較輕鬆。也許下意識是這麼期望著的。

這時，收信機終於傳來了人聲，斷斷續續的，不知在說些什麼。

「怎麼了？」

藍壓低聲音問著。

「有聲音……應該是楢本。」

「他說什麼？」

藤木示意藍別出聲，集中精神聽著從耳機傳出來的微弱聲音。但還是聽不清楚談話的內容，聲音越來越小，最後完全聽不到。

「還是不行。」

藤木取下耳機。

「聽不到嗎？」

「收信機掛了，沒電了。」

「怎麼會……」

「聽到楢本的聲音，表示他還在班古魯班古的某處，如果是從我們後面追過來的話，應該離得不是很遠……」

「……但是，他已經一個人了不是嗎？還會跟誰說話？」

「不知道，完全聽不到說話的內容。」

「那怎麼辦？」

「失去了耳朵，表示我們已經不占任何優勢了，總之就是繼續逃。」

「等等。」

藍一臉痛苦地叫著。別過頭，拉扯著掛在腰際的助聽器，發出喀哧喀哧的聲響。

「拿去……」

藍手中握著八個三號鹼性電池，一般助聽器平常需要用到這麼多電池嗎？

「真的沒關係嗎？這樣妳就不能用助聽器了……」

藍點點頭。

「現在已經不是顧慮這個的時候了。」

藤木換上新電池後，收信機又復活了。突然，從耳機裡傳來楢本發狂似的自言自語。

「小白兔們……逃吧！隨你們逃，逃吧！我絕對會抓到你們的……把你們咬死，你們真以為逃得了嗎？笨蛋……你們逃去哪我可是一清二楚……我看到腳印了，再怎麼暗的地方我都看得到……我的眼睛可以看到所有的東西……看到你們的內心……不論白天或晚上……你們經過的地方，都有紅外線留下的體溫影像，發出一閃一閃的紅光……就像路標一樣，指引著我……你看看，連樹都在幫我……你們沒聽到嗎？四周都在笑咧！笑你們有多笨，居然不知道馬上就會被活逮……然後被我生吞活剝地吃掉……樹木、小草、石頭、山岩，都在狂笑……」

藤木越聽眉頭鎖得越深，因為話語支離破碎，根本聽不懂他在說什麼。

「看來他已經完全精神錯亂了。」

「你的意思是……已經完全瘋了嗎？」

「沒錯……是發瘋了。」

「這樣，應該就不會追上來了吧？」

「不……」

楢本一直不停地喃喃自語著，似乎連現實與幻想，現在與過去，都已經到分不清楚的地步了。但是對於獵殺藤木他們這件事卻異常地有自信，這點實在令人有點匪夷所思，難道這一切都是他的幻想嗎？還是真的緊追在後？

接下來的內容，讓藤木一陣錯愕。

「又是三岔路，哼！難不倒我的。又是往左，看來你們好像比較喜歡往左走嘛！照理說，一般人下意識都會選擇右邊，所以你們就想說走左邊會比較安全，是吧？笨蛋，你們馬上就知道啦！你們馬上就知道啦……」

「快走。」

藤木催促著藍。

「怎麼了，喂？你說清楚一點啊？」

「我也不知道為什麼，但是現在那傢伙完全就緊跟在我們後面。」

原本以為藍會提出一連串的問題，但是意外地藍並沒有。

在那黑漆漆的迷宮裡走著。

這是否是印刻在人類的遺傳基因之中，源自於很久很久以前的狩獵時代，人類與生俱來的獵殺能力，在此時突然間又覺醒了……

現在說這些都已經無濟於事了，重要的是結果。
楢本緊追在後，這是不爭的事實。
前方又出現了三岔路，班古魯班古的自然景觀中，似乎偏好三種選擇。
「要往哪一邊？」
藍問。
「……右邊。」
藤木已經不再懷疑楢本擁有獵犬般的能力，等一下聽那傢伙經過這裡時的瘋言瘋語，就可以得到證明了。
集中精神一步一步小心翼翼地走著，現在只能想著這一瞬間的事，無法預知一個小時後，或者短短的十分鐘後，等待自己的會是什麼樣的命運。一旦不小心內心被不安佔據，最後只會因為絕望而喪失求生的意志。
一種似曾相識的感覺……
從剛剛就一直有這種感覺。
《火星的迷宮》……
在巨大的迷宮中，被食屍鬼追殺，到處逃竄尋找逃生之路。
在遊戲書裡，這個時候，就已經確定是ＢＡＤ　ＥＮＤ了，不管選擇的是哪一條路，都難逃一死。

……怎麼可能，現實跟遊戲書的世界是不一樣的。藤木的內心宛如抗拒死亡結局一般反駁著。就算這是依照《火星的迷宮》所布局的一個遊戲，那結局也不一定會是一樣的。

但是不合理的感覺還是不斷侵蝕著理性。

收信機那頭依舊傳來楢本的囈語。

這傢伙真的神經錯亂了，但是現在也不能貿然將收信機關掉，因為這是唯一可以知道對方位置的線索。

接著又遇到四岔路，再一次選擇最右邊的路，是一個圓緩的彎道。同樣形狀的山岩、星空、上弦月，有時真會有種在同一個地方打轉的錯覺。

耳機中又響起楢本的聲音。

「喔？終於選右邊了，為什麼突然變了呢？……一直往左走膩了是吧？……但是不管哪邊，都是一樣的。這腳印還是新的，應該不到一個小時……就快了……期待你們將變成一團肉……」

藤木再一次受到打擊。根本不到一個小時，距離第一次選擇了往右的路，還只不過是十五分鐘之前的事。

楢本就快追上了。

他一定是跟著我們的腳印追上來的，如果不想留下腳印，就只能避開軟土走在粗沙礫上，可是會發出很大的聲音。

如果他聽到腳步聲的話，那一切都完了。

到底該怎麼辦呢？

又是分岔，一定得選擇其中一邊。

「左邊。」

藤木馬上指著左邊，沒有任何根據，連憑直覺判斷的時間都沒有，只是一種機械性的抉擇。

往左邊的岔路異常蜿蜒曲折，而且越走越窄。

「這條路……」

在這之前，藍從來沒對藤木選擇的路發出一句怨言，但是此刻聽得出藍心中的不安。

「我知道。」

藤木口裡雖然這麼說，但是根本不知道今後該怎麼走下去才好，就算再折回去，不但浪費時間同時也是死路一條，最壞的情況或許就是跟楢本對上。

但是如果繼續往前走，前面是條死路的話……

藤木閉上眼睛，不想再思考這些無用的假設狀況，畢竟現在除了往前走之外，已經沒有其他選擇了。無可奈何的事情最好還是不要再去思考。

但是就在下一個轉角，橫亙在藤木眼前的，卻是前方五十公尺處像面屏風似的岩壁。

「前面是死路。」

藍一副快哭出來的聲音，藤木拚命地找尋能夠攀登的地方，但絕望的是，三面都是峭壁。

「已經沒辦法了……」

「等等！妳看這個。」

藤木指著山崖盡頭的左側。被大岩石凸出部分遮住，加上是在谷底的陰暗處，所以不仔細看根本就不會發現，原來是一個寬約兩、三公尺，像是龜裂似的羊腸小徑。

但是從那裡頭卻飄來微微的消毒藥水臭味。

藤木按住想馬上衝過去的藍。

「怎麼啦？」

藍一臉的不解，小聲地問道：

「不趕快逃的話……怎麼看就只有這裡可以走了啊？」

藤木抬頭看著龜裂的山岩，由宛若耶誕節霓虹燈飾的星空襯托之下，山岩的剪影看起來更加明顯，龜裂般的山谷，越往上，就變得越寬。

是V字形谷……絕望如同潮水般，從四周湧來。

這種消毒水臭味一定是跟有著南棘蛇的山谷一樣，裡面有一大堆毒蛇。

但是事情會不會有轉機，要看是什麼樣的蛇。藤木環視著V字谷的四周，四周一片漆黑，就算有寫什麼也不見得看得到。

但是在星光的掩映下，隱約感覺到白色的線條浮現出來。

刷亮了火柴。

雖然微弱的火光僅維持了兩、三秒鐘，但已經足夠用來確認上面所寫的阿拉伯數字「3」。

3……

偏偏是最差的一個數字。

連查看筆記本都不需要，姑且不論記不記得其他排名，藤木依然清清楚楚地記得編號3號的是太攀蛇。

遊戲機裡的插圖，不像南棘蛇具有一看就知道有著兇猛毒液的異樣身材，感覺比青大將(註1)聰明，顏色是普通的茶褐色，也許第一眼感覺不出是毒蛇。

但是照普拉提的說法，太攀蛇的確是世界上最毒的毒蛇。

毒蛇的危險性不一定取決於它的毒性，還要考慮毒量與毒牙的長度、攻擊性與敏捷性。

依毒性的強度而言，編號1的內陸太攀蛇是屬於溫和派的，編號2的西方褐蛇動作敏捷，一受刺激就會立刻反擊，但唯一的弱點就是毒牙較短，所以無法將大量的毒液灌到對方體內深處。

但是編號3的太攀蛇在每一項，都是獨佔鰲頭。比起內陸太攀還要肥大的身軀，最長可達三・六公尺，具有非常猛烈的攻擊性，而且靈敏度相當高，一次出擊可以咬好幾下，毒牙又長又大，毒液量特別多。

太攀蛇這一家族，不是為了自我防衛，而是專門為了殺死獵物才儲存劇毒於體內的蛇，所以和一般花蛇不太一樣，沒有亮麗的顏色、顯眼的外型甚至警戒音，因此不容易被發現，這全都是為了狩獵需要所做的演化。

仔細想想，沒有什麼比能跟背景融為一體的特性相抗衡了，這也是牠遠比那些敏捷花俏的毒蛇來得可怕的原因。

特別是在黑夜的班古魯班古。

儘管如此，也已經沒有別的選擇了。

除了走進去，沒有第二條路了。

藤木走在最前面。

消毒藥水般的臭味越來越強烈，一定是為了不讓毒蛇跑出山谷，才噴灑的藥品。

剛剛劃亮火柴時，眼睛瞬間習慣了亮光，現在又要再一次適應黑暗，需要一些時間。一時之

註1：青大將為日本原生的暗綠色無毒蛇，又稱日本錦蛇。

間，地面看起來就像是宇宙般的漆黑。

藤木蹲下身子，手上抓起了一把土，將那發出刺鼻臭味的泥土，全身上下亂塗一番。

看到藤木的舉動，藍起初有點嚇到，但似乎馬上就了解藤木的用意，同樣抓了土塗滿全身。

耳機又傳來楢本的聲音。

「二選一……果然是左邊。」

緊張得連背都拱起來了，藤木輕輕地將食指頂著唇邊。

楢本終於走到最後一個岔路，如果在這裡發出任何一點聲響的話，就慘了。

躲在V字形谷岩石後方陰影處，藤木探出頭來窺視著，他緊握著之前鶴見所帶的求生刀，但是刀刃的部分絕對不能暴露在岩石外，如果被星光折射到的話，就等於告訴楢本藏身之處。

藤木終於能夠適應黑暗了，終於看見了**那個東西**。

兩隻矗立著的腳影，確實是人的腳。

肩上背著弩槍與五、六十公尺彎曲的物體。

藤木發現那是把開山刀，記得妹尾也帶過，有著長長的彎刃，因為重心在接近刀刃的前端，所以可以利用它的重量輕輕鬆鬆地砍斷粗樹枝，當然如果要切斷人的手腳應該也輕而易舉。

那個東西就站在死路的入口，臉朝著這邊。

兩道圓圓的淡綠色磷光映照在藤木的眼裡。

藤木呆住了，這跟之前澳洲野犬的眼睛簡直一模一樣。

那不是人類的眼睛，如果是的話，在黑暗中不會那樣發著光。

想起從前聽說過，吃了人肉的人，眼睛就會發出如同野獸一般的光芒，莫非是真的……

發光的眼睛穿透黑暗，直盯著這裡瞧。

耳機的雜音混雜著嘟囔的聲音。

「沒路了……雖然有腳印，可是……難道是陷阱？」

藤木這才了解**那個東西**已經不是個人了。

是食屍鬼……專門獵殺人類，有智慧的肉食性動物。

藤木焦急地往後退，雖然隱約看得到地面，但沒辦法看得清楚，萬一踩到太攀蛇的尾巴，不用等到食屍鬼來，就已經完蛋了。

腳底盡是小石頭吱吱嘎嘎的聲響。

藤木嚇了一跳，停住不動，這時耳機傳來興奮的吼叫聲。

「聽到啦！在那裡是吧！」

食屍鬼無聲無息地悄悄逼近著，從收信機裡傳來微微的腳步聲聽起來，他正在大步大步地躍步前進。

已經顧不了會不會發出腳步聲了，兩個人拚命地往V字谷深處跑。

背後傳來怒吼聲，耳朵裡，耳機裡傳來同一句話。

「就在那裡嗎……？為什麼要逃呢？我們是不是有什麼誤會？來談一談吧！」

「就在那裡嗎……？為什麼要逃呢？我們是不是有什麼誤會？來談一談吧！」

完全不想理會，只是拚命地拔腿狂奔。

「我們是最後存活下來的人，應該互相合作才對啊！」

耳機傳來最後的訊息。

「你們就要成為我的食物了！」

食屍鬼儘管扛著沉重的武器，腳步還是很敏捷。

距離越來越近了……

谷底稍微變寬了，約有五、六公尺，兩側長著鬣刺草，如果要躲避太攀蛇的話，就只能走沒有草的中央，但是並不好走。

轉彎處，藍突然摔了一跤。

好像是被突出的岩石絆了一下，藍微弱地呻吟著。

「你快跑吧！」

「妳在說什麼啊！快點站起來！」

藤木強硬地要將藍拉起，藍卻搖頭。

「我的腳……好像受傷了，沒辦法走了！」

「現在是說這種喪氣話的時候嗎？」

後頭傳來楢本的聲音。

「怎麼啦？」

藤木回頭。

V字谷的中間，有個人影。

是楢本，當然完全看不到他的臉，兩手拿著弩槍緩緩地朝這逼近。

黑暗中，只有兩個眼睛微微地發著光。

藤木關掉收信機。

「是不是跌倒受傷啦？真糟糕，不趕快處理的話會化膿喔！」

楢本抿嘴笑著。

「這麼重要的肉要是腐爛了……」

一步一步地逼近著。

就在距離二、三十公尺處，一道星光從谷頂上方照射下來，照著楢本那發光的眼睛和因邪笑而暴露出的尖牙，那些尖牙長在人類的臉上，卻讓人更加毛骨悚然，那張吞過一堆人肉的嘴巴，竟開口說著人類的語言。

「我們是不是該為彼此的重逢而高興一下啊？然後再好好想一想該如何有意義地度過所剩不

多的人生……現在應該是開始倒數計時的時候，不是嗎？」

已經想不到任何對策了。

難道真的要在這種地方，被這說著人話的食屍鬼了結生命嗎？而且被殺了之後，還要被肢解吃掉，一想到就覺得無法忍受。

藤木緊緊地握著求生刀，雖然抵不過弩槍和開山刀，但是至少可以奮戰到底。

藍踉蹌地站了起來，雖然很痛，幸好沒有骨折，但是要從眼前這食屍鬼手中逃走卻是件不可能的事。

對方除了跑得快之外，在黑暗中，眼力也比我們敏銳。

黑暗中的眼力……

藤木腦中忽然閃過一個主意。

附著藍的耳邊小聲地說著：

「把眼睛閉上，兩隻手按住……等我說好之前，絕對不可以睜開眼睛。」

藍默默地點了點頭。

「不想看心愛的男人死在自己面前嗎？我知道了，我就盡可能從頭到尾都不要發出聲音地解決你們吧。你也是，如果不想太痛苦的話，就不要隨便亂動。」

藤木開口說道：

「這是我最後一個請求，讓我抽一根菸可以嗎？」
緊張得連聲音都沙啞了。
食屍鬼笑了笑。
「可以啊。」
藤木找一找口袋，取出鶴見之前帶的最後一支香菸，用火柴點了火，慢慢地吸著，向食屍鬼搭話。然後假裝不在意地將點著火的香菸丟向草叢。
「我一直在想，見到你的時候一定要問你一個問題。」
食屍鬼疑惑地看著藤木丟掉香菸。
「你想怎麼樣？」
「你不覺得有種被欺騙的感覺嗎？你們這些往南邊走的人拿到的都是有毒的糧食啊。」
「你說什麼？等一等，你……？」
食屍鬼的眼神遊移在藤木與草叢間，這時啪的一聲，熊熊的火光在枯草中蔓延開來。
藤木突然拉著藍的手往前跑。
看到閃爍的火焰後，黑暗中的眼睛就不再敏銳了，四周看起來就像五顏六色的不規則色帶在空中漫舞著。
「藍，睜開眼睛！拉緊我的手。」

「好。」

背後傳來激烈的怒吼聲，大到幾乎聽不到藍的回應。

食屍鬼的眼睛在看到火焰的那一瞬間，應該是什麼都看不到，這期間雖然不知道可以跑多遠，但是也要竭盡全力不能放棄。

對藤木而言，那一帶就像包圍在瀝青般的濃密黑暗中，現在只能仰賴藍的眼睛了。

忽然背後出現了一道光明。

忍不住回頭看的藤木發現自己的揣測太過天真了。

食屍鬼用粗樹枝點上火，像火把一樣高舉著。

橘色的火焰映照出一張世界上最奇怪的面孔。

可能是吃了太多人肉的報應，滿臉被腫皰覆蓋的他，從眼窩中突出的眼睛，映照著不太相稱的小虹彩。

像是人內心裡所暗藏的冷酷、惡意、妒忌、憎恨和憤怒等所有的負面情緒，在他全身上下猶如熱氣般升騰。

「你這耍小聰明的傢伙……就快變成一團肉了。」

弩槍的箭瞄準著藤木的胸膛。

這時藤木看到食屍鬼的左手盤著一尾大蛇。

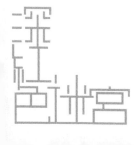

約有三公尺長，茶褐色的鱗片閃閃發光，是太攀蛇。

循著藤木的視線，食屍鬼也注意到蛇了。

「你這傢伙想幹嘛？」

食屍鬼拚命地想用火把蛇驅走，但是太攀蛇完全沒有反應。

紅紅的眼睛直瞪著食屍鬼。

之後又出現了幾尾太攀蛇，循著火與煙的方向聚集著。

「這些傢伙……」

食屍鬼發狂似地吼叫著。

瞬間，太攀蛇毫無預警地開始攻擊。

太攀蛇咬住食屍鬼的脖子，動作超乎想像地乾淨俐落，毒牙瞬間插入了好幾個地方。

食屍鬼怪異的臉更加扭曲，大聲尖叫著。

後面又緊跟著好幾隻太攀蛇，開始展開集體攻擊。

太攀蛇群以火焰為目標，反覆地進行著一波波的攻勢，可能是因為這不速之客和火焰打擾了牠們的好夢，蛇群瘋狂地攻擊著，使火把掉落在地。

食屍鬼的弩槍也掉了下去，踉蹌地向前走了兩、三步，藤木握緊求生刀準備應敵。

食屍鬼淒慘地大叫著，想揮舞手中的開山刀，但是手腕卻麻痹了，不聽使喚。

火光慢慢地變小，周圍漸漸地回復黑暗。

食屍鬼也變成像皮影戲一般的剪影。

大量的毒液不斷侵入體內，他雖然努力地想往前走，但是神經似乎已經受損，動作就像機器娃娃般不靈活，像幽鬼一般飄浮著腳步前進數步之後，啪的一聲倒了下來，但手腳仍然不停劇烈地痙攣著。

數隻太攀蛇咬著他全身各處。

食屍鬼終於無法動彈，完全氣絕。

那像是強韌繩索般的生物群，不斷地攻擊、固執地啃咬著那已經無法動彈的屍體。

當火把熄滅後，四周又籠罩在一片黑暗中，但是無聲的暗鬥似乎還未停止。

不管怎麼說，這也太異常了。

早已嚇得半麻的頭腦，浮現一種詭異的感覺。

就算太攀蛇是多麼具有攻擊性的蛇，但是這已經不像是一般野生動物會採取的行動。

思及最有可能的理由時，藤木感到一陣驚愕。

遊戲的主辦人使用甲狀腺賀爾蒙以及毒品混合物等東西，把普通人改造為食屍鬼，那麼如果這些毒蛇也注射了同樣藥物的話，一定也會變得非常地兇暴。

這就證明了剛剛眼前那一幕，就是如此設計出來的，怪獸與怪獸間的殘殺畫面。

藤木的眼睛再次習慣只有星光的暗夜，毒蛇群還是死纏著食屍鬼的屍體。

如果太攀蛇的注意力轉向這邊的話，我們也完了。

想起普拉提的解說，一般來說，毒蛇的可能攻擊範圍頂多是抬起頭的兩倍遠，但是這常識並不存在已經藥物中毒的太攀蛇身上，因為剛剛這些蛇都是朝向目標物一擁而上的。

毒蛇群已經疲勞困頓得無法動彈，瘋狂似的怒氣也收斂了點，呈現一種虛脫的狀態。

非逃出這裡不可。

腦子裡總算恢復了正常的思考模式。

原來在草叢堆裡的太攀蛇或許是被火光引出來的。所以現在每一隻應該都已經精疲力竭，沒有氣力想再攻擊才是。

把握現在的機會。

藍摀著臉蹲在地上，藤木扶藍站起來，悄悄地往食屍鬼屍體方向走去。

有一隻太攀蛇忽然抬起頭來，兩個人像結凍般似地停住，等待蛇轉移注意力。

小心翼翼地繞過旁邊，眼看就快踩到這些傢伙的身體，腳抖了一下，無比慎重地跨越過去。

一場小火災燒到只剩下幾根枯草，從焦黑的草叢中飄來陣陣煙味。

慢慢地躡足往V字谷出口前進。

慢慢的、悄悄的，不能保證所有的蛇都參加過剛剛的攻擊行動，絕對不可以再激怒牠們。

看到了出口，藤木放心地鬆了一口氣。

一瞬間，卻覺得後方有股奇怪的感覺。

輕輕地轉過頭去，不遠處有一隻太攀蛇正兇狠地瞪著這邊。

但是為什麼不像攻擊食屍鬼時一樣，兇猛地攻過來呢？

後來才想到是沙子的關係，因為身上塗著灑過藥品的沙子，所以牠在猶豫要不要採取行動。

開始慢慢地往前走，距離出口處還有幾公尺，這時太攀蛇卻毫無警訊地攻過來。

藤木瞬間將藍推往谷外，接著自己也準備逃跑，左側大腿卻突然一陣劇痛。

藤木往前走了兩、三步後就倒在地上。

此刻原本已有脖子被彎曲尖銳的毒牙刺入的覺悟。

但過了一會兒，太攀蛇並沒有攻擊過來，而且已經看不到毒蛇的影子。

就只差最後一步就能逃出V字谷了。

但是並不能就此鬆懈，因為藤木知道這一咬，就足以致命了。

藤木搖搖晃晃地想要站起來。

「不行，你好好躺著。」

感覺藍的聲音格外遙遠。

猛烈的神經毒已經開始蔓延到全身，儘管這裡比日本的夏夜還要高溫，感覺卻像是在嚴冬之中，全身的寒毛發冷直豎。

全身直冒冷汗。

視野漸漸地越來越小。

耳朵迴響著自己急促的呼吸聲。

結局果然是BAD END……

藤木歎了一口氣。

在一開始，就選擇了正確的路徑，之後也沒有做過什麼錯誤的決定，儘管如此，好像也不一定會順利，現實情況遠比遊戲來得嚴苛。

不過至少我已經盡了全力。

就算變成這種結局，也是無可奈何的事。

仰望著夜空，因為視野越來越小，彷彿就像從井底往上仰視似的。

看到藍的臉，她在哭泣，淚珠滴在藤木的臉上。

「藍……」

感覺不像是從自己的喉嚨裡發出來的沙啞聲音。

「噓，不要出聲，現在正在幫你急救。」

「沒有辦法了，這是全世界第三毒的蛇。」

……如果沒有血清的話，就無藥可救了。

「最後有件事想問妳……」

「不可以說話！」

藍還在掉眼淚。

「我一定要問，妳知道關於這遊戲的事嗎？」

藍手遮著嘴巴，默默地搖頭。

「為什麼，都快要死的人了，告訴我又何妨？……野呂田真的是遊戲的主人嗎？」

猶豫了一下，藍點點頭。

「也就是說……他是遊戲主辦人身邊的人，只是個用完就可以丟的棋子……」

身體開始麻痹，下半身已經完全沒有感覺，連手腕也不能動了，意識開始模糊。但是至少在臨死前，一定要問到最重要的問題。

「告訴我……藍，妳又是為了什麼？妳到底是誰？」

藍遮著臉，開始嗚咽了起來。

喂喂，難道到最後，妳還是不肯告訴我嗎？

嘴唇微微顫抖著，想再問最後一次，可是已經發不出聲音了。

視線沒入一片黑暗中，不同於暗夜，不是黑暗，而是什麼都不存在的無色世界……

就連聽覺也漸漸麻痹了，藍好像在說些什麼，卻聽不見。

我就這樣死了嗎？

在這種地方，什麼都不知道的情況下。

悲從中來。

……沒辦法。

絕望中思考著。

大家都不明不白地死去。

這世間……終究是……

你，躺在醫院的床上醒來。

白色的床單，白色的牆壁，白色的椅子，白色的桌子，屋子裡所有的東西全都是清一色的白，所以很難看得出有什麼輪廓，如果一直盯著看的話，就連距離感都會變得很不清楚。

白衣天使，一天三次，帶著裝有食物及藥的粉紅色托盤出現，護士小姐不會回答你的任何問題，藥是紅色與黑色的膠囊，在沒有對比色的病房內，顯得格外有立體感。

醫生的回診兩天一次，在病歷表裡寫些東西後，就用聽不見的細小聲音給護士小姐一些指示，但是還是沒有告訴你任何事情。

吃了紅色與黑色的膠囊後，頭就開始發暈，沒有辦法有條理地思考任何事，所以你每兩次就把藥全倒在馬桶裡。

你在想著火星的迷宮。

每一個故事都很清楚地回想起來，但是你自己也沒有把握這些是不是真的發生過，這一切感覺就像是一場白日夢。
你試著捲起袖子，應該有像是被食屍鬼的銳利爪子所抓過的痕跡。
可是看到的卻只是像燙傷般的傷口。
你常常從病房的窗戶心不在焉地望向窗外，透過四方形的窗格所看到的景色，只有醫院正對面的廣場，天氣好的時候，太陽光照射著噴水池，閃閃發亮。
某天，在那裡，你看到她的身影。
拿著花束，就站在噴水池的旁邊，你敲著玻璃窗拚命打暗號給她，但是她似乎沒有發現你的存在。

到真實的結局６４４。

快速列車「能登號」的車內，乘客相當稀少。
雖然暖氣開得很強，但是腳底下卻有一股寒意，看著窗外飛逝的景色，穿過了陰沉的天空與山野，雪花片片隨風飄逸，似乎是從北方大陸來的寒流。
「請問你要去哪裡？」
正準備看遊戲書的第一頁時，坐在走道另一邊的老人問著。
「……到和倉溫泉。」

沒有必要保密。戴著毛線帽的老人，露出一臉欣羨。

「是去做溫泉療養嗎？」

看來似乎是個很喜歡聊天的人。

「只是去休息的，我看起來像病人嗎？」

「不不，真是不好意思，只是……你看起來很瘦。」

「因為才剛從國外旅遊回來，在國外有點適應不良。」

「是這樣啊，原來如此，難怪看你曬得滿黑的。」

藤木點點頭，老人好像還打算要繼續問下去的樣子，但是藤木身體往後一靠，閉上眼睛。

車內一片靜悄悄的，只有車輪壓過軌道連接處的單調聲音，傳達到身體。

……那不像夢也不像幻覺，整整十六天在澳洲大草原，上演著一場生存遊戲。

藤木用手摸摸左大腿，厚厚的長褲下有被太攀蛇咬傷的痕跡，那裡留著兩個傷痕，直徑約五公分，深兩公分的凹陷。

根據圖書館裡查到的資料，毒蛇的毒液是從唾液變化而來，大多數會腐蝕肌肉。

但是太攀蛇的毒液是致命性的，主要是有猛烈的神經性毒，藤木沒有死，只有一個可能，就是在被咬沒多久後，就注射了血清。

也就是說，遊戲的主辦人在一開始就準備了十九種血清。

為什麼要救我呢？

除了日本的過期新聞雜誌文章，也透過網路找過澳洲的報紙資料庫，但卻沒有找到任何關於班古魯班古裡，發現大量屍體的新聞。

班古魯班古國家公園現在還在休園期間，或許是這個原因吧。但是藤木確信所有的屍體都已被處理掉，徹底消去所有的犯罪痕跡。

光是印象所及的就有八條人命，其中一個是原住民男性，應該持有澳洲國籍，所以遺體如果被發現的話，事情就麻煩了。

準備如此周全的一夥人，不可能會隨隨便便處理善後的。

這麼說，遺體有八個還是九個，根本就沒有任何分別，但卻把我這證人留作活口，不是反其道而行嗎？

他們完全不怕。

現在自己的手上也沾了同伴的血跡，也拿到了封口的獎金。

假設決定告發，一個人就算如何吵鬧，也不會有人相信這麼荒謬的事吧。

自己一個人還活著，一點都不認為光是這樣就能軟化任何心境。

一定要證明這些人的想法太天真了。

出了JR和倉溫泉車站，車站前積了一堆雪。

茫茫然的記憶突然變得很清楚。

下樓梯時，在一個圓形的花瓶前跌了一跤，左手擦到地面，留下了一道很明顯的擦傷。

那時藥物已起了作用，呈現半昏迷的狀態，總覺得像是在車內被灌了什麼飲料，然後到了車站，被車子接送到某個地方……

車站前，停著旅館的接送巴士。

預約的旅館離車站約有四、五分鐘的車程，兩棟二十層樓高的長影映在風平浪靜的七尾灣。

中庭大廳飄著薰香，乘坐了四部透明電梯的其中一部，往最頂層的房間。

這裡可說是日本第一的高級旅館，所以住宿價格當然很可觀，如果沒有遊戲的獎金，根本就不可能會住進這種地方。

藤木將放在口袋裡的茶色信封放入房間的金庫。

在便宜的公寓房間裡，有個信封隨意擺在房間一隅，裡面是一堆很舊的鈔票，金額一共是五百萬，這對現在的藤木而言，的確是一筆很大的數目，但是以用性命換來的代價來說，感覺還是少了點。

已經花了一百多萬了，剩下不到四百萬。並不打算拿來當作資金開始事業的第二春，怎麼樣也不想依賴這些沾滿血腥的錢。

那些傢伙給的骯髒錢自有它合適的用途。

藤木打開筆記本，撥了通電話給東京的朋友。

響了三聲，有人接了電話。

「我是藤木。」

「你現在在哪裡啊？」

「在能登半島。」

成功轉行到偵探業這種奇怪行業的老同事深谷，噗哧地笑了一下。

「你可真閒啊，我還得找空檔處理你請託的事，可是做得叫苦連天哩。」

「謝禮不是已經給了嗎？好了，查出了什麼沒有？」

「喔，你等一下。」

翻閱筆記本的聲音。

「首先呢，沒有人聽過叫大友藍這個名字的漫畫家，而且也問了色情漫畫界的人們，他們都說並沒有《色情漫畫諸島》或《色情尼妞》這幾本色情漫畫雜誌。」

果然和猜測的結果一樣。

「所以說，大友藍這名字是個假名？」

深谷笑了笑。

「這是當然的，至少『藍』這個字絕對不會是本名。」

「你怎麼知道？」

「那女的年紀大約三十左右吧？」

「是啊，她說是大阪萬國博覽會那年出生的。」

「這樣說來，就是昭和四十五年出生的囉。那一年前後出生的小孩，在命名限制上比現在嚴格得多，名字只能用當時的『當用漢字表』與『人名用漢字表』中的漢字，但是裡面並沒有『藍』這個字。」

「但是……我記得財務部濱中經理的女兒，不是也叫藍子嗎？」

「你是說那個一副跩樣的小鬼啊。因為在昭和五十一年與五十六年時，陸續又追加了一些可用的漢字，主要就是因為那些文部省官僚反覆無常，同一個漢字在每個年代有時可用，有時不可用的關係。」

藤木沉默了一下。

「還有虐殺影片(註1)的部分，這我真的沒辦法。」

註1：Snuff Video，或稱Snuff film，指以娛樂為目的拍攝的實際殺人情景影片。

「你現在好歹也是個專業偵探，不是嗎？」

「話是這麼說啦。可是像這種東西只能上網找相關網頁或是電子郵件社群，才找得到……不過如果是網路上的八卦，倒是有不少收穫。」

「什麼樣的八卦？」

「過去的虐殺影片你可能沒看過，那只不過是拍攝一些殺人畫面的影帶。不管是演出效果或是攝影技巧都很草率，大部分內容都是些射殺被綁起來的人之類的血腥畫面……我看這種東西，真的會有願意花大把銀子的瘋狂者購買嗎？實在令人不敢相信。」

藤木想起普拉提最後的訊息，果真是被綁在椅子上的姿勢。

「……對了，你們有看過這一類的影片嗎？我就老實跟你們說了吧！事實上這遊戲……」

然後路西法就把普拉提給射殺了……

這些傢伙敢放這種線索，是帶著一種挑釁的意味嗎？

「喂！你到底有沒有在聽啊？總之這類虐殺影片聽說最近比較挑的客人已經看膩了，現在流行的好像是那種有故事性的，也就是虐殺電影。」

固然有電影、小說、漫畫、遊戲等多種選擇，但人的貪婪本質是無法滿足的。

其中，以那種描寫死亡的故事最受歡迎，作品中有著真實死亡場面的電影，沒有比這更刺激的了……對這些已經對人生感到厭倦的有錢壞蛋們而言，的確如此。

「單純的紀錄片太無聊，再說知道那全是捏造的也挺掃興，記得應該是伊朗的電影吧。那種所謂的半紀錄片式電影，就是那種感覺的東西。最關鍵的是不能讓殺人的場面**看起來太造作**，為了增加些趣味性，必須有某種程度的渲染。」

像是在重要的地方剪輯進一些確認死亡的畫面，逼真的效果就會加倍。藤木完全可以想像那個畫面。

譬如說攝影工作人員，會把屍體抬起對著攝影機，特別強調致命傷的部分，如果傷口很難看得出來的話，就會用很粗的針去戳刺，或是乾脆把局部切斷來增強血腥的效果。就像這一次，屍體幾乎都受損得相當嚴重，如果是被吃掉的情形，相反的就一定要讓人看到那是真的殘骸而不是道具。不管是什麼情況，像最近ＣＧ或ＳＦＸ（註2）如此發達，要做出真正讓觀眾心服的東西，真的不是件簡單的事。

另外為了避免畫面單調，也要試著在某些地方穿插一些動畫，像是一些故事說明的部分，也是個好方法。這麼說來，普拉提與路西法恰巧就是這種角色，雖說或許會觸怒迪×尼。

註2：Special Effects，即特效。

「……那種虐殺電影有沒有辦法弄到手？」

「喂喂？怎麼？你也想看那種東西啊？」

「想要確認一些事情。」

「這倒有點困難，就算這八卦是真的，也沒有門路，價格也不是你出得了手的。」

「沒有人買了拷貝後，再便宜賣出嗎？」

「關於這方面的問題，因為他們的顧客，從以前開始就只限定於一些主要顧客群，購買的時候，也會立下絕對不會再拷貝的誓約。而且電影本身就是裝有特殊拷貝保護裝置的ＤＶＤ，好像只能在特定機器中才可以收看，加上畫面中摻雜著一些序號，如果有盜版拷貝流出市面的話，馬上就可以查出是哪裡流出來的。不過這些都是一些都市傳說之類的謠傳，至於是真是假，就不能保證了。」

「那遊戲書的事，怎麼樣了？」

「那個啊，馬上就查到了。」

深谷是指《火星的迷宮》一書的作者的本名。

「他原本是想成為作家，所以大學一畢業就成為寫手，開始他的寫作生涯。有一陣子他寫了一些遊戲書，出版了《夢魔的時間》、《死亡的夜影》以及《火星的迷宮》三本書，但是好像都沒能一炮而紅，聽說之後患了憂鬱症就把工作辭掉了，也有人說他改行去寫遊戲軟體的腳本，但是沒辦法得到進一步的確認，現在人也不知去向。」

「知不知道他得憂鬱症的原因？」

「這個嗎……不是很清楚，好像是因為當時半同居狀態的女友突然失蹤的關係，令他難以忍受。有一天他回家，發現女友連字條都沒留就不告而別了，好像就是在最後一本遊戲書《火星的迷宮》快要完成之前的事……」

深谷的聲音，顯得越來越不耐煩。

「不管怎麼樣，查這些奇怪的事情，到底要幹嘛啊？真搞不懂你在想什麼……」

「我自己也不知道。」

東扯西扯了一會兒，藤木道了謝後就掛斷電話。

請旅館的人幫忙叫了計程車，繞了能登半島一圈，想看看不是能勾起一些回憶。

沿著能登收費道北上，從輪島繞到曾曾木海岸，就在隧道出口旁，看到一個瀑布，日本海吹來的強風，把瀑布的水吹得四散飛揚，形成了一個特殊的景觀。

白色的浪花一波波地捲起，跟風平浪靜的七尾灣恍若兩個不同的世界。

走到能登半島東邊的祿剛崎燈塔後往回走，沿著國道２４９號線，往有名的瘦子斷崖、能登金剛的方向前進。這是松本清張的名作《零的焦點》中的著名場景，還立了一個紀念碑。

沒有看到什麼能激起回憶的地方，但是眼前一望無際的雪景，迎著凜冽的北風，不知為什麼卻有種治癒人心的感覺。

想起班古魯班古所發生的事和這裡完全是個對比的世界。深紅色與黑色的山岩，蒼蠅和螞蟻，大蜥蜴和毒蛇所掌控之地，氣候和風土完全不一樣，簡直就像到了另一個星球。

雨季當中，所有地面交通都中斷的班古魯班古，藤木推測或許是用熱氣球載他們過去的。如果是對這些很熟悉的人，可以使用熱氣球或瓦斯氣球製成的交通工具，偷偷地將九個人運過去。或許只是個幻影，但好像隱隱約約記得有幕熱氣球穿過夜空遠離而去的畫面。

問題是如何將這些人帶出境。

「能登半島有沒有走私船之類的？」

「這個嘛……中國大陸的船好像經常來這裡。」

計程車司機倒是很熱心地回答著。雖然藤木看起來是個對名勝古蹟沒什麼興趣的奇怪客人，但是在這不景氣中，只要能跑遠距離的就是好客人。

「等一下應該就可以看到，就在半島的外側，西保海岸的地方有一艘。雖然是輛外縣市的冷藏車，但是因為停在奇怪的地方，所以就有人通報員警，說那是中國大陸走私集團的車子。聽說是把走私的東西從船移到冷藏車，再載到大阪。」

這麼說來，到了深夜，出現在這人煙罕至的海邊，不就很危險嗎？因為不知什麼時候會被突然經過的車子向警方密告。

「能登半島上有沒有哪裡是外國船進來的港口？」

「那就只有七尾港了，那裡也是個避難港，進口木材的俄羅船經常會進港。」

如果是七尾灣的話，那和倉溫泉的正前方不就是……？為什麼沒有想到呢？

計程車再度南下回到七尾市內，穿過有超市的市中心街道，經過七尾漁協的建築物，外國船隻停靠處就在那稍微前面一點的地方。

下了計程車，藤木在那裡站了一會兒。

港邊有個像大樓般巨大的高架起重機，紅白相間的條紋，好幾百條鋼製的電纜線，看起來就像髮束般地細。

這跟幻覺記憶留下的影像完全符合。

「今年是七尾灣開港一百周年，聽說這起重機是為了海港擴建工程而花了八千萬日圓特別從九州拖運過來的。」

司機下車說明。眼前看到從國外運來的木材堆積地，在金澤關稅七尾辦事處的看板上寫著，貨物進出港口時一定要有關稅許可，除了日文外還有俄文的翻譯。

對岸有艘貨船停在那裡，船體好像寫著俄文。

就是這裡吧……

這是比較能夠確信的想法。

我們就是從這裡被帶出去的。
司機奇怪地看著突然沉默下來的藤木。
黑社會只要花錢，就可以承租巨大商船。
就算是海關的監視也是會有漏洞，只要趁著黑夜，就可以把人裝入貨船內。
藤木從外套的口袋裡掏出香菸。
一定要找出那一夥人。
一邊點著香菸，藤木在心裡發誓。
現在的我已經與之前的我不同了，真正害怕的，不是要流浪街頭，而是該做的事情一件都沒達成，卻不明不白地就這樣死去。
想起那些只是為了供人取樂而喪命的人們，為了這些人，一定要把這些不人道的傢伙全部揪出來。
但是真正要找出他們的理由不僅僅只有這個。
一面吹著海風，一面不自覺地想起了藍。
現在想一想，從一開始就覺得她有好幾個疑點。
藍走路的時候經常跌倒，對一個運動神經很好的女性而言，這是件很奇怪的事，但那似乎是距離感抓不準的關係。

還有當我每次從左邊靜靜地接近她時，她好像完全沒有感覺的樣子。

更不自然的是，當她看到安部芙美子與鶴見的屍體時，要是一般的女孩子早就嚇得不知所措了，她竟然還能睜大眼睛，像著迷似地凝視著。

還記得第一次看到她的時候，總覺得她兩眼的焦距有點怪。

兩個人共度一晚的時候也是一樣，她特別討厭耳朵被碰到，還有要跟她借助聽器的電池時，也呈現極端的反應，還有如果貼近她的助聽器，高性能收信機就會產生雜音。

更令人感到疑惑的是，她左眼的光芒很明顯和右眼的不太一樣，不只如此，那天晚上，從她的眼瞳中還看到月影重疊在一起……

如果把任何一個疑點分開來看，都無法說明什麼是決定性的證據，都可以解釋成一種巧合或是眼睛的錯覺，但是如果把這些疑點集合在一起，可疑度就大幅提升了。

……這遊戲是為了拍攝虐殺電影而設，在籌備的工作上，這一票人也花了相當大的一筆資金與勞力，難道只能從山岩上偷偷地用望遠鏡頭拍攝嗎？如果從一個像樣的電影題材來看，不只是長鏡頭，一定要有特寫鏡頭才行。

這時候，在遊戲參賽者中，除了讓遊戲順利進行的遊戲主人之外，一定還要有另外一個人潛入其中。

那就是攝影者。

但是不可能偷偷地藏著小型攝影機，因為這在團體行動中，隨時會有被發現的危險。

所以該怎麼辦呢？

連同對藍的疑點一起來思考，可以獲得的解釋就只有一個。

那就是藍本身就是攝影機……

想到藍（ＡＩ）這個假名，就意味著眼睛（ＥＹＥ）。

她說當自己藥物中毒時，因為與犯罪組織有點爭執，而喪失自己身體一部分的感覺器官，或許是真的，那個晚上她所說的都是真的，應該沒有說謊。

問題是那個喪失感覺的器官。要是聽到助聽器這名詞，馬上就會直覺是裝在左耳，但實際上應該是裝在左眼吧。

她的左眼是義眼……而且做得相當精緻，可以自動對焦的義眼，所以在裡面裝個小型攝影機，一點也不奇怪。

義眼的攝影機與左耳戴的耳機之間，經過淚小管、下鼻道與耳管，可以用電線連接，再接在助聽器上，也就是說攝影機拍攝下來的情報送到偽裝成助聽器的機器，相反地也可以將電提供到攝影機，之後在這機器中進行錄影，再把影像情報傳送到轉播器就可以了。

這麼一想，在岩洞水池中游泳時，藍特別塞上耳塞，應該就是為了保護外耳道的端子吧。

不管怎樣，這些全部都只是想像，或許可以說只不過是種妄想。

但是再進一步推想看看。

第一個晚上當藍看到我的時候，就開始了整個計畫了嗎？

恐怕不是這樣的，當時她狼狽的模樣實在不像是在演戲。

藍難道只是想拍攝遊戲開始前的晚上嗎？只是她不但發出了腳步聲被我發現，還失態演出一場把遊戲機弄壞的把戲？

為什麼會有此論點的理由有一個，就在那遊戲機上。

在第一 Check Point 的時候，因為只少了她的訊息，就引起了無謂的紛爭。

當遊戲一開始時，通常都會準備甜頭與苦頭兩種情報，少了其中一個，就很難按照設計者的想法來進行。

但在那時候，完全沒有任何好情報，像是贏了這遊戲會有什麼獎賞之類的說明，一概都沒有。或許這些訊息都在藍的那台遊戲機裡面吧。所以身為遊戲主人的野呂田，想必一定很困惑。

這樣的話，必然會被追究到責任問題，所以藍就決定賭一賭了。

弄壞遊戲機變成順勢反擊，決定跟我一起行動。

原本她是預定要遊走在各遊戲參賽者之間到處攝影，利用她是個女性這一點，要遊走於多個組中也不是件難事。

但是她所拍到的影像，徹頭徹尾只偏向一個參賽者，為了讓這沒有按照計畫進行的畫面有價值，只有一個方法。

就是讓藤木芳彥這個男的，贏得這場遊戲。

一開始的選擇，我就算選南邊路線也不奇怪，最後變成吃人怪獸，死於非命的可能性很高。

但是藍巧妙地誘導我，讓我決定選擇北邊的路線，因為這是條最有利的路線。

之後的發展，雖然表面上藍都是讓我來做決定，其實卻默默監視著，讓我不能做出任何決定性的失策。

……但是，那晚的事情，又是怎麼一回事？

難道那也純粹是場戲，為了提高虐殺電影的娛樂性，想在那時來點煽情刺激的場面嗎？

難道這真的就是全部的實情了嗎？

我認為不是這樣。

藍應該沒有徹底執行組織的攝影任務到最後。在救野呂田時，應該就已經覺悟到自己也不見得安全了吧。

之後一定是以如何可以存活下來為優先考量，會一直追問野呂田是不是遊戲主人，一定也是因為那原本是絕對不可以說的。

她最後的眼淚滴落在我眼瞼上的感覺，至今依然印象深刻，很難斷言那不是真的。

就算對我見死不救也是理所當然的事，那樣應該比較省事而且也不會有危險。但儘管如此，她還是為我打了太攀蛇的血清，救了我一命，連同獎金送我回日本。

一直在想，莫非是她救了我。

當然還有許多疑問。

但是現在真正想知道的只有一件事。

……她，現在在哪裡？

藤木伸手在口袋裡摸到了遊戲書。

最後一章因為讀了好幾次，都可以默背下來了。

644

你走出病房，跑到噴水池旁。

走廊或大廳許許多多的人來往著，但是不可思議的是，沒有一個人注意到你。

穿著拖鞋跑出大門，在車道對面有座噴水池，中央是一個展翅飛翔的天使抱著天鵝脖子的雕像，從上傾注而下的燦爛陽光，將噴向半空中的水柱染成一片金黃。

她就站在池邊，臉朝向這裡，頭髮隨風飄動著，對你莞爾一笑。

你的確看到了，你覺得看到了。

但是她就在你的眼前，消失了。

太陽往西邊的山脈沉落，晚霞使得噴水池的水閃爍出深紅色的光芒。
你一直佇立在噴水池邊。
沒多久，記憶漸漸淡了。
無法言語的思緒，在你的心裡悶得發慌。

TRUE END

國家圖書館出版品預行編目資料

深紅色迷宮 / 貴志祐介作；許翡珊譯 . -- 二版 .
-- 臺北市：臺灣角川，2014.01
面；　公分 . --（文學放映所；6）

譯自：クリムゾンの迷宮

ISBN 978-986-325-706-6(平裝)

861.57　　　102020434

文學放映所006

深紅色迷宮

原書名＊クリムゾンの迷宮

作　　者＊貴志祐介
譯　　者＊許翡珊

2014年1月10日　二版第1刷發行

發 行 人＊塚本進
總　　監＊施性吉
主　　編＊李維莉
文字編輯＊江蕙馨
美術副總編＊黃珮君
美術主編＊許景舜
美術編輯＊吳佳昫
印　　務＊李明修（主任）、張加恩、黎宇凡、張則蝶

發 行 所＊台灣角川股份有限公司
地　　址＊105 台北市光復北路11巷44號5樓
電　　話＊(02)2747-2433
傳　　真＊(02)2747-2558
網　　址＊http://www.kadokawa.com.tw
劃撥帳戶＊台灣角川股份有限公司
劃撥帳號＊19487412
製　　版＊尚騰製版印刷有限公司
I S B N ＊978-986-325-706-6

香港代理
香港角川有限公司
地　　址＊香港新界葵涌興芳路223號新都會廣場第2座17樓1701-02A室
電　　話＊(852)3653-2804

法律顧問＊寰瀛法律事務所

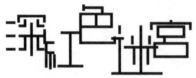